Oscar

Dino Buzzati

La boutique del mistero

ARNOLDO MONDADORI
EDITORE

© l968 Arnoldo Mondadori Editore S.p.A., Milano

I edizione Oscar Mondadori agosto 1968
I edizione Oscar classici moderni ottobre 1992

ISBN 88-04-36748-2

Questo volume è stato stampato
presso Arnoldo Mondadori Editore S.p.A.
Stabilimento Nuova Stampa – Cles (TN)
Stampato in Italia – Printed in Italy

Ristampe:

7 8 9 10 11 12 13 14 15 16

1997 1998 1999 2000

Dino Buzzati

La vita

Dino Buzzati nasce il 16 ottobre 1906 a San Pellegrino, nei pressi di Belluno, nella villa cinquecentesca di proprietà della famiglia. I genitori dell'autore risiedono stabilmente a Milano, in piazza San Marco 12. Il padre, professor Giulio Cesare, insegna Diritto internazionale all'Università di Pavia e alla Bocconi di Milano. La madre, Alba Matovani, veneziana come il marito, è l'ultima discendente della famiglia dogale Badoer Partecipazio.

Dino Buzzati, dopo aver frequentato il ginnasio Parini di Milano, si iscrive alla facoltà di Legge, laureandosi il 30 ottobre 1928 con una tesi su "La natura giuridica del Concordato". Qualche mese prima era stato assunto al «Corriere della Sera» come addetto al servizio di cronaca. Sin dalla giovinezza si manifestano gli interessi, i temi e le passioni del futuro scrittore, ai quali resterà fedele per tutta la vita: la montagna, il disegno, la poesia. Durante l'estate del 1920 comincia le prime escursioni sulle Dolomiti; inizia a scrivere e a disegnare affascinato dalle illustrazioni fantastiche di Arthur Rackham; legge Dostoevskij ed è attratto dall'egittologia. Nel dicembre dello stesso anno scrive il suo primo testo letterario, *La canzone delle montagne*. Sempre nel 1920 muore il padre per un tumore al pancreas ed egli, a soli 14 anni, comincia a nutrire il timore di essere colpito dallo stesso male. Nel 1927 frequenta la Scuola allievi ufficiali a Milano. Tiene un Diario su cui, a parte una breve interruzione fra il 1966 e il 1970, annota impressioni, motivi, giudizi, fino a nove giorni prima dell'evento finale; la cronaca e la stessa morte si affiancano ai temi citati prima per trasformarsi in altrettanti "luoghi" della sua attività di scrittore.

Nel 1931 inizia la collaborazione al settimanale «Il popolo di Lombardia» con note teatrali, racconti e soprattutto come illustratore e disegnatore. Nel 1933 esce il suo primo romanzo, *Bàrnabo delle montagne* e, due anni dopo, pubblica *Il segreto del bosco vecchio*. Nel gennaio del 1939 consegna il manoscritto de *Il desrto dei Tartari* all'amico Arturo Brambilla perché lo consegni a Leo Longanesi, che stava preparando una nuova collezione per Rizzoli denominata il "Sofà delle Muse". Su segnalazione di Indro Montanelli, questi accetta la pubblicazione del nuovo romanzo di Buzzati; tuttavia, in una lettera, Longanesi prega l'autore di cambiare il titolo originario *La fortezza*, per evitare ogni allusione alla guerra ormai imminente. Il 12 aprile dello stesso anno si imbarca a Napoli sulla nave *Colombo* e parte per Addis Abeba, come cronista e fotoreporter, inviato speciale del «Corriere della Sera»; l'anno successivo parte dallo stesso porto come corrispondente di guerra sull'incrociatore *Fiume*; partecipa così, seppure come testimone, alle battaglie di Capo Teulada e di Capo Matapan e ai due scontri della Sirte, inviando i suoi articoli al giornale: e sarà sua anche la *Cronaca di ore memorabili* apparsa sulla prima pagina del «Corriere della Sera» il 25 aprile 1945, giorno della Liberazione.

Nello stesso anno esce *La famosa invasione degli orsi in Sicilia*, disegnata dall'autore e l'"operetta didascalica in chiave di umorismo fantastico" *Il libro delle pipe*, redatta ed illustrata in stile ottocentesco e realizzata in collaborazione con il cognato Eppe Ramazzotti. Nel 1949 esce il volume di racconti *Paura alla Scala* e nel giugno dello stesso anno è inviato dal «Corriere della Sera» al seguito del Giro d'Italia. Questi articoli saranno poi riuniti in un volume a cura di Claudio Marabini nel 1981. Nel 1950 l'editore Neri Pozza di Vicenza stampa la prima edizione degli 88 pezzi di *In quel preciso momento*, una raccolta di note, appunti, racconti brevi e divagazioni e, quattro anni dopo, esce il volume di racconti *Il crollo della Baliverna*, col quale vincerà, ex-aequo con Cardarelli, il Premio Napoli.

Nel 1955 Albert Camus adatta per il pubblico francese il copione di *Un caso clinico*, che viene rappresentato a Parigi per la regia di Georges Vitaly; il 1° ottobre dello stesso anno viene rappresentato a Bergamo il racconto musicale *Ferrovia sopraelevata*, con le musiche di Luciano Chailly. Nel gennaio 1957 sostituisce temporaneamente Leonardo Borgese come critico d'arte del «Corriere della Sera». Lavora anche per la «Domenica del Corriere», occupandosi soprattutto dei titoli e delle didascalie. Compone alcune poesie, che entreranno a far parte del poemetto *Il capitano Pic*. Nel 1958 escono *Le storie dipinte*, presentate in occasione della personale di pittura dello scrittore inaugurata il 27 novembre alla Galleria Re Magi di Milano.

Le sue opere continuano ad essere rappresentate in teatro, alla radio e in seguito alla televisione. L'8 giugno del 1961 muore la madre e due anni dopo egli scriverà la cronaca interiore di quel funerale nell'elzeviro *I due autisti*. Seguono anni di viaggi come inviato del giornale: a Tokio, a Gerusalemme, a New York, a Washington e a Praga, dove visita "le case di Kafka", l'autore al quale la critica lo ha sempre affiancato. Libri, mostre e rappresentazioni di Buzzati compaiono sempre più spesso sulle cronache. Nel 1970 gli viene assegnato il premio giornalistico "Mario Massai" per gli articoli pubblicati sul «Corriere della Sera» nell'estate 1969, a commento della discesa dell'uomo sulla Luna. Il 10 marzo di quell'anno va in onda alla televisione francese *Le chien qui a vu Dieu*, di Paul Paviot, dall'omonimo racconto di Buzzati. In settembre si espongono alla Galleria "Naviglio" di Venezia le tavole di ex-voto di Santa Rita, da lui dipinte. Il 27 febbraio 1971 viene rappresentata a Trieste l'opera in un atto e tre quarti del maestro Mario Buganelli dal titolo *Fontana*, tratta dal racconto *Non aspettavamo altro*.

L'editore Garzanti pubblica, con l'aggiunta di didascalie, gli ex-voto dipinti da Buzzati: *I miracoli di Val Morel*. L'8 novembre esce su «Oggi» una lunga intervista-inchiesta sulle "eterne domande della fede". In novembre espone i suoi quadri alla Galleria "Lo Spazio" di Roma. Nella stessa occasione viene presentato un volume di critica a lui dedicato dal titolo *Buzzati pittore*. Esce presso Mondadori il volume di racconti ed elzeviri *Le notti difficili*. Sarà l'ultimo curato dall'autore. Il 1° dicembre visita per l'ultima volta la casa di San Pellegrino per il "supremo addio". Sette giorni dopo esce sul «Corriere della Sera» l'ultimo elzeviro: *Alberi*. Lo stesso giorno viene ricoverato alla clinica "La Madonnina" di Milano. Il 28 gennaio 1972, mentre fuori imperversa una bufera di vento e di neve, Buzzati muore a Milano con la dignità coraggiosa di un suo famoso personaggio de *Il deserto dei Tartari*.

L'opera

L'opera di Buzzati, seppure sfaccettata in vari aspetti e generi, rispecchia una costante comune: la montagna. Essa appare come elemento costante sia nella prosa sia nella pittura; tanto che il suo primo romanzo è stato tracciato anche in una serie di bozzetti per lo più inediti. In *Bàrnabo delle montagne* il paesaggio dolomitico si configura come oggetto e soggetto della narrazione; Buzzati sembra accostarvisi nella sua tormentata solitudine come ad un luogo che ha radici perse nella notte dei tempi, quando l'uomo nasceva al mondo e alla vita, senza distinzione di classe e di ordini. In linea generale si può dire che ogni libro di Buzzati è legato all'altro in quanto rappresentazione delle fasi di una vita umana. Nel flusso del tempo universale, lo scrittore enuclea un brandello di storia, che si dilata fino a diventare un romanzo. Il protagonista, le cui origini non sono mai definite, è trascinato in una trama che lo porta verso la morte. Ogni fase successiva è la rinascita di un'esperienza. Si tratta di una scelta meditata, maturata ai tempi di *Bàrnabo*, romanzo che già contiene i temi dei due romanzi successivi *Il segreto del bosco vecchio* e *Il deserto dei Tartari*: il bosco della sua fanciullezza e la "pianura vile" dell'età adulta. La cerniera fra il passato dei boschi e delle montagne ed il deserto dell'attesa è già presente in quei racconti che poi confluiranno per la maggior parte ne *I sette messaggeri*, edito nel 1942. Comincia qui il racconto di un viaggio, la storia di una vita che continua. Ma qui comincia anche il resoconto dell'altra storia: quella che si svolge intorno all'autore proprio nel momento in cui si forma. Buzzati, da cronista, si è trovato a dover registrare gli accadimenti e lo ha fatto contestandone gli aspetti negativi e, al tempo stesso, allargando l'impegno morale della parola scritta. Il tono scelto per questo compito è stato quello di dilatare i "mostri della normalità", le deformazioni dell'uomo che ha smarrito la purezza originaria.

Il romanzo più famoso di Buzzati, *Il deserto dei Tartari*, esce nel 1940, entrando a far parte di una collana diretta da Leo Longanesi, che si proponeva di riunire le «opere più originali della letteratura italiana e straniera, le biografie e le memorie di uomini grandi e meschini, la storia dei fatti e delle illusioni di ieri e di oggi». Quando Buzzati consegna il suo manoscritto all'editore ha solo 33 anni. Dal 1928 il lavoro al «Corriere della Sera» radica in lui la consapevolezza della "fuga del tempo": ha visto i suoi colleghi invecchiare nell'attesa inutile di un miracolo scaturito dal rigido mestiere del giornalista che li isola nei confini di una scrivania. Il "deserto" del romanzo è proprio la storia della vita nella fortezza del giornale, che promette i prodigi di una solitudine che è abito e vocazione.

La favola per bambini *La famosa invasione degli orsi in Sicilia* (1945) non fa che ripetere, sotto mentite spoglie, il mito *Bàrnabo*, l'atmosfera di "attesa" del *Deserto*, il viaggio della vita, la morte in battaglia e la lotta spirituale e morale. È quindi un libro tutt'altro che ingenuo e testimonia la ricerca interiore e formale che Buzzati compie tentando la via della fusione dei generi letterari. Nello stesso anno esce anche *Il libro delle pipe*, realizzato da Buzzati in collaborazione con Eppe Ramazzotti. Qui la struttura a catalogo permette di elencare tutte le specie di pipe esistenti nella realtà e nella fantasia. I disegni, inoltre, fanno corpo con la descrizione e arricchiscono il testo di particolari e dettagli. Dopo aver dato voce umana agli animali, ai venti, alle cose della natura, adesso Buzzati tenta di infondere vita anche agli oggetti apparentemente inanimati. Il modo iper-reale di descrivere le pipe, allora, diventa segno della visionarietà, del suo modo di convertire l'arte, in ogni sua manifestazione, in giudizio sugli uomini e sul mondo.

In *Paura alla Scala* (1949) il "vizio giudicante" di Buzzati e la coscienza della mortalità lasciano le montagne aguzze, regno del mistero e della purezza, e si riverberano nei salotti della Milano formicolante di uomini e di macchine. Egli riesce a raffigurare e ad osservare con occhio critico il clima dominante in Italia dopo la seconda guerra mondiale, i compromessi borghesi, la violenza sovversiva; vi dominano un tono grottesco e satirico, un ritmo spietato e profondamente lucido, una forza morale ed etica mascherate sotto il dovere di cronaca. Considerazioni, appunti, riflessioni sul mestiere esercitato, sulla interpretazione del mondo, faranno parte del libro *In quel preciso momento*, uscito nel 1950. Centocinquantasei frammenti, note e racconti brevi, raccolti come scintille dei romanzi, come colloquio con se stesso, come risonanza interiore ed esteriore. Fra le varie forme narrative testimoniate in questo libro comincia a farsi strada la struttura a dialogo propria del testo teatrale. Il monologo interiore diventa gesto, la parola voce recitante, il testo rappresentazione. Ne *Il crollo della Baliverna* (1954) il racconto nasce sempre da un nucleo costituito da elementi concreti che, per un verso, conduce alla deformazione fantastica e, per l'altro verso, porta verso territori che implicano impegno sociale, etico e trascendente. Il suo sguardo, ora, pur ritornando spesso alle Origini, si spinge verso il futuro, verso quelle ipotesi fantascientifiche che tentano di sostituirsi al vecchio Dio.

L'estrema frammentarietà dei racconti tende comunque sempre alla totalità del senso, come viene ribadito nel 1958, quando Buzzati riunisce la sua produzione più significativa nel libro *Sessanta racconti*. Anche qui si profila il messaggio dei nuovi pericoli annidati nella ricerca scientifica, prefigurando la nascita del romanzo uscito nel 1960: *Il grande ritratto*. Il racconto della "macchina che vive" è immaginato in un futuro relativamente prossimo rispetto al momento di composizione del libro e narra, per la prima volta nell'opera di Buzzati, la storia di "un amore". Il grande scienziato Endriade ama fino al paradosso una macchina che riproduce la prima moglie scomparsa. La storia, apparentemente diversa, del desiderio di un amore reale scaturita da uomini con un'occupazione verosimile, con desideri legati alla terra, al denaro, al prestigio sociale, è narrata nel romanzo del 1963: *Un amore*.

I temi del discorso narrativo di Buzzati si riverberano anche nella poesia, dove il pensiero, le voci e le immagini dei personaggi usufruiscono della musica, delle parole, dei suoni onomatopeici, del ritmo percussivo e significante che accompagnerà anche i suoi libretti d'opera. La contaminazione fra disegno, storia, poesia e musica diventerà sovrapposizione nel *Poema a fumetti* (1969), ne *Le storie dipinte* (1958) e, infine, in quella sorta di libro miniato che sono *I miracoli di Val Morel*. Il tutto poi si arricchirà del linguaggio d'azione, che tradurrà gran parte delle tematiche di Buzzati nella sua vasta produzione teatrale. Nel 1966 esce un'altra raccolta di racconti, *Il colombre*, che porta in appendice un piccolo romanzo, *Viaggio agli inferni del secolo*, che diventa una sorta di chiave di lettura dell'opera di Buzzati, tesa soprattutto a descrivere la realtà che lo circonda. La volontà di comunicare si manifesta anche nel linguaggio adottato, sempre piano e comprensibile, "giornalistico", una sorta di "volgare" accessibile a tutti, anche ai bambini.

La boutique del mistero (1968) nasce dall'intento dichiarato dell'autore di far conoscere il meglio di quanto aveva scritto: racconti che sono da considerarsi, dunque, come una fatica unitaria attorno ai temi prediletti dell'angoscia, della sconfitta e della morte; della suggestione metafisica, del sogno e del ricordo; del richiamo al surreale e del mistero dietro l'apparente normalità delle cose.

In questi racconti il mistero si presenta sotto due aspetti: come invenzione pura, dove immaginaria è l'intera situazione; o come creazione fantastica, con una precisa funzione significante e con un senso da scoprire e da interpretare. È però possibile suddividere il tema buzzatiano del mistero secondo un'altra modalità di classificazione, che tenga conto del modo in cui viene attuato il rapporto tra mistero e realtà. Ci sono racconti di Buzzati che dichiarano subito ciò che sta dietro la vicenda; altri che trattano come naturali certi impulsi dell'inconscio e certi sentimenti di solito inconfessati; altri che attraverso fantasmagorie d'ogni tipo intendono polemizzare con una tesi preventivamente avvertita dall'autore; altri, infine, che non hanno altro obiettivo se non quello del gioco gratuito.

In tal modo, se il racconto "L'assalto al Grande Convoglio" narra di una morte che apre alla dimensione di un meraviglioso al di là dai toni affabulati, "Sette piani" lascia nascosta per tutto l'arco del racconto la vera ragione dell'anormalità di quanto accade. Se "Il cane che ha visto Dio" è una narrazione giocata sul filo dell'assurdo e dell'allusione, i racconti "Eppure battono alla porta", "I topi", "Il colombre", rappresentano un'inquietante e ignota stranezza o un'allucinazione, che hanno la loro radice nei substrati della coscienza. Mentre nei "Sette messaggeri" l'azione del principe protagonista, che dovrebbe rendersi familiare il regno del padre, va man mano sconfinando nell'angosciata consapevolezza dell'inconoscibile e dell'irraggiungibile, nel "Mantello" si tratta di una apparizione che sembra a tutta prima realtà concreta e normale, e che poi mostra ben presto di infrangere le leggi naturali (ma il messaggio è che l'amore e la fede, la devozione e l'innocenza, sono in grado di violare le leggi stesse della vita e della morte). Infine, se in "Una goccia" l'elemento centrale (cioè la goccia che sale le scale) si oppone ad ogni legge fisica e il racconto continua imperterrito a darlo per certo, in "Qualcosa era successo" la catena degli avvenimenti e i progressivi segnali del mistero portano al culmine dell'inspiegabile. Ancora, "La Torre Eiffel" introduce il tema dell'ascesa alla conquista del cielo, ma "Ragazza che precipita" fa i conti con la caduta dei sogni (e alle speranze vane oppone l'incombere dello smacco, in una cornice in cui le relazioni spazio-temporali sono sconvolte e alterate).

Se in "La fine del mondo" i segni del cielo che annunciano inequivocabilmente l'apocalisse finiscono per stanare l'universale complesso di colpa degli uomini e precipitarli tutti in una indecorosa follia collettiva; in "Inviti superflui" ciò che sembra trattarsi solo di una fantasia di pensieri d'amore, diventa invece mezzo per evidenziare il contrasto tra poesia e senso pratico della vita. E se "Il tiranno malato" narra di un terribile mastino giunto alla sua fine, il racconto svolge in realtà un simbolico contraddittorio: da una parte, la vitalità intatta della natura che sfoggia tutta la sua florida potenza; dall'altra, il decadimento della vita e della natura medesime quando incombono malattie, anni e malanni. Così ne "I Santi", famosi e meno famosi beati vivono in un paradiso veramente terrestre, dove non sono abbandonate del tutto le piccole o grandi invidie, i piccoli o grandi disagi che ci accompagnano nella vita.

Nella *Boutique* Buzzati utilizza parole del linguaggio parlato, non ricercate né artificiose: parole di cui tutti ci serviamo per comunicare tra noi, ogni giorno. È con questo linguaggio volutamente non prezioso che l'autore mette in atto le più svariate potenzialità espressive. Nel contesto dei racconti, all'interno del gioco delle trame e delle soluzioni, anche la parola più usuale o, addirittura, più frusta, diventa segno di ambiguità, di mistero, di illusione, di paura. Buzzati dimosta che non occorre un'intricata complessità di stile per ottenere i sorprendenti risultati delle sue surreali situazioni. Varcati i limiti del plausibile, venuti meno i rapporti logici tra cause ed effetti, scomparsa la fiducia nelle leggi naturali e impostosi definitivamente l'indecifrabile, l'improbabile, l'assurdo, anche la parola consueta, la lingua parlata e la costruzione sintattica più immediata possono ottenere esiti di straordinaria efficacia e di magico richiamo.

I libri usciti dopo *La boutique del mistero* tendono a riunire le "cronache" scritte per il giornale: lo spazio privilegiato dello scrittore per rammentare a tutti gli uomini la loro finitezza, per invitarli a guardare oltre gli involucri fisici e sociali. Nel settembre 1971 esce *Le notti difficili* e pochi mesi dopo la sua morte, le *Cronache terrestri*. Le sue inchieste giornalistiche saranno poi raccolte nei volumi *I misteri d'Italia* (1978), *Buzzati al Giro d'Italia* (1981), *Cronache nere* (1984). Le ultime testimonianze della sua vita dedicata alla scrittura sono apparse nel 1985 nelle raccolte di alcuni passi annotati su una delle sue agende, *Il reggimento parte all'alba*, e delle lettere da lui scritte all'amico Arturo Brambilla (*Lettere a Brambilla*). Ancora una volta emergono i suoi temi più cari e insistiti e, soprattutto, la cifra dello scavo oltre le apparenze, che Buzzati ha sempre ricercato nelle cose e negli uomini.

La fortuna

La figura e la presenza di Buzzati nel Novecento italiano furono certamente condannate in un primo tempo alla solitudine, all'isolamento e talora al disprezzo. Era uno scrittore che pochi presero sul serio, soprattutto per via della esigenza più vistosa: quella di essere messaggio affidato alla pagina scritta e non decorazione di stile da esibire sul foglio bianco. L'importanza della sua opera fu certamente messa in evidenza dalla critica francese, che ha scelto Buzzati come primo autore italiano a cui dedicare dei *Cahiers*. L'esegesi italiana ha avuto, invece, la tendenza a schematizzare la sua opera o, addirittura, la tentazione di considerare i suoi scritti come "novellette" fra la cronaca e la favola. Nel *Viaggio agli inferni del secolo* lo stesso Buzzati esclamava: «i critici, si sa, una volta che hanno messo un artista in una casella, ce ne vuole a farli cambiare parere». I giudizi, comunque, che più lo indispettivano, erano quelli che lo consideravano una sorta di emulo di Kafka. In un suo elziviro del 31 marzo 1965 egli scrive: «Da quando ho cominciato a scrivere, Kafka è stato la mia croce. Non c'è stato mio racconto, romanzo, commedia dove qualcuno non ravvisasse somiglianze, derivazioni, imitazioni o addirittura sfrontati plagi a spese dello scrittore boemo. Alcuni critici denunciavano colpevoli analogie anche quando spedivo un telegramma o compilavo un modulo Vanoni».

Fino al 1965, quindi, malgrado fossero usciti numerosi interventi, soprattutto su quotidiani e riviste, i giudizi non rivelavano certo l'importanza del "messaggio" letterario di Buzzati. Quando uscì *Un amore*, molti gli si scagliarono addirittura contro accusandolo di aver voluto scrivere di proposito un libro che potesse avere un successo di cassetta. Eppure, già nel 1960, Buzzati aveva pubblicato la raccolta di aforismi *Egregio signore siamo spiacenti di...*, dove l'autore informava il lettore e il critico che si continuava a non capire la sua opera e che sentiva l'esigenza di dire come stavano realmente le cose. Lo stesso intento si può ravvisare nel *Viaggio agli inferni del secolo* e, soprattutto, nella *Presentazione* all'*Opera completa di Bosch*, testo trascurato ma indispensabile per comprendere il discorso etico e letterario di Buzzati. Tutto questo potrà apparire perlomeno curioso, soprattutto dopo il successo ottenuto con la pubblicazione del suo terzo libro, *Il deserto dei Tartari*, che fu tradotto in varie lingue. Eppure la predilezione dell'autore per il fondamento antropologico dell'opera e il suo apparente distacco dalla storia, dall'ideologia, dal realismo, dai miti della modernità, il suo rifiuto ad appartenere a gruppi e correnti, lo avevano rinchiuso in una specie di sottordine letterario. Le cose sono certamente cambiate dopo la sua morte e l'interesse della critica e dei lettori sta restituendo a Buzzati anche qui da noi il posto che gli compete nella storia letteraria del nostro Novecento.

Bibliografia

AA.VV., *Atti del convegno "Omaggio a Dino Buzzati"*, Cortina d'Ampezzo, 18-24 agosto 1975; Mondadori, Milano, 1977.

AA.VV., *Il mistero in Dino Buzzati*, a cura di Romano Battaglia, Rusconi, Milano, 1980.

AA.VV., *Atti del convegno "Dino Buzzati"*, Fondazione Cini, Venezia, 3-4 novembre 1980, a cura di Alvise Fontanella, Olschki, Firenze, 1982.

B. Alfieri, *Dino Buzzati pittore*, Alfieri, Milano, 1967.

A.V. Arslan, *Invito alla lettura di Dino Buzati*, Mursia, Milano, 1974.

N. Bonifazi, *Il racconto fantastico da Tarchetti a Buzzati*, STEU, Urbino, 1971.

E. Carli, *Dino Buzzati* (pittore), Martello, Milano, 1961.

R. Carrieri, *Le storie figurate di D.B.*, Conte, Milano, 1958.

I. Crotti, *Buzzati*, La Nuova Italia, Firenze, 1977.

G. Davico Bonino, *Teatro*, Mondadori, Milano, 1980.

F. Gianfranceschi, *Dino Buzzati*, Borla, Torino, 1967.

G. Ioli, *Dino Buzzati*, Mursia, Milano, 1988.

A. Laganà Gion, *Dino Buzzati, un autore da rileggere*, Corbo e Fiore e Nuovi Sentieri, Venezia, 1984.

R. Marchi, *Buzzati 747* (ricordo di Buzzati rocciatore), Renzo Cortina, Milano, 1978.

R. Marchi, *Un giorno in Val Morel*, Ed. di via Cernaia 5, Milano, 1973.

M.B. Mignone, *Anormalità e angoscia nella narrativa di Dino Buzzati*, Longo, Ravenna, 1981.

A. Montenovesi, *Dino Buzzati*, Henry Veyrier, Parigi, 1985.

Y. Panafieu, *Dino Buzzati: un autoritratto*, Mondadori, Milano, 1973.

C. Toscani, *Guida alla lettura di Buzzati*, Oscar Mondadori, Milano, 1987.

La boutique del mistero

I sette messaggeri

Partito ad esplorare il regno di mio padre, di giorno in giorno vado allontandomi dalla città e le notizie che mi giungono si fanno sempre più rare.

Ho cominciato il viaggio poco più che trentenne e più di otto anni sono passati, esattamente otto anni, sei mesi e quindici giorni di ininterrotto cammino. Credevo, alla partenza, che in poche settimane avrei facilmente raggiunto i confini del regno, invece ho continuato ad incontrare sempre nuove genti e paesi; e dovunque uomini che parlavano la mia stessa lingua, che dicevano di essere sudditi miei.

Penso talora che la bussola del mio geografo sia impazzita e che, credendo di procedere sempre verso il meridione, noi in realtà siamo forse andati girando su noi stessi, senza mai aumentare la distanza che ci separa dalla capitale; questo potrebbe spiegare il motivo per cui ancora non siamo giunti all'estrema frontiera.

Ma più sovente mi tormenta il dubbio che questo confine non esista, che il regno si estenda senza limite alcuno e che, per quanto io avanzi, mai potrò arrivare alla fine. Mi misi in viaggio che avevo già più di trent'anni, troppo tardi forse. Gli amici, i familiari stessi, deridevano il mio progetto come inutile dispendio degli anni migliori della vita. Pochi in realtà dei miei fedeli acconsentirono a partire.

Sebbene spensierato – ben più di quanto sia ora! – mi

3

preoccupai di poter comunicare, durante il viaggio, con i miei cari, e fra i cavalieri della scorta scelsi i sette migliori, che mi servissero da messaggeri.

Credevo, inconsapevole, che averne sette fosse addirittura un'esagerazione. Con l'andar del tempo mi accorsi al contrario che erano ridicolmente pochi; e sì che nessuno di essi è mai caduto malato, né è incappato nei briganti, né ha sfiancato le cavalcature. Tutti e sette mi hanno servito con una tenacia e una devozione che difficilmente riuscirò mai a ricompensare.

Per distinguerli facilmente imposi loro nomi con le iniziali alfabeticamente progressive: Alessandro, Bartolomeo, Caio, Domenico, Ettore, Federico, Gregorio.

Non uso alla lontananza dalla mia casa, vi spedii il primo, Alessandro, fin dalla sera del secondo giorno di viaggio, quando avevamo percorso già un'ottantina di leghe. La sera dopo, per assicurarmi la continuità delle comunicazioni, inviai il secondo, poi il terzo, poi il quarto, consecutivamente, fino all'ottava sera di viaggio, in cui partì Gregorio. Il primo non era ancora tornato.

Ci raggiunse la decima sera, mentre stavamo disponendo il campo per la notte, in una valle disabitata. Seppi da Alessandro che la sua rapidità era stata inferiore al previsto; avevo pensato che, procedendo isolato, in sella a un ottimo destriero, egli potesse percorrere, nel medesimo tempo, una distanza due volte la nostra; invece aveva potuto solamente una volta e mezza; in una giornata, mentre noi avanzavamo di quaranta leghe, lui ne divorava sessanta, ma non più.

Così fu degli altri. Bartolomeo, partito per la città alla terza sera di viaggio, ci raggiunse alla quindicesima; Caio, partito alla quarta, alla ventesima solo fu di ritorno. Ben presto constatai che bastava moltiplicare per cinque i giorni fin lì impiegati per sapere quando il messaggero ci avrebbe ripresi.

Allontanandoci sempre più dalla capitale, l'itinerario dei messi si faceva ogni volta più lungo. Dopo cinquanta giorni di cammino, l'intervallo fra un arrivo e l'altro dei messaggeri cominciò a spaziarsi sensibilmente; mentre prima me ne vedevo arrivare al campo uno ogni cinque giorni, questo intervallo divenne di venticinque; la voce della mia città diveniva in tal modo sempre più fioca; intere settimane passavano senza che io ne avessi alcuna notizia.

Trascorsi che furono sei mesi – già avevamo varcato i monti Fasani – l'intervallo fra un arrivo e l'altro dei messaggeri aumentò a ben quattro mesi. Essi mi recavano ormai notizie lontane; le buste mi giungevano gualcite, talora con macchie di umido per le notti trascorse all'addiaccio da chi me le portava.

Procedemmo ancora. Invano cercavo di persuadermi che le nuvole trascorrenti sopra di me fossero uguali a quelle della mia fanciullezza, che il cielo della città lontana non fosse diverso dalla cupola azzurra che mi sovrastava, che l'aria fosse la stessa, uguale il soffio del vento, identiche le voci degli uccelli. Le nuvole, il cielo, l'aria, i venti, gli uccelli, mi apparivano in verità cose nuove e diverse; e io mi sentivo straniero.

Avanti, avanti! Vagabondi incontrati per le pianure mi dicevano che i confini non erano lontani. Io incitavo i miei uomini a non posare, spegnevo gli accenti scoraggianti che si facevano sulle loro labbra. Erano già passati quattro anni dalla mia partenza; che lunga fatica. La capitale, la mia casa, mio padre, si erano fatti stranamente remoti, quasi non ci credevo. Ben venti mesi di silenzio e di solitudine intercorrevano ora fra le successive comparse dei messaggeri. Mi portavano curiose lettere ingiallite dal tempo, e in esse trovavo nomi dimenticati, modi di dire a me insoliti, sentimenti che non riuscivo a capire. Il mattino successivo, dopo una sola notte di riposo, mentre noi ci rimettevamo in cammino, il messo partiva nella direzione opposta, recando alla città le lettere che da parecchio tempo io avevo apprestate.

Ma otto anni e mezzo sono trascorsi. Stasera cenavo da solo nella mia tenda quando è entrato Domenico, che riusciva ancora a sorridere benché stravolto dalla fatica. Da quasi sette anni non lo rivedevo. Per tutto questo periodo lunghissimo egli non aveva fatto che correre, attraverso praterie, boschi e deserti, cambiando chissà quante volte cavalcatura, per portarmi quel pacco di buste che finora non ho avuto voglia di aprire. Egli è già andato a dormire e ripartirà domani stesso all'alba.

Ripartirà per l'ultima volta. Sul taccuino ho calcolato che, se tutto andrà bene, io continuando il cammino come ho fatto finora e lui il suo, non potrò rivedere Domenico che fra trentaquattro anni. Io allora ne avrò settantadue. Ma comincio a sentirmi stanco ed è probabile che la morte mi coglierà prima. Così non lo potrò mai più rivedere.

Fra trentaquattro anni (prima anzi, molto prima) Domenico scorgerà inaspettatamente i fuochi del mio accampamento e si domanderà perché mai nel frattempo, io abbia fatto così poco cammino. Come stasera, il buon messaggero entrerà nella mia tenda con le lettere ingiallite dagli anni, cariche di assurde notizie di un tempo già sepolto; ma si fermerà sulla soglia, vedendomi immobile disteso sul giaciglio, due soldati ai fianchi con le torce, morto.

Eppure va, Domenico, e non dirmi che sono crudele! Porta il mio ultimo saluto alla città dove io sono nato. Tu sei il superstite legame con il mondo che un tempo fu anche mio. I più recenti messaggi mi hanno fatto sapere che molte cose sono cambiate, che mio padre è morto, che la Corona è passata a mio fratello maggiore, che mi considerano perduto, che hanno costruito alti palazzi di pietra là dove prima erano le querce sotto cui andavo solitamente a giocare. Ma è pur sempre la mia vecchia patria. Tu sei l'ultimo legame con loro, Domenico. Il quinto messaggero, Et-

6

tore, che mi raggiungerà, Dio volendo, fra un anno e otto mesi, non potrà ripartire perché non farebbe più in tempo a tornare. Dopo di te il silenzio, o Domenico, a meno che finalmente io non trovi i sospirati confini. Ma quanto più procedo, più vado convincendomi che non esiste frontiera.

Non esiste, io sospetto, frontiera, almeno nel senso che noi siamo abituati a pensare. Non ci sono muraglie di separazione, né valli divisorie, né montagne che chiudano il passo. Probabilmente varcherò il limite senza accorgermene neppure, e continuerò ad andare avanti, ignaro.

Per questo io intendo che Ettore e gli altri messi dopo di lui, quando mi avranno nuovamente raggiunto, non riprendano più la via della capitale ma partano innanzi a precedermi, affiché io possa sapere in antecedenza ciò che mi attende.

Un'ansia inconsueta da qualche tempo si accende in me alla sera, e non è più rimpianto delle gioie lasciate, come accadeva nei primi tempi del viaggio; piuttosto è l'impazienza di conoscere le terre ignote a cui mi dirigo.

Vado notando – e non l'ho confidato finora a nessuno – vado notando come di giorno in giorno, man mano che avanzo verso l'improbabile mèta, nel cielo irraggi una luce insolita quale mai mi è apparsa, neppure nei sogni; e come le piante, i monti, i fiumi che attraversiamo, sembrino fatti di una essenza diversa da quella nostrana e l'aria rechi presagi che non so dire.

Una speranza nuova mi trarrà domattina ancora più avanti, verso quelle montagne inesplorate che le ombre della notte stanno occultando. Ancora una volta io leverò il campo, mentre Domenico scomparirà all'orizzonte dalla parte opposta, per recare alla città lontanissima l'inutile mio messaggio.

L'assalto del grande convoglio

Arrestato in una via del paese e condannato soltanto per contrabbando – poiché non lo avevano riconosciuto – Gaspare Planetta, il capo brigante, rimase tre anni in prigione.

Ne venne fuori cambiato. La malattia lo aveva consunto, gli era cresciuta la barba, sembrava piuttosto un vecchietto che non il famoso capo brigante, il miglior schioppo conosciuto, che non sapeva sbagliare un colpo.

Allora, con le sue robe in un sacco, si mise in cammino per Monte Fumo, che era stato il suo regno, dove erano rimasti i compagni.

Era una domenica di giugno quando si addentrò per la valle in fondo alla quale c'era la loro casa. I sentieri del bosco non erano mutati: qua una radice affiorante, là un caratteristico sasso ch'egli ricordava bene. Tutto come prima. Siccome era festa, i briganti si erano riuniti alla casa. Avvicinandosi, Planetta udì voci e risate. Contrariamente all'uso dei suoi tempi, la porta era chiusa.

Batté due tre volte. Dentro si fece silenzio. Poi domandarono: «Chi è?».

«Vengo dalla città» egli rispose «vengo da parte di Planetta.»

Voleva fare una sorpresa, ma invece quando gli aprirono e gli si fecero incontro, Gaspare Planetta si accorse subito che non l'avevano riconosciuto. Solo il vecchio cane della compagnia, lo scheletrico Tromba, gli saltò addosso con guaiti di gioia.

Da principio i suoi vecchi compagni, Cosimo, Marco, Felpa ed anche tre quattro facce nuove gli si strinsero attorno, chiedendo notizie di Planetta. Lui raccontò di avere conosciuto il capo brigante in prigione; disse che Planetta sarebbe stato liberato fra un mese e intanto aveva mandato lui lassù per sapere come andavano le cose.

Dopo poco però i briganti si disinteressarono del nuovo venuto e trovarono pretesti per lasciarlo. Solo Cosimo rimase a parlare con lui, pur non riconoscendolo.

«E al suo ritorno cosa intende fare?» chiedeva accennando al vecchio capo, in carcere.

«Cosa intende fare?» fece Planetta «forse che non può tornare qui?»

«Ah, sì, sì, io non dico niente. Pensavo per lui, pensavo. Le cose qui sono cambiate. E lui vorrà comandare ancora, si capisce, ma non so...»

«Non sai che cosa?»

«Non so se Andrea sarà disposto... farà certo delle questioni... per me torni pure, anzi, noi due siamo sempre andati d'accordo...»

Gaspare Planetta seppe così che il nuovo capo era Andrea, uno dei suoi compagni di una volta, quello che anzi pareva allora il più bestia.

In quel momento si spalancò la porta, lasciando entrare proprio Andrea, che si fermò in mezzo alla stanza. Planetta ricordava uno spilungone apatico. Adesso gli stava davanti un pezzo formidabile di brigante, con una faccia dura e un paio di splendidi baffi.

Quando seppe del nuovo venuto, che anch'egli non riconobbe: «Ah, così?» disse a proposito di Planetta «ma come mai non è riuscito a fuggire? Non deve essere poi così difficile. Marco anche lui l'hanno messo dentro, ma non ci è rimasto che sei giorni. Anche Stella ci ha messo poco a fuggire. Proprio lui, che era il capo, proprio lui, non ha fatto una bella figura.»

«Non è più come una volta, così per dire» fece Planetta con un furbesco sorriso. «Ci sono molte guardie adesso, le inferriate le hanno cambiate, non ci lasciavano mai soli. E poi lui s'è ammalato».

Così disse; ma intanto capiva di essere rimasto tagliato fuori, capiva che un capo brigante non può lasciarsi imprigionare, tanto meno restar dentro tre anni come un disgraziato qualunque, capiva di essere vecchio, che per lui non c'era più posto, che il suo tempo era tramontato.

«Mi ha detto» riprese con voce stanca lui di solito gioviale e sereno «Planetta mi ha detto che ha lasciato qui il suo cavallo, un cavallo bianco, diceva, che si chiama Polàk, mi pare, e ha un gonfio sotto un ginocchio.»

«Aveva, vuoi dire aveva» fece Andrea arrogante, cominciando a sospettare che fosse proprio Planetta presente.

«Se il cavallo è morto la colpa non sarà nostra...»

«Mi ha detto» continuò calmo Planetta «che aveva lasciato qui degli abiti, una lanterna, un orologio.» E sorrideva intanto sottilmente e si avvicinava alla finestra perché tutti lo potessero veder bene.

E tutti infatti lo videro bene, riconobbero in quel magro vecchietto ciò che rimaneva del loro capo, del famoso Gaspare Planetta, del migliore schioppo conosciuto, che non sapeva sbagliare un colpo.

Eppure nessuno fiatò. Anche Cosimo non osò dir nulla. Tutti finsero di non averlo riconosciuto, perché era presente Andrea, il nuovo capo, di cui avevano paura. Ed Andrea aveva fatto finta di niente.

«Le sue robe nessuno le ha toccate» disse Andrea «devono essere là in un cassetto. Degli abiti non so niente. Probabilmente li ha adoperati qualcun altro.»

«Mi ha detto» continuò imperturbabile Planetta, questa

volta senza più sorridere «mi ha detto che ha lasciato qui il suo fucile, il suo schioppo di precisione.»

«Il suo fucile è sempre qui» fece Andrea «e potrà venire a riprenderselo.»

«Mi diceva» proseguì Planetta «mi diceva sempre: chissà come me lo adoperano, il mio fucile, chissà che ferravecchio troverò al mio ritorno. Ci teneva tanto al suo fucile.»

«L'ho adoperato io qualche volta» ammise Andrea con un leggero tono di sfida «ma non credo per questo di averlo mangiato.»

Gaspare Planetta sedette su una panca. Si sentiva addosso la sua solita febbre, non grande cosa, ma abbastanza da fare la testa pesante.

«Dimmi» fece rivolto ad Andrea «me lo potresti far vedere?»

«Avanti» rispose Andrea, facendo segno a uno dei briganti nuovi che Planetta non conosceva «avanti, va di là a prenderlo.»

Fu portato a Planetta lo schioppo. Egli lo osservò minutamente con aria preoccupata e via via parve rasserenarsi. Accarezzò con le mani la canna.

«Bene» disse dopo una lunga pausa «e mi ha detto anche che aveva lasciato qui delle munizioni. Mi ricordo anzi precisamente: polvere, sei misure, e ottantacinque palle.»

«Avanti» fece Andrea con aria seccata «avanti, andategliele a prendere. E poi c'è qualcosa d'altro?»

«Poi c'è questo» disse Planetta con la massima calma, alzandosi dalla panca, avvicinandosi ad Andrea e staccandogli dalla cintura un lungo pugnale inguainato. «C'è ancora questo» confermò «il suo coltello da caccia.» E tornò a sedere.

Seguì un lungo pesante silenzio. Finalmente fu Andrea che disse:

«Be', buonasera» disse, per fare capire a Planetta che se ne poteva ormai andare.

Gaspare Planetta alzò gli occhi misurando la potente corporatura di Andrea. Avrebbe mai potuto sfidarlo, patito e stanco come si sentiva? Perciò si alzò lentamente, aspettò che gli dessero anche le altre sue cose, mise tutto nel sacco, si gettò lo schioppo sulle spalle.

«Allora buonasera, signori» disse avviandosi alla porta. I briganti rimasero muti, immobili per lo stupore, perché mai avrebbero immaginato che Gaspare Planetta, il famoso capo brigante, potesse andarsene così, lasciandosi mortificare a quel modo. Solo Cosimo trovò un po' di voce, una voce stranamente fioca.

«Addio Planetta!» esclamò, lasciando da parte ogni finzione. «Addio, buona fortuna!»

Planetta si allontanò per il bosco, in mezzo alle ombre della sera, fischiettando una allegra arietta.

Così fu di Planetta, ora non più capo brigante, bensì soltanto Gaspare Planetta fu Severino, di anni 48, senza fissa dimora. Però una dimora l'aveva, un suo baracchino sul Monte Fumo, metà di legno e metà di sassi, nel mezzo delle boscaglie, dove una volta si rifugiava quando c'erano troppe guardie in giro.

Planetta raggiunse la sua baracchetta, accese il fuoco, contò i soldi che aveva (potevano bastargli per qualche mese) e cominciò a vivere solo.

Ma una sera, ch'era seduto al fuoco, si aprì di colpo la porta e comparve un giovane, con un fucile. Avrà avuto diciassette anni.

«Cosa succede?» domandò Planetta, senza neppure alzarsi in piedi. Il giovane aveva un'aria ardita, assomigliava a lui, Planetta, una trentina d'anni prima.

«Stanno qui quelli del Monte Fumo? Sono tre giorni che vado in cerca.»

Il ragazzo si chiamava Pietro. Raccontò senza esitazione che voleva mettersi coi briganti. Era sempre vissuto da vagabondo ed erano anni che ci pensava, ma per fare il brigante occorreva almeno un fucile e aveva dovuto aspettare un pezzo, adesso però ne aveva rubato uno, ed anche uno schioppo discreto.

«Sei capitato bene» fece Planetta allegramente «io sono Planetta.»

«Planetta il capo, vuoi dire?»

«Sì, certo, proprio lui.»

«Ma non eri in prigione?»

«Ci sono stato, così per dire» spiegò furbescamente Planetta. «Ci sono stato tre giorni. Non ce l'hanno fatta a tenermi di più.»

Il ragazzo lo guardò con entusiasmo.

«E allora mi vuoi prendere con te?»

«Prenderti con me?» fece Planetta «be', per stanotte dormi qui, poi domani vedremo.»

I due vissero insieme. Planetta non disilluse il ragazzo, gli lasciò credere di essere sempre lui il capo, gli spiegò che preferiva viversene solo e trovarsi con i compagni soltanto quando era necessario. Il ragazzo lo credette potente e aspettò da lui grandi cose.

Ma passavano i giorni e Planetta non si muoveva. Tutt'al più girava un poco per cacciare. Del resto se ne stava sempre vicino al fuoco.

«Capo» diceva Pietro «quand'è che mi conduci con te a far qualcosa?»

«Ah» rispondeva Planetta «uno di questi giorni combineremo bene. Farò venire tutti i compagni, avrai da cavarti la soddisfazione.»

Ma i giorni continuavano a passare.

«Capo» diceva il ragazzo «ho saputo che domani, giù nella strada della valle, domani passa in carrozza un mercante, un certo signor Francesco, che deve avere le tasche piene.»

«Un certo Francesco?» faceva Planetta senza dimostrare

interesse. «Peccato, proprio lui, lo conosco bene da un pezzo. Una bella volpe, ti dico, quando si mette in viaggio non si porta dietro neanche uno scudo, è tanto se porta i vestiti, dalla paura che ha dei ladri.»

«Capo» diceva il ragazzo «ho saputo che domani passano due carri di roba buona, tutta roba da mangiare, cosa ne dici, capo?»

«Davvero?» faceva Planetta «roba da mangiare?» e lasciava cadere la cosa, come se non fosse degna di lui.

«Capo» diceva il ragazzo «domani c'è la festa al paese, c'è un mucchio di gente che gira, passeranno tante carrozze, molti torneranno anche di notte. Non ci sarebbe da far qualcosa?»

«Quando c'è gente» rispondeva Planetta «è meglio lasciar stare. Quando c'è la festa vanno attorno i gendarmi. Non val la pena di fidarsi. È proprio in quel giorno che mi hanno preso.»

«Capo» diceva dopo alcuni giorni il ragazzo «di' la verità, tu hai qualcosa. Non hai più voglia di muoverti. Nemmeno più a caccia vuoi venire. I compagni non li vuoi vedere. Tu devi essere malato, anche ieri dovevi avere la febbre, stai sempre attaccato al fuoco. Perché non mi parli chiaro?»

«Può darsi che io non stia bene» faceva Planetta sorridendo «ma non è come tu pensi. Se vuoi proprio che te lo dica, dopo almeno mi lascerai tranquillo, è cretino sfacchinare per mettere insieme qualche marengo. Se mi muovo, voglio che valga la fatica. Bene, ho deciso, così per dire, di aspettare il Gran Convoglio.»

Voleva dire il Grande Convoglio che una volta all'anno, precisamente il 12 settembre, portava alla Capitale un carico d'oro, tutte le tasse delle provincie del sud. Avanzava tra suoni di corni, lungo la strada maestra, tra lo scalpitare della guardia armata. Il Grande Convoglio imperiale, con il grande carro di ferro, tutto pieno di monete, chiuse in tanti sacchetti. I briganti lo sognavano nelle notti buone, ma da cent'anni nessuno era riuscito impunemente ad assaltarlo. Tredici briganti erano morti, venti ficcati in prigione. Nessuno osava pensarci più; d'anno in anno poi il provento delle tasse cresceva e si aumentava la scorta armata. Cavalleggeri davanti e di dietro, pattuglie a cavallo di fianco, armati i cocchieri, i cavallanti e i servi.

Precedeva una specie di staffetta, con tromba e bandiera. A una certa distanza seguivano ventiquattro cavalleggeri, con schioppi, pistole e spadoni. Poi veniva il carro di ferro, con lo stemma imperiale in rilievo, tirato da sedici cavalli. Ventiquattro cavalleggeri, anche dietro, dodici altri dalle due parti. Centomila ducati d'oro, mille once d'argento, riservati alla cassa imperiale.

Dentro e fuori per le valli il favoloso convoglio passava a galoppo serrato. Luca Toro, cent'anni prima, aveva avuto il coraggio di assaltarlo e gli era andata miracolosamente bene. Era quella la prima volta: la scorta aveva preso paura. Luca Toro era poi fuggito in Oriente e si era messo a fare il signore.

A distanza di parecchi anni, anche altri briganti avevano tentato: Giovanni Borso, per dire solo alcuni, il Tedesco, Sergio dei Topi, il Conte e il Capo dei trentotto. Tutti, al mattino dopo, distesi al bordo della strada, con la testa spaccata.

«Il Gran Convoglio? Vuoi rischiarti sul serio?» domandò il ragazzo meravigliato.

«Sì certo, voglio rischiarla. Se riesce, sono a posto per sempre.»

Così disse Gaspare Planetta, ma in cuor suo non ci pensava nemmeno. Sarebbe stata un'assoluta follia, anche a essere una ventina, attaccare il Gran Convoglio. Figurarsi poi da solo.

L'aveva detto così per scherzare, ma il ragazzo lo prese sul serio e guardò Planetta con ammirazione.

15

«Dimmi» fece il ragazzo «e quanti sarete?»

«Una quindicina almeno, saremo.»

«E quando?»

«C'è tempo» rispose Planetta «bisogna che lo domandi ai compagni. Non c'è mica tanto da scherzare».

Ma i giorni, come avviene, non fecero fatica a passare e i boschi cominciarono a diventar rossi. Il ragazzo aspettava con impazienza. Planetta gli lasciava credere e nelle lunghe sere, passate vicino al fuoco, discuteva del grande progetto e ci si divertiva anche lui. In qualche momento perfino pensava che tutto potesse essere anche vero.

L'11 settembre, alla vigilia, il ragazzo stette in giro fino a notte. Quando tornò aveva una faccia scura.

«Cosa c'è?» domandò Planetta, seduto al solito davanti al fuoco.

«C'è che finalmente ho incontrato i tuoi compagni.»

Ci fu un lungo silenzio e si sentirono gli scoppiettii del fuoco. Si udì pure la voce del vento che fuori soffiava nelle boscaglie.

«E allora» disse alla fine Planetta con una voce che voleva sembrare scherzosa. «Ti hanno detto tutto, così per dire?»

«Sicuro» rispose il ragazzo. «Proprio tutto mi hanno detto.»

«Bene» soggiunse Planetta, e si fece ancora silenzio nella stanza piena di fumo, in cui c'era solo la luce del fuoco.

«Mi hanno detto di andare con loro» osò alla fine il ragazzo. «Mi hanno detto che c'è molto da fare.»

«Si capisce» approvò Planetta «saresti stupido a non andare.»

«Capo» domandò allora Pietro con voce vicina al pianto «perché non dirmi la verità, perché tutte quelle storie?»

«Che storie?» ribatté Planetta che faceva ogni sforzo per mantenere il suo solito tono allegro. «Che storie ti ho mai contato? Ti ho lasciato credere, ecco tutto. Non ti ho voluto disingannare. Ecco tutto, così per dire.»

«Non è vero» disse il ragazzo. «Tu mi hai tenuto qui con delle promesse e lo facevi solo per sfottermi. Domani, lo sai bene...»

«Che cosa domani?» chiese Planetta, ritornato nuovamente tranquillo «Vuoi dire del Gran Convoglio?»

«Ecco, e io fesso a crederti» brontolò irritato il ragazzo. «Del resto, lo potevo ben capire, malato come sei, non so cosa avresti potuto...» Tacque per qualche secondo, poi concluse a bassa voce: «Domani allora me ne vado».

Ma all'indomani fu Planetta ad alzarsi per primo. Si levò senza svegliare il ragazzo, si vestì in fretta e prese il fucile. Solo quando egli fu sulla soglia, Pietro si destò.

«Capo» gli domandò, chiamandolo così per l'abitudine «dove vai a quest'ora, si può sapere?»

«Si può sapere, sissignore» rispose Planetta sorridendo. «Vado ad aspettare il Gran Convoglio.»

Il ragazzo, senza rispondere, si voltò dall'altra parte del letto, come per dire che di quelle stupide storie era stufo.

Eppure non erano storie. Planetta, per mantenere la promessa, anche se fatta per scherzo, Planetta, ora che era rimasto solo, andò ad assalire il Gran Convoglio.

I compagni l'avevano abbastanza sfottuto. Che almeno fosse quel ragazzo a sapere chi era Gaspare Planetta. Ma no, neanche di quel ragazzo gliene importava. Lo faceva in fondo per sé, per sentirsi quello di prima, sia pure per l'ultima volta. Non ci sarebbe stato nessuno a vederlo, forse nessuno a saperlo mai, se rimaneva subito ucciso; ma questo non aveva importanza. Era una questione personale, con l'antico potente Planetta. Una specie di scommessa, per un'impresa disperata.

Pietro lasciò che Planetta se n'andasse. Ma più tardi gli nacque un dubbio: che Planetta andasse davvero all'assal-

17

to? Era un dubbio debole e assurdo, eppure Pietro si alzò e uscì alla ricerca. Parecchie volte Planetta gli aveva mostrato il posto buono per aspettare il Convoglio. Sarebbe andato là a vedere.

Il giorno era già nato, ma lunghe nubi temporalesche si stendevano attraverso il cielo. La luce era chiara e grigia. Ogni tanto qualche uccello cantava. Negli intervalli si udiva il silenzio.

Pietro corse giù per le boscaglie, verso il fondo della valle dove passava la strada maestra. Procedeva guardingo tra i cespugli in direzione di un gruppo di castagni, dove Planetta avrebbe dovuto trovarsi.

Planetta infatti c'era, appiattato dietro a un tronco e si era fatto un piccolo parapetto di erbe e rami, per esser sicuro che non lo potessero vedere. Era sopra una specie di gobba che dominava una brusca svolta della strada: un tratto in forte salita dove i cavalli erano costretti a rallentare. Perciò si sarebbe potuto sparare bene.

Il ragazzo guardò giù in fondo la pianura del sud, che si perdeva nell'infinito, tagliata in due dalla strada. Vide in fondo un polverone che si muoveva.

Il polverone che si muoveva, avanzando lungo la strada, era la polvere del Gran Convoglio.

Planetta stava collocando il fucile con la massima flemma quando udì qualcosa agitarsi vicino a lui. Si voltò e vide il ragazzo appiattato con il fucile proprio all'albero vicino.

«Capo» disse ansando il ragazzo «Planetta, vieni via. Sei diventato pazzo?»

«Zitto» rispose sorridendo Planetta «finora pazzo non lo sono. Torna via immediatamente.»

«Sei pazzo, ti dico, Planetta, tu aspetti che vengano i tuoi compagni, ma non verranno, me l'hanno detto, non se la sognano neppure.»

«Verranno, perdio se verranno, è questione d'aspettare

un poco. È un po' la loro mania di arrivare sempre in ritardo.»

«Planetta» supplicò il ragazzo «fammi il piacere, vieni via. Ieri sera scherzavo, io non ti voglio lasciare.»

«Lo so, l'avevo capito» rise bonariamente Planetta. «Ma adesso basta, va via, ti dico, fa presto, che questo non è un posto per te.»

«Planetta» insisté il ragazzo. «Non vedi che è una pazzia? Non vedi quanti sono? Cosa vuoi fare da solo?»

«Perdio, vattene» gridò con voce repressa Planetta, finalmente andato in bestia. «Non ti accorgi che così mi rovini?»

In quel momento si cominciavano a distinguere, in fondo alla strada maestra, i cavalleggeri del Gran Convoglio, il carro, la bandiera.

«Vattene, per l'ultima volta» ripeté furioso Planetta. E il ragazzo finalmente si mosse, si ritrasse strisciando tra i cespugli, fino a che disparve.

Planetta udì allora lo scalpitìo dei cavalli, diede un'occhiata alle grandi nubi di piombo che stavano per crepare, vide tre quattro corvi nel cielo. Il Gran Convoglio ormai rallentava, iniziando la salita.

Planetta aveva il dito al grilletto, ed ecco si accorse che il ragazzo era tornato strisciando, appostandosi nuovamente dietro l'albero.

«Hai visto?» sussurrò Pietro «hai visto che non sono venuti?»

«Canaglia» mormorò Planetta, con un represso sorriso, senza muovere neppure la testa «Canaglia, adesso sta fermo, è troppo tardi per muoversi, attento che incomincia il bello.»

Trecento, duecento metri, il Gran Convoglio si avvicinava. Già si distingueva il grande stemma in rilievo sui fianchi del prezioso carro, si udivano le voci dei cavalleggeri che discorrevano tra loro.

Ma qui il ragazzo ebbe finalmente paura. Capì che era una impresa pazza, da cui era impossibile venir fuori.

«Hai visto che non sono venuti?» sussurrò con accento disperato. «Per carità, non sparare.»

Ma Planetta non si commosse.

«Attento» mormorò allegramente, come se non avesse sentito. «Signori, qui si incomincia.»

Planetta aggiustò la mira, la sua formidabile mira, che non poteva sbagliare. Ma in quell'istante, dal fianco opposto della valle, risuonò secca una fucilata.

«Cacciatori!» commentò Planetta scherzoso, mentre si allargava una terribile eco «cacciatori! niente paura. Anzi, meglio, farà confusione.»

Ma non erano cacciatori. Gaspare Planetta sentì di fianco a sé un gemito. Voltò la faccia e vide il ragazzo che aveva lasciato il fucile e si abbandonava riverso per terra.

«Mi hanno beccato!» si lamentò «oh mamma!»

Non erano stati cacciatori a sparare, ma i cavalleggeri di scorta al Convoglio, incaricati di precedere il carriaggio, disperdendosi lungo i fianchi della valle, per sventare insidie. Erano tutti tiratori scelti, selezionati nelle gare. Avevano fucili di precisione.

Mentre scrutava il bosco, uno dei cavalleggeri aveva visto il ragazzo muoversi tra le piante. L'aveva visto poi stendersi a terra, aveva finalmente scorto anche il vecchio brigante.

Planetta lasciò andare una bestemmia. Si alzò con precauzione in ginocchio, per soccorrere il compagno. Crepitò una seconda fucilata.

La palla partì diritta, attraverso la piccola valle, sotto alle nubi tempestose, poi cominciò ad abbassarsi, secondo le leggi della traiettoria. Era stata spedita alla testa; entrò invece dentro al petto, passando vicino al cuore.

Planetta cadde di colpo. Si fece un grande silenzio, come egli non aveva mai udito. Il Gran Convoglio si era fermato. Il temporale non si decideva a venire. I corvi erano là nel cielo. Tutti stavano in attesa.

Il ragazzo voltò la testa e sorrise: «Avevi ragione» balbettò. «Sono venuti, i compagni. Li hai visti, capo?»

Planetta non riuscì a rispondere ma con un supremo sforzo volse lo sguardo dalla parte indicata.

Dietro a loro, in una radura del bosco, erano apparsi una trentina di cavalieri, con il fucile a tracolla. Sembravano diafani come una nube, eppure spiccavano nettamente sul fondo scuro della foresta. Si sarebbero detti briganti, dall'assurdità delle divise e dalle loro facce spavalde.

Planetta infatti li riconobbe. Erano proprio gli antichi compagni, erano i briganti morti, che venivano a prenderlo. Facce spaccate dal sole, lunghe cicatrici di traverso, orribili baffoni da generale, barbe strappate dal vento, occhi duri e chiarissimi, le mani sui fianchi, inverosimili speroni, grandi bottoni dorati, facce oneste e simpatiche, impolverate dalle battaglie.

Ecco là il buon Paolo, lento di comprendonio, ucciso all'assalto del Mulino. Ecco Pietro del Ferro, che non aveva mai saputo cavalcare, ecco Giorgio Pertica, ecco Frediano, crepato di freddo, tutti i buoni vecchi compagni, visti ad uno ad uno morire. E quell'omaccione coi grandi baffi e il fucile lungo come lui, su per quel magro cavallo bianco, non era il Conte, il famigerato capo, pure lui caduto per il Gran Convoglio? Sì, era proprio lui. Il Conte, col volto luminoso di cordialità e straordinaria soddisfazione. E si sbagliava Planetta oppure l'ultimo a sinistra, che se ne stava diritto e superbo, si sbagliava Planetta o non era Marco Grande in persona, il più famoso degli antichi capi? Marco Grande impiccato nella Capitale, alla presenza dell'imperatore e di quattro reggimenti in armi? Marco Grande che cinquant'anni dopo nominavano ancora a bassa voce? Precisamente lui era, anch'egli presente per onorare Planetta, l'ultimo capo sfortunato e prode.

I briganti morti se ne stavano silenziosi, evidentemente commossi, ma pieni di una comune letizia. Aspettavano che Planetta si movesse.

Infatti Planetta, così come il ragazzo si levò ritto da terra, non più in carne ed ossa come prima, ma diafano al pari degli altri e pure identico a se stesso.

Gettato uno sguardo al suo povero corpo, che giaceva raggomitolato al suolo, Gaspare Planetta fece un'alzata di spalle come per dire a se stesso che se ne fregava e uscì nella radura, ormai indifferente alle possibili schioppettate. Si avanzò verso gli antichi compagni e si sentì invadere da contentezza.

Stava per cominciare i saluti individualmente, quando notò che proprio in prima fila c'era un cavallo perfettamente sellato ma senza cavaliere. Istintivamente si avanzò sorridendo.

«Così per dire» esclamò, meravigliandosi per il tono stranissimo della sua nuova voce. «Così per dire non sarebbe questo il mio Polàk, più in gamba che mai?» Era davvero Polàk, il suo caro cavallo, e riconoscendo il padrone mandò una specie di nitrito, bisogna dire così perché quella dei cavalli morti è una voce più dolce di quella che noi conosciamo.

Planetta gli diede due tre manate affettuose e già pregustò la bellezza della prossima cavalcata, insieme ai fedeli amici, via verso il regno dei briganti morti ch'egli non conosceva ma ch'era legittimo immaginare pieno di sole, dentro a un'aria di primavera, con lunghe strade bianche senza polvere che conducevano a miracolose avventure. Appoggiata la sinistra al colmo della sella, come accingendosi a balzare in groppa, Gaspare Planetta disse:

«Grazie, ragazzi miei» disse, stentando a non lasciarsi vincere dalla commozione. «Vi giuro che...»

Qui s'interruppe perché si era ricordato del ragazzo, il quale, pure lui in forma di ombra, se ne stava in disparte, 'n atteggiamento d'attesa, con l'imbarazzo che si ha in compagnia di persone appena conosciute.

«Ah, scusa» disse Planetta. «Ecco qua un bravo compagno» aggiunse rivolto ai briganti morti. «Aveva appena diciassett'anni, sarebbe stato un uomo in gamba.»

I briganti, tutti chi più chi meno sorridendo, abbassarono leggermente la testa, come per dare il benvenuto.

Planetta tacque e si guardò attorno indeciso. Cosa doveva fare? Cavalcare via coi compagni, piantando il ragazzo solo? Planetta diede altre due tre manate al cavallo, tossicchiò furbescamente, poi disse al ragazzo:

«Be' avanti, salta su te. È giusto che sia tu a divertirti. Avanti, avanti, poche storie» aggiunse poi con finta severità vedendo che il ragazzo non osava accettare.

«Se proprio vuoi...» esclamò infine, il ragazzo, evidentemente lusingato. E con un'agilità che egli stesso non avrebbe mai preveduto, poco pratico come era stato fino allora di equitazione, il ragazzo fu di colpo in sella.

I briganti agitarono i cappelli, salutando Gaspare Planetta, qualcuno strizzò benevolmente un occhio, come per dire arrivederci. Tutti diedero di sprone ai cavalli e partirono di galoppo.

Partirono come schioppettate, allontanandosi tra le piante. Era meraviglioso come essi si gettassero negli intrichi del bosco e li attraversassero senza rallentare. I cavalli tenevano un galoppo soffice e bello a vedere. Anche da lontano, qualcuno dei briganti e il ragazzo agitarono ancora il cappello.

Planetta, rimasto solo, diede un'occhiata circolare alla valle. Sogguardò, ma appena con la coda dell'occhio, l'ormai inutile corpo di Planetta che giaceva ai piedi dell'albero. Diresse quindi gli sguardi alla strada.

Il Convoglio era ancora fermo, al di là della curva e perciò non era visibile. Sulla strada c'erano soltanto sei o sette cavalleggeri della scorta; erano fermi e guardavano verso

Planetta. Benché possa apparire incredibile, essi avevano potuto vedere la scena: l'ombra dei briganti morti, i saluti, la cavalcata. In certi giorni di settembre, sotto alle nuvole temporalesche, non è poi detto che certe cose non possano avvenire. Quando Planetta, rimasto solo, si voltò, il capo di quel drappello si accorse di essere guardato. Allora drizzò il busto e salutò militarmente, come si saluta tra soldati.

Planetta si toccò la falda del cappello, con un gesto molto confidenziale ma pieno di bonomia increspando le labbra a un sorriso.

Poi diede un'altra alzata di spalle, la seconda della giornata. Fece perno sulla gamba sinistra, voltò le spalle ai cavalleggeri, sprofondò le mani nelle tasche e se n'andò fischiettando, fischiettando, sissignori, una marcetta militare. Se n'andò nella direzione in cui erano spariti i compagni, verso il regno dei briganti morti ch'egli non conosceva ma ch'era lecito supporre migliore di questo.

I cavalleggeri lo videro farsi sempre più piccolo e diafano; aveva un passo leggero e veloce che contrastava con la sua sagoma ormai di vecchietto, un'andatura da festa quale hanno solo gli uomini sui vent'anni quando sono felici.

Sette piani

Dopo un giorno di viaggio in treno, Giuseppe Corte arrivò, una mattina di marzo, alla città dove c'era la famosa casa di cura. Aveva un po' di febbre, ma volle fare ugualmente a piedi la strada fra la stazione e l'ospedale, portandosi la sua valigetta.

Benché avesse soltanto una leggerissima forma incipiente, Giuseppe Corte era stato consigliato di rivolgersi al celebre sanatorio, dove non si curava che quell'unica malattia. Ciò garantiva un'eccezionale competenza nei medici e la più razionale ed efficace sistemazione d'impianti.

Quando lo scorse da lontano – e lo riconobbe per averne già visto la fotografia in una circolare pubblicitaria – Giuseppe Corte ebbe un'ottima impressione. Il bianco edificio a sette piani era solcato da regolari rientranze che gli davano una fisionomia vaga d'albergo. Tutt'attorno era una cinta di alti alberi.

Dopo una sommaria visita medica, in attesa di un esame più accurato Giuseppe Corte fu messo in una gaia camera del settimo ed ultimo piano. I mobili erano chiari e lindi come la tappezzeria, le poltrone erano di legno, i cuscini vestiti di policrome stoffe. La vista spaziava su uno dei più bei quartieri della città. Tutto era tranquillo, ospitale e rassicurante.

Giuseppe Corte si mise subito a letto e, accesa la lampa-

25

dina sopra il capezzale, cominciò a leggere un libro che aveva portato con sé. Poco dopo entrò un'infermiera per chiedergli se desiderasse qualcosa.

Giuseppe Corte non desiderava nulla ma si mise volentieri a discorrere con la giovane, chiedendo informazioni sulla casa di cura. Seppe così la strana caratteristica di quell'ospedale. I malati erano distribuiti piano per piano a seconda della gravità. Il settimo, cioè l'ultimo, era per le forme leggerissime. Il sesto era destinato ai malati non gravi ma neppure da trascurare. Al quinto si curavano già affezioni serie e così di seguito, di piano in piano. Al secondo erano i malati gravissimi. Al primo quelli per cui era inutile sperare.

Questo singolare sistema, oltre a sveltire grandemente il servizio, impediva che un malato leggero potesse venir turbato dalla vicinanza di un collega in agonia, e garantiva in ogni piano un'atmosfera omogenea. D'altra parte la cura poteva venir così graduata in modo perfetto.

Ne derivava che gli ammalati erano divisi in sette progressive caste. Ogni piano era come un piccolo mondo a sé, con le sue particolari regole, con le sue speciali tradizioni. E siccome ogni settore era affidato a un medico diverso, si erano formate, sia pure minime, ma precise differenze nei metodi di cura, nonostante il direttore generale avesse impresso all'istituto un unico fondamentale indirizzo. Quando l'infermiera fu uscita, Giuseppe Corte, sembrandogli che la febbre fosse scomparsa, raggiunse la finestra e guardò fuori, non per osservare il panorama della città, che pure era nuova per lui, ma nella speranza di scorgere, attraverso le finestre, altri ammalati dei piani inferiori. La struttura dell'edificio, a grandi rientranze, permetteva tale genere di osservazione. Soprattutto Giuseppe Corte concentrò la sua attenzione sulle finestre del primo piano che sembravano lontanissime, e che si scorgevano solo di sbieco. Ma non poté vedere nulla di interessante. Nella maggioranza erano ermeticamente sprangate dalle grigie persiane scorrevoli.

Il Corte si accorse che a una finestra di fianco alla sua stava affacciato un uomo. I due si guardarono a lungo con crescente simpatia, ma non sapevano come rompere il silenzio. Finalmente Giuseppe Corte si fece coraggio e disse: «Anche lei sta qui da poco?».

«Oh no» fece l'altro «sono qui già da due mesi...» tacque qualche istante e poi, non sapendo come continuare la conversazione, aggiunse: «Guardavo giù mio fratello».

«Suo fratello?»

«Sì» spiegò lo sconosciuto. «Siamo entrati insieme, un caso veramente strano, ma lui è andato peggiorando, pensi che adesso è già al quarto.»

«Al quarto che cosa?»

«Al quarto piano» spiegò l'individuo e pronunciò le due parole con una tale espressione di commiserazione e di orrore, che Giuseppe Corte restò quasi spaventato.

«Ma son così gravi al quarto piano?» domandò cautamente.

«Oh Dio» fece l'altro scuotendo lentamente la testa «non sono ancora così disperati, ma c'è comunque poco da stare allegri.»

«Ma allora» chiese ancora il Corte, con una scherzosa disinvoltura come di chi accenna a cose tragiche che non lo riguardano «allora, se al quarto sono già così gravi, al primo chi mettono allora?»

«Oh, al primo sono proprio i moribondi. Laggiù i medici non hanno più niente da fare. C'è solo il prete che lavora. E naturalmente...»

«Ma ce n'è pochi al primo piano» interruppe Giuseppe Corte, come se gli premesse di avere una conferma «quasi tutte le stanze sono chiuse laggiù.»

«Ce n'è pochi, adesso, ma stamattina ce n'erano parecchi» rispose lo sconosciuto con un sottile sorriso. «Dove le persiane sono abbassate là qualcuno è morto da poco. Non vede, del resto, che negli altri piani tutte le imposte sono aperte? Ma mi scusi» aggiunse ritraendosi lentamente «mi pare che cominci a far freddo. Io ritorno in letto. Auguri, auguri...»

L'uomo scomparve dal davanzale e la finestra venne chiusa con energia; poi si vide accendersi dentro una luce. Giuseppe Corte se ne stette ancora immobile alla finestra fissando le persiane abbassate del primo piano. Le fissava con un'intensità morbosa, cercando di immaginare i funebri segreti di quel terribile primo piano dove gli ammalati venivano confinati a morire; e si sentiva sollevato di sapersene così lontano. Sulla città scendevano intanto le ombre della sera. Ad una ad una le mille finestre del sanatorio si illuminavano, da lontano si sarebbe potuto pensare a un palazzo in festa. Solo al primo piano, laggiù in fondo al precipizio, decine e decine di finestre rimanevano cieche e buie.

Il risultato della visita medica generale rasserenò Giuseppe Corte. Incline di solito a prevedere il peggio, egli si era già in cuor suo preparato a un verdetto severo e non sarebbe rimasto sorpreso se il medico gli avesse dichiarato di doverlo assegnare al piano inferiore. La febbre infatti non accennava a scomparire, nonostante le condizioni generali si mantenessero buone. Invece il sanitario gli rivolse parole cordiali e incoraggianti. Un principio di male c'era – gli disse – ma leggerissimo; in due o tre settimane probabilmente tutto sarebbe passato.

«E allora resto al settimo piano?» aveva domandato ansiosamente Giuseppe Corte a questo punto.

«Ma naturalmente!» gli aveva risposto il medico battendogli amichevolmente una mano su una spalla. «E dove pensava di dover andare? Al quarto forse?» chiese ridendo, come per alludere alla ipotesi più assurda.

«Meglio così, meglio così» fece il Corte. «Sa? Quando si è ammalati si immagina sempre il peggio...»

Giuseppe Corte infatti rimase nella stanza che gli era stata assegnata originariamente. Imparò a conoscere alcuni dei suoi compagni di ospedale, nei rari pomeriggi in cui gli veniva concesso d'alzarsi. Seguì scrupolosamente la cura, mise tutto l'impegno a guarire rapidamente, ma ciononostante le sue condizioni pareva rimanessero stazionarie.

Erano passati circa dieci giorni, quando a Giuseppe Corte si presentò il capo-infermiere del settimo piano. Aveva da chiedere un favore in via puramente amichevole: il giorno dopo doveva entrare all'ospedale una signora con due bambini; due camere erano libere, proprio di fianco alla sua, ma mancava la terza; non avrebbe consentito il signor Corte a trasferirsi in un'altra camera, altrettanto confortevole?

Giuseppe Corte non fece naturalmente nessuna difficoltà; una camera o un'altra per lui erano lo stesso; gli sarebbe anzi toccata forse una nuova e più graziosa infermiera.

«La ringrazio di cuore» fece allora il capo-infermiere con un leggero inchino; «da una persona come lei le confesso non mi stupisce un così gentile atto di cavalleria. Fra un'ora, se lei non ha nulla in contrario, procederemo al trasloco. Guardi che bisogna scendere al piano di sotto» aggiunse con voce attenuata come se si trattasse di un particolare assolutamente trascurabile. «Purtroppo in questo piano non ci sono altre camere libere. Ma è una sistemazione assolutamente provvisoria» si affrettò a specificare vedendo che Corte, rialzatosi di colpo a sedere, stava per aprir bocca in atto di protesta «una sistemazione assolutamente provvisoria. Appena resterà libera una stanza, e credo che sarà fra due o tre giorni, lei potrà tornare di sopra.»

«Le confesso» disse Giuseppe Corte sorridendo, per dimostrare di non essere un bambino «le confesso che un trasloco di questo genere non mi piace affatto.»

«Ma non ha alcun motivo medico questo trasloco; capisco benissimo quello che lei intende dire, si tratta unicamente di una cortesia a questa signora che preferisce non rimaner separata dai suoi bambini... Per carità» aggiunse ridendo apertamente «non le venga neppure in mente che ci siano altre ragioni!»

«Sarà» disse Giuseppe Corte «ma mi sembra di cattivo augurio.»

Il Corte così passò al sesto piano, e sebbene fosse convinto che questo trasloco non corrispondesse a un peggioramento del male, si sentiva a disagio al pensiero che tra lui e il mondo normale, della gente sana, già si frapponesse un netto ostacolo. Al settimo piano, porto d'arrivo, si era in un certo modo ancora in contatto con il consorzio degli uomini; esso si poteva anzi considerare quasi un prolungamento del mondo abituale. Ma al sesto già si entrava nel corpo autentico dell'ospedale; già la mentalità dei medici, delle infermiere e degli stessi ammalati era leggermente diversa. Già si ammetteva che a quel piano venivano accolti dei veri e propri ammalati, sia pure in forma non grave. Dai primi discorsi fatti con i vicini di stanza, con il personale e con i sanitari, Giuseppe Corte si accorse come in quel reparto il settimo piano venisse considerato come uno scherzo, riservato ad ammalati dilettanti, affetti più che altro da fisime; solo dal sesto, per così dire, si cominciava davvero.

Comunque Giuseppe Corte capì che per tornare di sopra, al posto che gli competeva per le caratteristiche del suo male, avrebbe certamente incontrato qualche difficoltà; per tornare al settimo piano, egli doveva mettere in moto un complesso organismo, sia pure per un minimo sforzo; non c'era dubbio che se egli non avesse fiatato, nessuno avrebbe pensato a trasferirlo di nuovo al piano superiore dei "quasi-sani".

Giuseppe Corte si propose perciò di non transigere sui suoi diritti e di non cedere alle lusinghe dell'abitudine. Ai compagni di reparto teneva molto a specificare di trovarsi con loro soltanto per pochi giorni, ch'era stato lui a voler scendere d'un piano per fare un piacere a una signora, e che appena fosse rimasta libera una stanza sarebbe tornato di sopra. Gli altri lo ascoltavano senza interesse e annuivano con scarsa convinzione.

Il convincimento di Giuseppe Corte trovò piena conferma nel giudizio del nuovo medico. Anche questi ammetteva che Giuseppe Corte poteva benissimo essere assegnato al settimo piano; la sua forma era as-so-lu-ta-men-te leg-ge-ra – e scandiva tale definizione per darle importanza – ma in fondo riteneva che al sesto piano Giuseppe Corte forse potesse essere meglio curato

«Non cominciamo con queste storie» interveniva a questo punto il malato con decisione «lei mi ha detto che il settimo piano è il mio posto; e voglio ritornarci.»

«Nessuno ha detto il contrario» ribatteva il dottore «il mio era un puro e semplice consiglio non da dot-to-re, ma da au-ten-ti-co a-mi-co! La sua forma, le ripeto, è leggerissima, non sarebbe esagerato dire che lei non è nemmeno ammalato, ma secondo me si distingue da forme analoghe per una certa maggiore estensione. Mi spiego: l'intensità del male è minima, ma considerevole l'ampiezza; il processo distruttivo delle cellule» era la prima volta che Giuseppe Corte sentiva là dentro quella sinistra espressione «il processo distruttivo delle cellule è assolutamente agli inizi, forse non è neppure cominciato, ma tende, dico solo *tende*, a colpire contemporaneamente vaste porzioni dell'organismo. Solo per questo, secondo me, lei può essere curato più efficacemente qui, al sesto, dove i metodi terapeutici sono più tipici ed intensi.»

Un giorno gli fu riferito che il direttore generale della casa di cura, dopo essersi lungamente consultato con i suoi collaboratori, aveva deciso un mutamento nella suddivisione dei malati. Il grado di ciascuno di essi – per così dire – veniva ribassato di un mezzo punto. Ammettendosi che in ogni piano gli ammalati fossero divisi, a seconda della loro gravità, in due categorie (questa suddivisione veniva effettivamente fatta dai rispettivi medici, ma ad uso esclusivamente interno), l'inferiore di queste due metà veniva d'ufficio traslocata a un piano più basso. Ad esempio, la metà degli ammalati del sesto piano, quelli con forme leggermente più avanzate, dovevano passare al quinto; e i meno leggeri del settimo passare al sesto. La notizia fece piacere a Giuseppe Corte, perché in un così complesso quadro di traslochi, il suo ritorno al settimo piano sarebbe riuscito assai più facile.

Quando accennò a questa sua speranza con l'infermiera egli ebbe però un'amara sorpresa. Seppe cioè che egli sarebbe stato traslocato, ma non al settimo bensì al piano di sotto. Per motivi che l'infermiera non sapeva spiegargli, egli era stato compreso nella metà più "grave" degli ospiti del sesto piano e doveva perciò scendere al quinto.

Passata la prima sorpresa, Giuseppe Corte andò in furore; gridò che lo truffavano, che non voleva sentir parlare di altri traslochi in basso, che se ne sarebbe tornato a casa, che i diritti erano diritti e che l'amministrazione dell'ospedale non poteva trascurare così sfacciatamente le diagnosi dei sanitari.

Mentre egli ancora gridava arrivò il medico per tranquillizzarlo. Consigliò al Corte di calmarsi se non avesse voluto veder salire la febbre, gli spiegò che era successo un malinteso, almeno parziale. Ammise ancora una volta che Giuseppe Corte sarebbe stato al suo giusto posto se lo avessero messo al settimo piano, ma aggiunse di avere sul suo caso un concetto leggermente diverso, se pure personalissimo il fondo in fondo la sua malattia poteva, in un certo senso s'intende, essere anche considerata di sesto grado, data l'ampiezza delle manifestazioni morbose. Lui stesso però non riusciva a spiegarsi come il Corte fosse stato catalogato nella metà inferiore del sesto piano. Probabilmente il segretario della direzione, che proprio quella mattina gli aveva telefonato chiedendo l'esatta posizione clinica di Giuseppe Corte, si era sbagliato nel trascrivere. O meglio la direzione aveva di proposito leggermente "peggiorato" il suo giudizio, essendo egli ritenuto un medico esperto ma troppo indulgente. Il dottore infine consigliava il Corte a non inquietarsi, a subire senza proteste il trasferimento; quello che contava era la malattia, non il posto in cui veniva collocato un malato.

Per quanto si riferiva alla cura – aggiunse ancora il medico – Giuseppe Corte non avrebbe poi avuto da rammaricarsi; il medico del piano di sotto aveva certo più esperienza; era quasi dogmatico che l'abilità dei dottori andasse crescendo, almeno a giudizio della direzione, man mano che si scendeva. La camera era altrettanto comoda ed elegante. La vista ugualmente spaziosa: solo dal terzo piano in giù la visuale era tagliata dagli alberi di cinta.

Giuseppe Corte, in preda alla febbre serale, ascoltava ascoltava le meticole giustificazioni con una progressiva stanchezza. Alla fine si accorse che gli mancavano la forza e soprattutto la voglia di reagire ulteriormente all'ingiusto trasloco. E senza altre proteste si lasciò portare al piano di sotto.

L'unica, benché povera, consolazione di Giuseppe Corte, una volta che si trovò al quinto piano, fu di sapere che per giudizio concorde di medici di infermieri e ammalati, egli era in quel reparto il meno grave di tutti. Nell'ambito di quel piano insomma egli poteva considerarsi di gran lunga il più fortunato. Ma d'altra parte lo tormentava il pensiero che oramai ben due barriere si frapponevano fra lui e il mondo della gente normale.

Procedendo la primavera, l'aria intanto si faceva più tepida, ma Giuseppe Corte non amava più come nei primi giorni affacciarsi alla finestra; benché un simile timore fosse una pura sciocchezza, egli si sentiva rimescolare tutto da uno strano brivido alla vista delle finestre del primo piano, sempre nella maggioranza chiuse, che si erano fatte assai più vicine.

Il suo male sembrava stazionario. Dopo tre giorni di permanenza al quinto piano, si manifestò anzi sulla gamba destra una specie di eczema che non accennò a riassorbirsi nei giorni successivi. Era un'affezione – gli disse il medico – assolutamente indipendente dal male principale; un disturbo che poteva capitare alla persona più sana del mondo. Ci sarebbe voluta, per eliminarlo in pochi giorni, una intensa cura di raggi digamma.

«E non si possono avere qui i raggi digamma?» chiese Giuseppe Corte.

«Certamente» rispose compiaciuto il medico «il nostro ospedale dispone di tutto. C'è un solo inconveniente...»

«Che cosa?» fece il Corte con un vago presentimento.

«Inconveniente per modo di dire» si corresse il dottore «volevo dire che l'installazione per i raggi si trova soltanto al quarto piano e io le sconsiglierei di fare tre volte al giorno un simile tragitto.»

«E allora niente?»

«Allora sarebbe meglio che fino a che l'espulsione non sia passata lei avesse la compiacenza di scendere al quarto.»

«Basta!» urlò allora esasperato Giuseppe Corte. «Ne ho già abbastanza di scendere! Dovessi crepare, al quarto non ci vado!»

«Come lei crede» fece conciliante il medico per non irri-

34

tarlo «ma come medico curante, badi che le proibisco di andar da basso tre volte al giorno.»

Il brutto fu che l'eczema, invece di attenuarsi, andò lentamente ampliandosi. Giuseppe Corte non riusciva a trovare requie e continuava a rivoltarsi nel letto. Durò così, rabbioso, per tre giorni, fino a che dovette cedere. Spontaneamente pregò il medico di fargli praticare la cura dei raggi e di essere trasferito al piano inferiore.

Quaggiù il Corte notò, con inconfessato piacere, di rappresentare un'eccezione. Gli altri ammalati del reparto erano decisamente in condizioni molto serie e non potevano lasciare neppure per un minuto il letto. Egli invece poteva prendersi il lusso di raggiungere a piedi, dalla sua stanza, la sala dei raggi, fra i complimenti e la meraviglia delle stesse infermiere.

Al nuovo medico, egli precisò con insistenza la sua posizione specialissima. Un ammalato che in fondo aveva diritto al settimo piano veniva a trovarsi al quarto. Appena l'espulsione fosse passata, egli intendeva ritornare di sopra. Non avrebbe assolutamente ammesso alcuna nuova scusa. Lui, che sarebbe potuto trovarsi legittimamente ancora al settimo.

«Al settimo, al settimo!» esclamò sorridendo il medico che finiva proprio allora di visitarlo. «Sempre esagerati voi ammalati! Sono il primo io a dire che lei può essere contento del suo stato; a quanto vedo dalla tabella clinica, grandi peggioramenti non ci sono stati. Ma da questo a parlare di settimo piano – mi scusi la brutale sincerità – c'è una certa differenza! Lei è uno dei casi meno preoccupanti, ne convengo, ma è pur sempre un ammalato!»

«E allora, allora» fece Giuseppe Corte accendendosi tutto nel volto «lei a che piano mi metterebbe?»

«Oh, Dio, non è facile dire, non le ho fatto che una breve visita, per poter pronunciarmi dovrei seguirla per almeno una settimana.»

«Va bene» insistette Corte «ma pressappoco lei saprà.»

Il medico per tranquillizzarlo, fece finta di concentrarsı un momento in meditazione e poi, annuendo con il capo a se stesso, disse lentamente: «Oh Dio! proprio per accontentarla, ecco, ma potremmo in fondo metterla al sesto! Sì sì» aggiunse come per persuadere se stesso. «Il sesto potrebbe andar bene.»

Il dottore credeva così di far lieto il malato. Invece sul volto di Giuseppe Corte si diffuse un'espressione di sgomento: si accorgeva, il malato, che i medici degli ultimi piani l'avevano ingannato; ecco qui questo nuovo dottore, evidentemente più abile e più onesto, che in cuor suo – era evidente – lo assegnava, non al settimo, ma al quinto piano, e forse al quinto inferiore! La delusione inaspettata prostrò il Corte. Quella sera la febbre salì sensibilmente.

La permanenza al quarto piano segnò il periodo più tranquillo passato da Giuseppe Corte dopo l'entrata all'ospedale. Il medico era persona simpaticissima, premurosa e cordiale; si tratteneva spesso anche per delle ore intere a chiacchierare degli argomenti più svariati. Giuseppe Corte discorreva pure molto volentieri, cercando argomenti che riguardassero la sua solita vita d'avvocato e d'uomo di mondo. Egli cercava di persuadersi di appartenere ancora al consorzio degli uomini sani, di essere ancora legato al mondo degli affari, di interessarsi veramente dei fatti pubblici. Cercava, senza riuscirvi. Invariabilmente il discorso finiva sempre per cadere sulla malattia.

Il desiderio di un miglioramento qualsiasi era divenuto in Giuseppe Corte un'ossessione. Purtroppo i raggi digamma, se erano riusciti ad arrestare il diffondersi dell'espulsione cutanea, non erano bastati ad eliminarla. Ogni giorno Giuseppe Corte ne parlava lungamente col medico e si sforzava in questi colloqui di mostrarsi forte, anzi ironico, senza mai riuscirvi.

«Mi dica, dottore» disse un giorno «come va il processo distruttivo delle mie cellule?»

«Oh, ma che brutte parole!» lo rimproverò scherzosamente il dottore. «Dove mai le ha imparate? Non sta bene, non sta bene, soprattutto per un malato! Mai più voglio sentire da lei discorsi simili.»

«Va bene» obiettò il Corte «ma così lei non mi ha risposto.»

«Oh, le rispondo subito» fece il dottore cortese. «Il processo distruttivo delle cellule, per ripetere la sua orribile espressione, è, nel suo caso minimo, assolutamente minimo. Ma sarei tentato di definirlo ostinato.»

«Ostinato, cronico vuol dire?»

«Non mi faccia dire quello che non ho detto. Io voglio dire soltanto ostinato. Del resto sono così la maggioranza dei casi. Affezioni anche lievissime spesso hanno bisogno di cure energiche e lunghe.»

«Ma mi dica, dottore, quando potrò sperare in un miglioramento?»

«Quando? Le predizioni in questi casi sono piuttosto difficili... Ma senta» aggiunse dopo una pausa meditativa «vedo che lei ha una vera e propria smania di guarire... se non temessi di farla arrabbiare, sa che cosa le consiglierei?»

«Ma dica, dica pure, dottore...»

«Ebbene, le pongo la questione in termini molto chiari. Se io, colpito da questo male in forma anche tenuissima, capitassi in questo sanatorio, che è forse il migliore che esista, mi farei assegnare spontaneamente, e fin dal primo giorno, fin dal primo giorno, capisce? a uno dei piani più bassi. Mi farei mettere addirittura al...»

«Al primo?» suggerì con uno sforzato sorriso il Corte.

«Oh no! al primo no!» rispose ironico il medico «questo poi no! Ma al terzo o anche al secondo di certo. Nei piani inferiori la cura è fatta molto meglio, le garantisco, gli impianti sono più completi e potenti, il personale è più abile. Lei sa poi chi è l'anima di questo ospedale?»

«Non è il professore Dati?»

«Già il professore Dati. È lui l'inventore della cura che qui si pratica, lui il progettista dell'intero impianto. Ebbene, lui, il maestro, sta, per così dire, fra il primo e il secondo piano. Di là irraggia la sua forza direttiva. Ma, glielo garantisco io, il suo influsso non arriva oltre al terzo piano; più in là si direbbe che gli stessi suoi ordini si sminuzzino, perdano di consistenza, deviino; il cuore dell'ospedale è in basso e in basso bisogna stare per avere le cure migliori.»

«Ma insomma» fece Giuseppe Corte con voce tremante «allora lei mi consiglia...»

«Aggiunga una cosa» continuò imperterrito il dottore «aggiunga che nel suo caso particolare ci sarebbe da badare anche all'espulsione. Una cosa di nessuna importanza ne convengo, ma piuttosto noiosa, che a lungo andare potrebbe deprimere il suo "morale"; e lei sa quanto è importante per la guarigione la serenità di spirito. Le applicazioni di raggi che io le ho fatte sono riuscite solo a metà fruttuose. Il perché? Può darsi che sia un puro caso, ma può darsi anche che i raggi non siano abbastanza intensi. Ebbene, al terzo piano le macchine dei raggi sono molto più potenti. Le probabilità di guarire il suo eczema sarebbero molto maggiori. Poi vede? una volta avviata la guarigione, il passo più difficile è fatto. Quando si comincia a risalire, è poi difficile tornare ancora indietro. Quando lei si sentirà davvero meglio, allora nulla impedirà che lei risalga qui da noi o anche più in su, secondo i suoi "meriti" anche al quinto, al sesto, persino al settimo oso dire...»

«Ma lei crede che questo potrà accelerare la cura?»

«Ma non ci può essere dubbio. Le ho già detto che cosa farei io nei suoi panni.»

Discorsi di questo genere il dottore ne faceva ogni giorno a Giuseppe Corte. Venne infine il momento in cui il malato, stanco di patire per l'eczema, nonostante l'istintiva riluttanza a scendere, decise di seguire il consiglio del medico e si trasferì al piano di sotto.

Notò subito al terzo piano che nel reparto regnava una speciale gaiezza, sia nel medico, sia nelle infermiere, sebbene laggiù fossero in cura ammalati molto preoccupanti. Si accorse anzi che di giorno in giorno questa gaiezza andava aumentando: incuriosito, dopo che ebbe preso un po' di confidenza con l'infermiera, domandò come mai fossero tutti così allegri.

«Ah, non lo sa?» rispose l'infermiera «fra tre giorni andiamo in vacanza.»

«Come; andiamo in vacanza?»

«Ma sì. Per quindici giorni, il terzo piano si chiude e il personale se ne va a spasso. Il riposo tocca a turno ai vari piani.»

«E i malati? come fate?»

«Siccome ce n'è relativamente pochi, di due piani se ne fa uno solo.»

«Come? riunite gli ammalati del terzo e del quarto?»

«No, no» corresse l'infermiera «del terzo e del secondo. Quelli che sono qui dovranno discendere da basso.»

«Discendere al secondo?» fece Giuseppe Corte, pallido come un morto. «Io dovrei così scendere al secondo?»

«Ma certo. E che cosa c'è di strano? Quando torniamo, fra quindici giorni, lei ritornerà in questa stanza. Non mi pare che ci sia da spaventarsi.»

Invece Giuseppe Corte – un misterioso istinto lo avvertiva – fu invaso da una crudele paura. Ma, visto che non poteva trattenere il personale dall'andare in vacanza, convinto che la nuova cura coi raggi più intensi gli facesse bene – l'eczema si era quasi completamente riassorbito – egli non osò muovere formale opposizione al nuovo trasferimento. Pretese però, incurante dei motteggi delle infermiere, che sulla porta della sua nuova stanza fosse attaccato un cartello con su scritto "Giuseppe Corte, del terzo piano, di passaggio". Una cosa simile non trovava precedenti nella storia del sanatorio, ma i medici non si opposero, pensando che in un temperamento nervoso quale il Corte anche una piccola contrarietà potesse provocare una grave scossa.

Si trattava in fondo di aspettare quindici giorni né uno di più, né uno di meno. Giuseppe Corte si mise a contarli con avidità ostinata, restando per delle ore intere immobile sul letto, con gli occhi fissi sui mobili, che al secondo piano non erano più così moderni e gai come nei reparti superiori, ma assumevano dimensioni più grandi e linee più solenni e severe. E di tanto in tanto aguzzava le orecchie poiché gli pareva di udire dal piano di sotto, il piano dei moribondi, il reparto dei "condannati", vaghi rantoli di agonie.

Tutto questo naturalmente contribuiva a scoraggiarlo. E la minore serenità sembrava aiutare la malattia, la febbre tendeva a salire, la debolezza generale si faceva più fonda. Dalla finestra – si era oramai in piena estate e i vetri si tenevano quasi sempre aperti – non si scorgevano più i tetti e neppure le case della città, ma soltanto la muraglia verde degli alberi che circondavano l'ospedale.

Dopo sette giorni, un pomeriggio verso le due, entrarono improvvisamente il capo-infermiere e tre infermieri, che spingevano un lettuccio a rotelle. «Siamo pronti per il trasloco?» domandò in tono di bonaria celia il capo-infermiere.

«Che trasloco?» domandò con voce stentata Giuseppe Corte «che altri scherzi sono questi? Non tornano fra sette giorni quelli del terzo piano?»

«Che terzo piano?» disse il capo-infermiere come se non capisse «io ho avuto l'ordine di condurla al primo, guardi qua» e fece vedere un modulo stampato per il passaggio al piano inferiore firmato nientemeno che dallo stesso professore Dati.

Il terrore, la rabbia infernale di Giuseppe Corte esplosero allora in lunghe irose grida che si ripercossero per tutto il reparto. «Adagio, adagio per carità» supplicarono gli infermieri «ci sono dei malati che non stanno bene!» Ma ci voleva altro per calmarlo.

Finalmente accorse il medico che dirigeva il reparto, una persona gentilissima e molto educata. Si informò, guardò il modulo, si fece spiegare dal Corte. Poi si rivolse incollerito al capo-infermiere, dichiarando che c'era stato uno sbaglio, lui non aveva dato alcuna disposizione del genere, da qualche tempo c'era una insopportabile confusione, lui veniva tenuto all'oscuro di tutto... Infine, detto il fatto suo al dipendente, si rivolse, in tono cortese, al malato, scusandosi profondamente.

«Purtroppo però» aggiunse il medico «purtroppo il professor Dati proprio un'ora fa è partito per una breve licenza, non tornerà che fra due giorni. Sono assolutamente desolato, ma i suoi ordini non possono essere trasgrediti. Sarà lui il primo a rammaricarsene, glielo garantisco... un errore simile! Non capisco come possa essere accaduto!»

Ormai un pietoso tremito aveva preso a scuotere Giuseppe Corte. La capacità di dominarsi gli era completamente sfuggita. Il terrore l'aveva sopraffatto come un bambino. I suoi singhiozzi risuonavano lenti e disperati per la stanza.

Giunse così, per quell'esecrabile errore, all'ultima stazione. Nel reparto dei moribondi lui, che in fondo, per la gravità del male, a giudizio anche dei medici più severi, aveva il diritto di essere assegnato al sesto, se non al settimo piano! La situazione era talmente grottesca che in certi istanti Giuseppe Corte sentiva quasi la voglia di sghignazzare senza ritegno.

Disteso nel letto, mentre il caldo pomeriggio d'estate

passava lentamente sulla grande città, egli guardava il verde degli alberi attraverso la finestra, con l'impressione di essere giunto in un mondo irreale, fatto di assurde pareti a piastrelle sterilizzate, di gelidi androni mortuari, di bianche figure umane vuote di anima. Gli venne persino in mente che anche gli alberi che gli sembrava di scorgere attraverso la finestra non fossero veri; finì anzi per convincersene, notando che le foglie non si muovevano affatto. Questa idea lo agitò talmente, che il Corte chiamò col campanello l'infermiera e si fece porgere gli occhiali da miope, che in letto non adoperava; solo allora riuscì a tranquillizzarsi un poco: con l'aiuto delle lenti poté assicurarsi che erano proprio alberi veri e che le foglie, sia pur leggermente, ogni tanto erano mosse dal vento.

Uscita che fu l'infermiera, passò un quarto d'ora in completo silenzio. Sei piani, sei terribili muraglie, sia pure per un errore formale, sovrastavano adesso Giuseppe Corte con implacabile peso. In quanti anni, sì, bisognava pensare proprio ad anni, in quanti anni egli sarebbe riuscito a risalire fino all'orlo di quel precipizio?

Ma come mai la stanza si faceva improvvisamente così buia? Era pur sempre pomeriggio pieno. Con uno sforzo supremo Giuseppe Corte, che si sentiva paralizzato da uno strano torpore, guardò l'orologio, sul comodino, di fianco al letto. Erano le tre e mezzo. Voltò il capo dall'altra parte, e vide che le persiane scorrevoli, obbedienti a un misterioso comando, scendevano lentamente, chiudendo il passo alla luce.

Eppure battono alla porta

La signora Maria Gron entrò nella sala al pianterreno della villa col cestino del lavoro. Diede uno sguardo attorno, per constatare che tutto procedesse secondo le norme familiari, depose il cestino su un tavolo, si avvicinò a un vaso pieno di rose, annusando gentilmente. Nella sala c'erano suo marito Stefano, il figlio Federico detto Fedri, entrambi seduti al caminetto, la figlia Giorgina che leggeva, il vecchio amico di casa Eugenio Martora, medico, intento a fumare un sigaro.

«Sono tutte *fanées*, tutte andate» mormorò parlando a se stessa e passò una mano, carezzando, sui fiori. Parecchi petali si staccarono e caddero.

Dalla poltrona dove stava seduta leggendo, Giorgina chiamò:

«Mamma!»

Era già notte e come al solito le imposte degli alti finestroni erano state sprangate. Pure dall'esterno giungeva un ininterrotto scroscio di pioggia. In fondo alla sala, verso il vestibolo d'ingresso un solenne tendaggio rosso chiudeva la larga apertura ad arco: a quell'ora per la poca luce che vi giungeva, esso sembrava nero.

«Mamma!» disse Giorgina. «Sai quei due cani di pietra in fondo al viale delle querce, nel parco?»

«E come ti saltano in mente i cani di pietra, cara?» ri-

43

spose la mamma con cortese indifferenza, riprendendo il cestino del lavoro e sedendosi al consueto posto, presso un paralume.

«Questa mattina» spiegò la graziosa ragazza «mentre tornavo in auto, li ho visti sul carro di un contadino, proprio vicino al ponte.»

Nel silenzio della sala, la voce esile della Giorgina spiccò grandemente. La signora Gron, che stava scorrendo un giornale, piegò le labbra a un sorriso di precauzione e guardò di sfuggita il marito, come se sperasse che lui non avesse ascoltato.

«Questa è bella!» esclamò il dottor Martora. «Non ci manca che i contadini vadano in giro a rubare le statue. Collezionisti d'arte, adesso!»

«E allora?» chiese il padre, invitando la figliola a continuare.

«Allora ho detto a Berto di fermare e di andare a chiedere...»

La signora Gron, contrasse lievemente il naso; faceva sempre così quando uno toccava argomenti ingrati e bisognava correre ai ripari. La faccenda delle due statue nascondeva qualcosa e lei aveva capito; qualcosa di spiacevole che bisognava quindi tacere.

«Ma sì, ma sì, sono stata io a dire di portarli via» e lei così tentava di liquidar la questione «li trovo così antipatici.»

Dal caminetto giunse la voce del padre, una voce profonda e oscillante, forse per la vecchiaia, forse per inquietudine: «Ma come? ma come? Ma perché li hai fatti portar via, cara? Erano due statue antiche, due pezzi di scavo...»

«Mi sono spiegata male» fece la signora accentuando la gentilezza ("che stupida sono stata" pensava intanto "non potevo trovare qualcosa di meglio?"). L'avevo detto, sì, di toglierli, ma in termini vaghi, più che altro per scherzo l'avevo detto, naturalmente. .»

«Ma stammi a sentire, mammina» insisté la ragazza.

«Berto ha domandato al contadino e lui ha detto che aveva trovato il cane giù sulla riva del fiume...»

Si fermò perché le era parso che la pioggia fosse cessata.

Invece, fattosi silenzio, si udì ancora lo scroscio immobile, fondo, che opprimeva gli animi (benché nessuno se ne accorgesse).

«Perché "il cane"?» domandò il giovane Federico, senza nemmeno voltare la testa. «Non avevi detto che c'erano tutti e due?»

«Oh Dio, come sei pedante» ribatté Giorgina ridendo «io ne ho visto uno, ma probabilmente c'era anche l'altro.»

Federico disse: «Non vedo, non vedo il perché». E anche il dottor Martora rise.

«Dimmi, Giorgina» chiese allora la signora Gron, approfittando subito della pausa. «Che libro leggi? È l'ultimo romanzo del Massin, quello che mi dicevi? Vorrei leggerlo anch'io quando l'avrai finito. Se non te lo si dice prima, tu lo presti immediatamente alle amiche. Non si trova più niente dopo. Oh, a me piace Massin, così personale, così strano... La Frida oggi mi ha promesso...»

Il marito però interruppe: «Giorgina» chiese alla figlia «tu allora che cosa hai fatto? Ti sarai fatta almeno dare il nome! Scusa sai, Maria» aggiunse alludendo all'interruzione.

«Non volevi mica che mi mettessi a litigare per la strada, spero» rispose la ragazza. «Era uno dei Dall'Oca. Ha detto che lui non sapeva niente, che aveva trovato la statua giù nel fiume.»

«E sei proprio sicura che fosse uno dei cani nostri?»

«Altro che sicura. Non ti ricordi che Fedri e io gli avevamo dipinto le orecchie di verde?»

«E quello che hai visto aveva le orecchie verdi?» fece il padre, spesso un poco ottuso di mente.

«Le orecchie verdi, proprio» disse la Giorgina. «Si capisce che ormai sono un po' scolorite.»

Di nuovo intervenne la mamma· «Sentite» domandò con garbo perfino esagerato «ma li trovate poi così interessanti questi cani di pietra? Non so, scusa se te lo dico, Stefano, ma non mi sembra che ci sia da fare poi un gran caso...»

Dall'esterno – si sarebbe detto quasi subito dietro il tendone – giunse, frammisto alla voce della pioggia, un rombo sordo e prolungato.

«Avete sentito?» esclamò subito il signor Gron. «Avete sentito?»

«Un tuono, no? Un semplice tuono. È inutile, Stefano, tu hai bisogno di essere sempre nervoso nelle giornate di pioggia» si affrettò a spiegare la moglie.

Tacquero tutti, ma a lungo non poteva durare. Sembrava che un pensiero estraneo, inadatto a quel palazzo da signori, fosse entrato e ristagnasse nella grande sala in penombra.

«Trovato giù nel fiume!» commentò ancora il padre, tornando all'argomento dei cani. «Come è possibile che sia finito giù al fiume? Non sarà mica volato, dico.»

«E perché no?» fece il dottor Martora gioviale.

«Perché no cosa, dottore?» chiese la signora Maria, diffidente, non piacendole in genere le facezie del vecchio amico.

«Dico: e perché è poi escluso che la statua abbia fatto un volo? Il fiume passa proprio lì, sotto. Venti metri di salto, dopo tutto.»

«Che mondo, che mondo!» ancora una volta Maria Gron tentava di respingere il soggetto dei cani, quasi vi si celassero cose sconvenienti. «Le statue da noi si mettono a volare e sapete cosa dice qua il giornale? "Una razza di pesci parlanti scoperta nelle acque di Giava."»

«Dice anche: "Tesaurizzate il tempo!"» aggiunse stupidamente Federico che pure aveva in mano un giornale.

«Come, che cosa dici?» chiese il padre, che non aveva capito, con generica apprensione.

«Sì, c'è scritto qui: "Tesaurizzate il tempo! Nel bilancio di un produttore di affari dovrebbe figurare all'attivo e al passivo, secondo i casi, anche il tempo".

«Al passivo, direi allora, al passivo, con questo po' po' di pioggia!» propose il Martora divertito.

E allora si udì il suono di un campanello, al di là della grande tenda. Qualcuno dunque giungeva dall'infida notte, qualcuno aveva attraversato le barriere di pioggia, la quale diluviava sul mondo, martellava i tetti, divorava le rive del fiume facendole crollare a spicchi; e nobili alberi precipitavano col loro piedestallo di terra giù dalle ripe, scrosciando, e poco dopo si vedevano emergere per un istante cento metri più in là, succhiati dai gorghi; il fiume che aveva inghiottito i margini dell'antico parco, con le balaustre di ferro settecentesco, le panchine i due cani di pietra.

«Chi sarà?» disse il vecchio Gron, togliendosi gli occhiali d'oro. «Anche a quest'ora vengono? Sarà quello della sottoscrizione, scommetto, l'impiegato della parrocchia, da qualche giorno è sempre tra i piedi. Le vittime dell'inondazione! Dove sono poi queste vittime! Continuano a domandare soldi, ma non ne ho vista neanche una, io, di queste vittime! Come se... Chi è? Chi è?» domandò a bassa voce al cameriere uscito dalla tenda.

«Il signor Massigher» annunciò il cameriere.

Il dottor Martora fu contento: «Oh eccolo, quel simpatico amico! Abbiam fatto una discussione l'altro giorno... oh, sa quel che si vuole il giovanotto».

«Sarà intelligente fin che volete, caro Martora» disse la signora «ma è proprio la qualità che mi commuove meno. Questa gente che non fa che discutere... Confesso, le discussioni non mi vanno... Non dico di Massigher che è un gran bravo ragazzo... Tu, Giorgina» aggiunse a bassa voce «farai il piacere, dopo aver salutato, di andartene a letto. È tardi, cara, lo sai.»

«Se Massigher ti fosse più simpatico» rispose la figlia audacemente, tentando un tono scherzoso «se ti fosse più simpatico scommetto che adesso non sarebbe tardi, scommetto.»

«Basta, Giorgina, non dire sciocchezze, lo sai... Oh buona sera, Massigher. Ormai non speravamo più di vedervi... di solito venite più presto...»

Il giovine, i capelli un po' arruffati, si fermò sulla soglia, guardando i Gron con stupore. "Ma come, loro non sapevano?" Poi si fece avanti, vagamente impacciato.

«Buonasera, signora Maria» disse senza raccogliere il rimprovero. «Buonasera, signor Gron, ciao Giorgina, ciao Fedri, ah, scusatemi dottore, nell'ombra non vi avevo veduto...»

Sembrava eccitato, andava di qua e di là salutando, quasi ansioso di dare importante notizia.

«Avete sentito dunque?» si decise infine, siccome gli altri non lo provocavano. «Avete sentito che l'argine...»

«Oh sì» intervenne Maria Gron con impeccabile scioltezza. «Un tempaccio, vero?» E sorrise, socchiudendo gli occhi, invitando l'ospite a capire (pare impossibile, pensava intanto, il senso dell'opportunità non è proprio il suo forte!).

Ma il padre Gron si era già alzato dalla poltrona. «Ditemi, Massigher, che cosa avete sentito? Qualche novità forse?»

«Macché novità» fece vivamente la moglie. «Non capisco proprio, caro, questa sera sei così nervoso...»

Massigher restò interdetto.

«Già» ammise, cercando una scappatoia «nessuna novità che io sappia. Solo che dal ponte si vede...»

«Sfido io, mi immagino, il fiume in piena!» fece la signora Maria aiutandolo a trarsi d'impaccio. «Uno spettacolo imponente, immagino... ti ricordi, Stefano, del Niagara? Quanti anni, da allora...»

A questo punto Massigher si avvicinò alla padrona di casa e le mormorò sottovoce, approfittando che Giorgina e Federico si erano messi a parlare tra loro: «Ma signora, ma signora» i suoi occhi sfavillavano «ma il fiume è ormai qui sotto, non è prudente restare, non sentite il...?»

«Ti ricordi, Stefano?» continuò lei come se non avesse neppure sentito «ti ricordi che paura quei due olandesi? Non hanno voluto neppure avvicinarsi, dicevano ch'era un rischio inutile, che si poteva venire travolti...»

«Bene» ribatté il marito «dicono che qualche volta è proprio successo. Gente che si è sporta troppo, un capogiro, magari...»

Pareva aver riacquistato la calma. Aveva rimesso gli occhiali, si era nuovamente seduto vicino al caminetto, allungando le mani verso il fuoco, allo scopo di scaldarle.

Ed ecco per la seconda volta quel rombo sordo e inquietante. Ora sembrava provenire in realtà dal fondo della terra, giù in basso, dai remoti meandri delle cantine. Anche la signora Gron restò suo malgrado ad ascoltare.

«Avete sentito?» esclamò il padre, corrugando un pochetto la fronte. «Di', Giorgina, hai sentito?...»

«Ho sentito, sì, non capisco» fece la ragazza sbiancatasi in volto.

«Ma è un tuono!» ribatté con prepotenza la madre. «Ma è un tuono qualsiasi... che cosa volete che sia?... Non saranno mica gli spiriti alle volte!»

«Il tuono non fa questo rumore, Maria» notò il marito scuotendo la testa. «Pareva qui sotto, pareva.»

«Lo sai, caro: tutte le volte che fa temporale sembra che crolli la casa» insisté la signora. «Quando c'è temporale in questa casa saltan fuori rumori di ogni genere... Anche voi avete sentito un semplice tuono, vero, Massigher?» concluse, certa che l'ospite non avrebbe osato smentirla.

Il quale sorrise con garbata rassegnazione, dando risposta elusiva: «Voi dite gli spiriti, signora..., proprio stasera, attraverso il giardino, ho avuto una curiosa impressione, mi pareva che mi venisse dietro qualcuno... sentivo dei passi, come... dei passi ben distinti sulla ghiaietta del viale...»

«E naturalmente suono di ossa e rantoli, vero?» suggerì la signora Gron.

«Niente ossa, signora, semplicemente dei passi, probabilmente erano i miei stessi» soggiunse «si verificano certi strani echi, alle volte.»

«Ecco, così; bravo Massigher... Oppure topi, caro mio volete vedere che erano topi? Certo non bisogna essere romantici come voi, altrimenti chissà cosa si sente...»

«Signora» tentò nuovamente sottovoce il giovane, chinandosi verso di lei. «Ma non sentite, signora? Il fiume qua sotto, non sentite?»

«No, non sento, non sento niente» rispose lei, pure sottovoce, recisa. Poi più forte: «Ma non siete divertente con queste vostre storie, sapete?»

Non trovò da rispondere, il giovane. Tentò soltanto una risata, tanto gli pareva stolta l'ostinazione della signora. "Non ci volete credere, dunque?" pensò con acrimonia; anche in pensiero, istintivamente, finiva per darle del voi. "Le cose spiacevoli non vi riguardano, vero? Vi pare da zotici il parlarne? Il vostro prezioso mondo le ha sempre rifiutate, vero? Voglio vedere, la vostra sdegnosa immunità dove andrà a finire!"

«Senti, senti, Stefano» diceva lei intanto con slancio, parlando attraverso la sala «Massigher sostiene di aver incontrato gli spiriti, qui fuori, in giardino, e lo dice sul serio... questi giovani, un bell'esempio, mi pare.»

«Signor Gron, ma non crediate» e rideva con sforzo, arrossendo «ma io non dicevo questo, io...»

Si interruppe, ascoltando. E dal silenzio stesso sopravvenuto gli parve che, sopra il rumore della pioggia, altra voce andasse crescendo, minacciosa e cupa. Egli era in piedi, nel cono di luce di una lampada un poco azzurra, la bocca socchiusa, non spaventata in verità, ma assorto e come vibrante, stranamente diverso da tutto ciò che lo circondava, uomini e cose. Giorgina lo guardava con desiderio.

Ma non capisci, giovane Massigher? Non ti senti abbastanza sicuro nell'antica magione dei Gron? Come fai a dubitare? Non ti bastano queste vecchie mura massicce, questa controllatissima pace, queste facce impassibili? Come osi offendere tanta dignità coi tuoi stupidi spaventi giovanili?

«Mi sembri uno spiritato» osservò il suo amico Fedri.

«Sembri un pittore..., ma non potevi pettinarti, stasera? Mi raccomando un'altra volta... lo sai che la mamma ci tiene» e scoppiò in una risata.

Il padre allora intervenne con la sua querula voce: «Bene, lo cominciamo questo ponte? Facciamo ancora in tempo, sapete. Una partita e poi andiamo a dormire. Giorgina, per favore, va a prendere la scatola delle carte».

In quel mentre si affacciò il cameriere con faccia stranita. «Che cosa c'è adesso?» chiese la padrona, malcelando la irritazione. «È arrivato qualcun altro?»

«C'è di là Antonio, il fattore... chiede di parlare con uno di lor signori, dice che è una cosa importante.»

«Vengo io, vengo io» disse subito Stefano, e si alzò con precipitazione, come temesse di non fare in tempo.

La moglie infatti lo trattenne: «No, no, no, tu rimani qui, adesso. Con l'umido che c'è fuori... lo sai bene... i tuoi reumi. Tu rimani qui, caro. Andrà Fedri a sentire».

«Sarà una delle solite storie» fece il giovane, avviandosi verso la tenda. Poi da lontano giunsero voci incerte.

«Vi mettete qui a giocare?» chiedeva nel frattempo la signora. «Giorgina, togli quel vaso, per favore... poi va a dormire, cara, è già tardi. E voi, dottor Martora, che cosa fate, dormite?»

L'amico si riscosse, confuso: «Se dormivo? Eh sì, un poco» rise. «Il caldo del caminetto, l'età...»

«Mamma!» chiamò da un angolo la ragazza. «Mamma, non trovo più la scatola delle carte, erano qui nel cassetto ieri.»

«Apri gli occhi, cara. Ma non la vedi lì sulla mensola? Voi almeno non trovate mai niente...»

Massigher dispose le quattro sedie, poi cominciò a mescolare un mazzo. Intanto rientrava Federico. Il padre domandò stancamente: «Che cosa voleva Antonio?».

«Ma niente!» rispose il figliolo allegro. «Le solite paure dei contadini. Dicono che c'è pericolo per il fiume, dicono che anche la casa è minacciata, figurati. Volevano che io andassi a vedere, figurati, con questo tempo! Sono tutti là che pregano, adesso, e suonano le campane, sentite?»

«Fedri» propose allora Massigher. «Andiamo insieme a vedere? Solo cinque minuti. Ci stai?»

«E la partita, Massigher?» fece la signora. «Volete piantare in asso il dottor Martora? Per bagnarvi come pulcini, poi...»

Così i quattro cominciarono il gioco, Giorgina se n'andò a dormire, la madre in un angolo prese in mano il ricamo.

Mentre i quattro giocavano, i tonfi di poco prima divennero più frequenti. Era come se un corpo massiccio piombasse in una buca profonda piena di melma, tale era il suono: un colpo tristo nelle viscere della terra. Ogni volta esso lasciava dietro a sé sensazione di pena, le mani indugiavano sulla carta da gettare, il respiro restava sospeso, ma poi tutto quanto spariva.

Nessuno – si sarebbe detto – osava parlarne. Solo a un

52

certo punto il dottor Martora osservò: «Deve essere nella cloaca, qui sotto. C'è una specie di condotta antichissima che sbocca nel fiume. Qualche rigurgito forse...». Gli altri non aggiunsero parola.

Ora conviene osservare gli sguardi del signor Gron, nobiluomo. Essi sono rivolti principalmente al piccolo ventaglio di carte tenuto dalla mano sinistra, tuttavia essi passano anche oltre il margine delle carte, si estendono alla testa e alle spalle del Martora, seduto dinanzi, e raggiungono perfino l'estremità della sala là dove il lucido pavimento scompare sotto le frange del tendaggio. Adesso invece gli occhi di Gron non si indugiavano più sulle carte, né sull'onesto volto dell'amico, ma insistevano al di là, verso il fondo, ai piedi del cortinaggio; e si dilatavano per di più, accendendosi di strana luce.

Fino a che dalla bocca del vecchio signore uscì una voce opaca, carica di indicibile desolazione, e diceva semplicemente: «Guarda». Non si rivolgeva al figlio, né al dottore, né a Massigher in modo particolare. Diceva solamente «Guarda» ma così da suscitare paura.

Il Gron disse questo e gli altri guardarono, compresa la consorte che sedeva nell'angolo con grande dignità, accudendo al ricamo. E dal bordo inferiore del cupo tendaggio videro avanzare lentamente, strisciando sul pavimento, una informe cosa nera.

«Stefano, Stefano, per l'amor di Dio, perché fai quella voce?» esclamava la signora Gron levatasi in piedi e già in cammino verso la tenda: «Non vedi che è acqua?». Dei quattro che stavano giocando nessuno si era ancora alzato. Era acqua infatti. Da qualche frattura o spiraglio essa si era finalmente insinuata nella villa, come serpente era andata strisciando qua e là per gli anditi prima di affacciarsi nella sala, dove figurava di colore nero a causa della penombra. Una cosa da ridere, astrazion fatta per l'aperto oltraggio. Ma dietro quella povera lingua d'acqua, scolo di lavandino, non c'era altro? È proprio certo che sia tutto qui l'inconveniente? Non sussurrìo di rigagnoli giù per i muri, non paludi tra gli alti scaffali della biblioteca, non stillicidio di flaccide gocce dalla vòlta del salone vicino (percotenti il grande piatto d'argento donato dal Principe per le nozze, molti molti anni or sono)?

Il giovane Federico esclamò: «Quei cretini hanno dimenticato una finestra aperta!». Il padre suo: «Corri, va a chiudere, va!». Ma la signora si oppose: «Ma neanche per idea, state quieti voi, verrà bene qualcheduno spero!».

Nervosamente tirò il cordone del campanello e se ne udì lo squillo lontano. Nel medesimo tempo i tonfi misteriosi succedevano l'uno all'altro con tetra precipitazione perturbando gli estremi angoli del palazzo. Il vecchio Gron, accigliato, fissava la lingua d'acqua sul pavimento: lentamente essa gonfiavasi ai bordi, straripava per qualche centimetro, si fermava, si gonfiava di nuovo ai margini, di nuovo un altro passo in avanti e così via. Massigher mescolava le carte per coprire la propria emozione, presentendo cose diverse dalle solite. E il dottor Martora scuoteva adagio il capo, il quale gesto poteva voler dire: che tempi, che tempi, di questa servitù non ci si può più fidare! oppure, indifferentemente: niente da fare ormai, troppo tardi ve ne siete accorti.

Attesero alcuni istanti, nessun segno di vita proveniva dalle altre sale. Massigher si fece coraggio: «Signora» disse «l'avevo pur detto che...».

«Cielo! Sempre voi, Massigher!» rispose Maria Gron non lasciandolo neppur finire. «Per un po' d'acqua per terra! Adesso verrà Ettore ad asciugare. Sempre quelle benedette vetrate, ogni volta lasciano entrare acqua, bisognerebbe rifare le serramenta!»

Ma il cameriere di nome Ettore non veniva, né alcun altro dei numerosi servi. La notte si era fatta ostile e greve. Mentre gli inesplicabili tonfi si mutavano in un rombo pressoché continuo simile a rotolìo di botti nelle fondamenta della casa. Lo scroscio della pioggia all'esterno non si udiva già più, sommerso dalla nuova voce.

«Signora!» gridò improvvisamente Massigher, balzando ın piedi, con estrema risolutezza. «Signora, dove è andata Giorgina? Lasciate che vada a chiamarla.»

«Che c'è ancora, Massigher» e Maria Gron atteggiava ancora il volto a mondano stupore. «Siete tutti terribilmente nervosi, stasera. Che cosa volete da Giorgina? Fatemi il santo piacere di lasciarla dormire.»

«Dormire!» ribatté il giovanotto ed era piuttosto beffardo. «Dormire! Ecco, ecco...»

Dall'andito che la tenda celava, come da gelida spelonca, irruppe nella sala un impetuoso soffio di vento. Il cortinaggio si gonfiò qual vela, attorcigliandosi ai lembi, così che le luci della sala poterono passare di là e riflettersi nell'acqua dilagata per terra.

«Fedri, perdio, corri a chiudere!» imprecò il padre «perdio, chiama i servi, chiama!»

Ma il giovane pareva quasi divertito dall'imprevisto. Accorso verso l'andito buio andava gridando: «Ettore! Ettore! Berto! Berto! Sofia!». Egli chiamava i facenti parte della servitù ma le sue grida si perdevano senza eco nei vestiboli deserti.

«Papà» si udì ancora la voce di Federico. «Non c'è luce, qui. Non riesco a vedere... Madonna, che cos'è successo!» Tutti nella sala erano in piedi, sgomenti per l'improvviso appello. La villa intera sembrava ora, inesplicamente, scrosciare d'acqua. E il vento, quasi i muri fossero spalancati, la attraversava in su e in giù, protervamente, facendo dondolare le lampade, agitando carte e giornali, rovesciando fiori.

Federico, di ritorno, comparve. Era pallido come la neve e un poco tremava: «Madonna!» ripeteva macchinalmente. «Madonna, cos'è successo!»

E occorreva ancora spiegare che il fiume era giunto lì

sotto, scavando la riva, con la sua furia sorda e inumana? Che i muri da quella parte stavano per rovinare? Che i servi tutti erano dileguati nella notte e fra poco presumibilmente sarebbe mancata la luce? Non bastavano, a spiegare tutto, il bianco volto di Federico, i suoi richiami affannosi (lui solitamente così elegante e sicuro di sé), l'orribile rombo che aumentava aumentava dalle fonde voragini della terra?

«Andiamo, presto, andiamo, c'è anche la mia macchina qui fuori, sarebbe da pazzi...» diceva il dottor Martora, fra tutti passabilmente calmo. Poi, accompagnata da Massigher, ecco ricomparire Giorgina, avviluppata in un pesante mantello; ella singhiozzava lievemente, con assoluta decenza, senza quasi farsi sentire. Il padre cominciò a frugare un cassetto raccogliendo i valori.

«Oh no! no!» proruppe infine la signora Maria, esasperata. «Oh, non voglio! I miei fiori, le mie belle cose, non voglio, non voglio!» la sua bocca ebbe un tremito, la faccia si contrasse quasi scomponendosi, ella stava per cedere. Poi con uno sforzo meraviglioso, sorrise. La sua maschera mondana era intatta, salvo il suo raffinatissimo incanto.

«Me la ricorderò, signora» incrudelì Massigher, odiandola sinceramente. «Me la ricorderò sempre questa vostra villa. Com'era bella nelle notti di luna!»

«Presto, un mantello, signora» insisteva Martora rivolto alla padrona di casa. «E anche tu, Stefano, prendi qualcosa da coprirti. Andiamo prima che manchi la luce.»

Il signor Stefano Gron non aveva nemmeno paura, si poteva veramente dirlo. Egli era come atono e stringeva la busta di pelle contenente i valori. Federico girava per la sala sguazzando nell'acqua, senza più dominarsi. «È finita, è finita» andava ripetendo. La luce elettrica cominciò a affievolire.

Allora rintronò, più tenebroso dei precedenti e ancor

più vicino, un lungo tonfo da catastrofe. Una gelida tenaglia si chiuse sul cuore dei Gron.

«Oh, no! no!» ricominciò a gridare la signora. «Non voglio, non voglio!» Pallida anche lei come la morte, una piega dura segnata sul volto, ella avanzò a passi ansiosi verso il tendaggio che palpitava. E faceva di no col capo: per significare che lo proibiva, che adesso sarebbe venuta lei in persona e l'acqua non avrebbe osato passare.

La videro scostare i lembi sventolanti della tenda con gesto d'ira, sparire al di là nel buio, quasi andasse a cacciare una turba di pezzenti molesti che la servitù era incapace di allontanare. Col suo aristocratico sprezzo presumeva ora di opporsi alla rovina, di intimidire l'abisso? Ella sparì dietro il tendaggio, e benché il rombo funesto andasse crescendo, parve farsi il silenzio.

Fino a che Massigher disse: «C'è qualcuno che batte alla porta».

«Qualcuno che batte alla porta?» chiese il Martora. «Chi volete che sia?»

«Nessuno» rispose Massigher. «Non c'è nessuno, naturalmente, oramai. Pure battono alla porta, questo è positivo. Un messaggero forse, uno spirito, un'anima, venuta ad avvertire. È una casa di signori, questa. Ci usano dei riguardi, alle volte, quelli dell'altro mondo.»

Il mantello

Dopo interminabile attesa quando la speranza già cominciava a morire, Giovanni ritornò alla sua casa. Non erano ancora suonate le due, sua mamma stava sparecchiando, era una giornata grigia di marzo e volavano cornacchie.

Egli comparve improvvisamente sulla soglia e la mamma gridò: «Oh benedetto!» correndo ad abbracciarlo. Anche Anna e Pietro, i due fratellini molto più giovani, si misero a gridare di gioia. Ecco il momento aspettato per mesi e mesi, così spesso balenato nei dolci sogni dell'alba, che doveva riportare la felicità.

Egli non disse quasi parola, troppa fatica costandogli trattenere il pianto. Aveva subito deposto la pesante sciabola su una sedia, in testa portava ancora il berretto di pelo. «Lasciati vedere» diceva tra le lacrime la madre, tirandosi un po' indietro «lascia vedere quanto sei bello. Però sei pallido, sei.»

Era alquanto pallido infatti e come sfinito. Si tolse il berretto, avanzò in mezzo alla stanza, si sedette. Che stanco, che stanco, perfino a sorridere sembrava facesse fatica. «Ma togliti il mantello, creatura» disse la mamma, e lo guardava come un prodigio, sul punto d'esserne intimidita; com'era diventato alto, bello fiero (anche se un po' troppo pallido). «Togliti il mantello, dammelo qui, non senti che caldo?» Lui ebbe un brusco movimento di difesa, istintivo,

58

serrandosi addosso il mantello, per timore forse che glielo strappassero via.

«No, no lasciami» rispose evasivo «preferisco di no, tanto, tra poco devo uscire...»

«Devi uscire? Torni dopo due anni e vuoi subito uscire?» fece lei desolata, vedendo subito ricominciare, dopo tanta gioia, l'eterna pena delle madri. «Devi uscire subito? E non mangi qualcosa?»

«Ho già mangiato, mamma» rispose il figlio con un sorriso buono, e si guardava attorno assaporando le amate penombre. «Ci siamo fermati a un'osteria, qualche chilometro da qui...»

«Ah, non sei venuto solo? E chi c'era con te? Un tuo compagno di reggimento? Il figliolo della Mena forse?»

«No, no, era uno incontrato per via. È fuori che aspetta adesso.»

«È lì che aspetta? E perché non l'hai fatto entrare? L'hai lasciato in mezzo alla strada?»

Andò alla finestra e attraverso l'orto, di là del cancelletto di legno, scorse sulla via una figura che camminava su e giù lentamente; era tutta intabarrata e dava sensazione di nero. Allora nell'animo di lei nacque, incomprensibile, in mezzo ai turbini della grandissima gioia, una pena misteriosa ed acuta.

«È meglio di no» rispose lui, reciso. «Per lui sarebbe una seccatura, è un tipo così.»

«Ma un bicchiere di vino? glielo possiamo portare, no, un bicchiere di vino?»

«Meglio di no, mamma. È un tipo curioso, è capace di andar sulle furie.»

«Ma chi è allora? Perché ti ci sei messo insieme? Che cosa vuole da te?»

«Bene non lo conosco» disse lui lentamente e assai grave.

«L'ho incontrato durante il viaggio È venuto con me, ecco.»

Sembrava preferisse altro argomento, sembrava se ne vergognasse. E la mamma, per non contrariarlo, cambiò immediatamente discorso, ma già si spegneva nel suo volto amabile la luce di prima.

«Senti» disse «ti figuri la Marietta quando saprà che sei tornato? Te l'immagini che salti di gioia? È per lei che volevi uscire?»

Egli sorrise soltanto, sempre con quell'espressione di chi vorrebbe essere lieto eppure non può, per qualche segreto peso.

La mamma non riusciva a capire: perché se ne stava seduto, quasi triste, come il giorno lontano della partenza? Ormai era tornato, una vita nuova davanti, un'infinità di giorni disponibili senza pensieri, tante belle serate insieme, una fila inesauribile che si perdeva di là delle montagne, nelle immensità degli anni futuri. Non più le notti d'angoscia quando all'orizzonte spuntavano bagliori di fuoco e si poteva pensare che anche lui fosse là in mezzo, disteso immobile a terra, il petto trapassato, tra le sanguinose rovine. Era tornato, finalmente, più grande, più bello, e che gioia per la Marietta. Tra poco cominciava la primavera, si sarebbero sposati in chiesa, una domenica mattina, tra suono di campane e fiori. Perché dunque se ne stava smorto e distratto, non rideva di più, perché non raccontava le battaglie? E il mantello? perché se lo teneva stretto addosso, col caldo che faceva in casa? Forse perché, sotto, l'uniforme era rotta e infangata? Ma con la mamma, come poteva vergognarsi di fronte alla mamma? Le pene sembravano finite, ecco invece subito una nuova inquietudine.

Il dolce viso piegato un po' da una parte, lo fissava con ansia, attenta a non contrariarlo, a capire subito tutti i suoi desideri. O era forse ammalato? O semplicemente sfinito dai troppi strapazzi? Perché non parlava, perché non la guardava nemmeno?

In realtà il figlio non la guardava, egli pareva anzi evitasse di incontrare i suoi sguardi come se temesse qualcosa. E intanto i due piccoli fratelli lo contemplavano muti, con un curioso imbarazzo.

«Giovanni» mormorò lei non trattenendosi più. «Sei qui finalmente, sei qui finalmente! Aspetta adesso che ti faccio il caffè.»

Si affrettò alla cucina. E Giovanni rimase coi due fratelli tanto più giovani di lui. Non si sarebbero neppure riconosciuti se si fossero incontrati per la strada, che cambiamento nello spazio di due anni. Ora si guardavano a vicenda in silenzio, senza trovare le parole, ma ogni tanto sorridevano insieme, tutti e tre, quasi per un antico patto non dimenticato.

Ed ecco tornare la mamma, ecco il caffè fumante con una bella fetta di torta. Lui vuotò d'un fiato la tazza, masticò la torta con fatica. "Perché? Non ti piace più? Una volta era la tua passione!" avrebbe voluto domandargli la mamma, ma tacque per non importunarlo.

«Giovanni» gli propose invece «e non vuoi rivedere la tua camera? C'è il letto nuovo, sai? ho fatto imbiancare i muri, una lampada nuova, vieni a vedere... ma il mantello, non te lo levi dunque?... non senti che caldo?»

Il soldato non le rispose ma si alzò dalla sedia movendo alla stanza vicina. I suoi gesti avevano una specie di pesante lentezza, come s'egli non avesse venti anni. La mamma era corsa avanti a spalancare le imposte (ma entrò soltanto una luce grigia, priva di qualsiasi allegrezza).

«Che bello!» fece lui con fioco entusiasmo, come fu sulla soglia, alla vista dei mobili nuovi, delle tendine immacolate, dei muri bianchi, tutto quanto fresco e pulito. Ma, chinandosi la mamma ad aggiustare la coperta del letto, anch'essa nuova fiammante, egli posò lo sguardo sulle sue gracili spalle, sguardo di inesprimibile tristezza e che nessuno poteva vedere. Anna e Pietro infatti stavano dietro di lui, i faccini raggianti, aspettandosi una grande scena di letizia e sorpresa.

Invece niente. «Com'è bello! Grazie, sai? mamma» ripeté lui, e fu tutto. Muoveva gli occhi con inquietudine, come chi ha desiderio di conchiudere un colloquio penoso. Ma soprattutto, ogni tanto, guardava, con evidente preoccupazione, attraverso la finestra, il cancelletto di legno verde dietro il quale una figura andava su e giù lentamente.

«Sei contento, Giovanni? sei contento?» chiese lei impaziente di vederlo felice. «Oh, sì, è proprio bello» rispose il figlio (ma perché si ostinava a non levarsi il mantello?) e continuava a sorridere con grandissimo sforzo.

«Giovanni» supplicò lei. «Che cos'hai? che cos'hai, Giovanni? Tu mi tieni nascosta una cosa, perché non vuoi dire?»

Egli si morse un labbro, sembrava che qualcosa gli ingorgasse la gola. «Mamma» rispose dopo un po' con voce opaca «mamma, adesso io devo andare.»

«Devi andare? Ma torni subito, no? Vai dalla Marietta, vero? dimmi la verità, vai dalla Marietta?» e cercava di scherzare, pur sentendo la pena.

«Non so, mamma» rispose lui sempre con quel tono contenuto ed amaro; si avviava intanto alla porta, aveva già ripreso il berretto di pelo «non so, ma adesso devo andare, c'è quello là che mi aspetta.»

«Ma torni più tardi? torni? Tra due ore sei qui, vero? Farò venire anche zio Giulio e la zia, figurati che festa anche per loro, cerca di arrivare un po' prima di pranzo...»

«Mamma» ripeté il figlio, come se la scongiurasse di non dire di più, di tacere, per carità, di non aumentare la pena. «Devo andare, adesso, c'è quello là che mi aspetta, è stato fin troppo paziente.» Poi la fissò con sguardo da cavar l'anima.

Si avvicinò alla porta, i fratellini, ancora festosi, gli si strinsero addosso e Pietro sollevò un lembo del mantello per sapere come il fratello fosse vestito di sotto. «Pietro, Pietro! su, che cosa fai? lascia stare, Pietro!» gridò la mamma, temendo che Giovanni si arrabbiasse.

«No, no!» esclamò pure il soldato, accortosi del gesto del ragazzo. Ma ormai troppo tardi. I due lembi di panno azzurro si erano dischiusi un istante.

«Oh, Giovanni, creatura mia, che cosa ti han fatto?» balbettò la madre, prendendosi il volto tra le mani. «Giovanni, ma questo è sangue!»

«Devo andare, mamma» ripeté lui per la seconda volta, con disperata fermezza. «L'ho già fatto aspettare abbastanza. Ciao Anna, ciao Pietro, addio mamma.»

Era già alla porta. Uscì come portato dal vento. Attraversò l'orto quasi di corsa, aprì il cancelletto, due cavalli partirono al galoppo, sotto il cielo grigio, non già verso il paese, no, ma attraverso le praterie, su verso il nord, in direzione delle montagne. Galoppavano, galoppavano.

E allora la mamma finalmente capì, un vuoto immenso, che mai e poi mai nei secoli sarebbero bastati a colmare, si aprì nel suo cuore. Capì la storia del mantello, la tristezza del figlio e soprattutto chi fosse il misterioso individuo che passeggiava su e giù per la strada, in attesa, chi fosse quel sinistro personaggio fin troppo paziente. Così misericordioso e paziente da accompagnare Giovanni alla vecchia casa (prima di condurselo via per sempre), affinché potesse salutare la madre; da aspettare parecchi minuti fuori del cancello, in piedi, lui signore del mondo, in mezzo alla polvere, come pezzente affamato.

Una cosa che comincia per elle

Arrivato al paese di Sisto e sceso alla solita locanda, dove soleva capitare due tre volte all'anno, Cristoforo Schroder, mercante in legnami, andò subito a letto, perché non si sentiva bene. Mandò poi a chiamare il medico dottor Lugosi, ch'egli conosceva da anni. Il medico venne e sembrò rimanere perplesso. Escluse che ci fossero cose gravi, si fece dare una bottiglietta di orina per esaminarla e promise di tornare il giorno stesso.

Il mattino dopo lo Schroder si sentiva molto meglio, tanto che volle alzarsi senza aspettare il dottore. In maniche di camicia stava facendosi la barba quando fu bussato all'uscio. Era il medico. Lo Schroder disse di entrare.

«Sto benone stamattina» disse il mercante senza neppure voltarsi, continuando a radersi dinanzi allo specchio. «Grazie di essere venuto, ma adesso potete andare.»

«Che furia, che furia!» disse il medico, e poi fece un colpettino di tosse a esprimere un certo imbarazzo. «Sono qui come un amico, questa mattina.»

Lo Schroder si voltò e vide sulla soglia, di fianco al dottore, un signore sulla quarantina, solido, rossiccio in volto e piuttosto volgare, che sorrideva insinuante. Il mercante, uomo sempre soddisfatto di sé e solito a far da padrone, guardò seccato il medico con aria interrogativa.

«Un mio amico» ripeté il Lugosi «Don Valerio Melito.

Più tardi dobbiamo andare insieme da un malato e così gli ho detto di accompagnarmi.»

«Servitor suo» fece lo Schroder freddamente. «Sedete, sedete.»

«Tanto» proseguì il medico per giustificarsi maggiormente «oggi, a quanto pare, non c'è più bisogno di visita. Tutto bene, le orine. Solo vorrei farvi un piccolo salasso.»

«Un salasso? E perché un salasso?»

«Vi farà bene» spiegò il medico. «Vi sentirete un altro, dopo. Fa sempre bene ai temperamenti sanguigni. E poi è questione di due minuti.»

Così disse e trasse fuori dalla mantella un vasetto di vetro contenente tre sanguisughe. L'appoggiò ad un tavolo e aggiunse: «Mettetevene una per polso. Basta tenerle ferme un momento e si attaccano subito. E vi prego, di fare da voi. Cosa volete che vi dica? Da vent'anni che faccio il medico, non sono mai stato capace di prendere in mano una sanguisuga.»

«Date qua» disse lo Schroder con quella sua irritante aria di superiorità. Prese il vasetto, si sedette sul letto e si applicò ai polsi le due sanguisughe come se non avesse fatto altro in vita sua.

Intanto il visitatore estraneo, senza togliersi l'ampio mantello, aveva deposto sul tavolo il cappello e un pacchetto oblungo che mandò un rumore metallico. Lo Schroder notò, con un senso di vago malessere, che l'uomo si era seduto quasi sulla soglia come se gli premesse di stare lontano da lui.

«Don Valerio, voi non lo immaginate, ma vi conosce già» disse allo Schroder il medico, sedendosi pure lui, chissà perché, vicino alla porta.

«Non mi ricordo di aver avuto l'onore» rispose lo Schroder che, seduto sul letto, teneva le braccia abbandonate sul materasso, le palme rivolte in su, mentre le sanguisughe gli succhiavano i polsi. Aggiunse: «Ma dite, Lugosi, piove stamattina? Non ho ancora guardato fuori. Una bella seccatura se piove, dovrò andare in giro tutto il giorno.»

«No, non piove» disse il medico senza dare peso alla cosa. «Ma don Valerio vi conosce davvero, era ansioso di rivedervi.»

«Vi dirò» fece il Melito con voce spiacevolmente cavernosa. «Vi dirò: non ho mai avuto l'onore di incontrarvi personalmente, ma so qualche cosa di voi che certo non immaginate.»

«Non saprei proprio» rispose il mercante con assoluta indifferenza.

«Tre mesi fa?» chiese il Melito. «Cercate di ricordare: tre mesi fa non siete passato con la vostra carrozzella per la strada del Confine vecchio?»

«Mah, può darsi» fece lo Schroder. «Può darsi benissimo, ma esattamente non ricordo.»

«Bene. E non vi ricordate allora di essere slittato a una curva, di essere andato fuori strada?»

«Già, è vero» ammise il mercante, fissando gelidamente la nuova e non desiderata conoscenza.

«E una ruota è andata fuori strada e il cavallo non riusciva a rimetterla in carreggiata?»

«Proprio così. Ma voi, dove eravate?»

«Ah, ve lo dirò dopo» rispose il Melito scoppiando in una risata e ammiccando al dottore. «E allora siete sceso, ma neanche voi riuscivate a tirar su la carrozzella. Non è stato così, dite un po'?»

«Proprio così. E pioveva che Dio la mandava.»

«Caspita se pioveva!» continuò don Valerio, soddisfattissimo. «E mentre stavate a faticare, non è venuto avanti un curioso tipo, un uomo lungo, tutto nero in faccia?»

«Mah, adesso non ricordo bene» interruppe lo Schroder. «Scusate, dottore, ma ce ne vuole ancora molto di queste sanguisughe? Sono già gonfie come rospi. Ne ho abbastanza io. E poi vi ho detto che ho molte cose da fare.»

«Ancora qualche minuto!» esortò il medico. «Un po' di pazienza, caro Schroder! Dopo vi sentirete un altro, vedrete. Non sono neanche le dieci, diamine, c'è tutto il tempo che volete!»

«Non era un uomo alto, tutto nero in faccia, con uno strano cappello a cilindro?» insisteva don Valerio. «E non aveva una specie di campanella? Non vi ricordate che continuava a suonare?»

«Bene: sì, mi ricordo» rispose scortesemente lo Schroder. «E, scusate, dove volete andare a finire?»

«Ma niente!» fece il Melito. «Solo per dirvi che vi conoscevo già. E che ho buona memoria. Purtroppo quel giorno ero lontano, al di là di un fosso, ero almeno cinquecento metri distante. Ero sotto un albero a ripararmi dalla pioggia e ho potuto vedere.»

«E chi era quell'uomo, allora?» chiese lo Schroder con asprezza, come per far capire che se il Melito aveva qualche cosa da dire, era meglio che lo dicesse subito.

«Ah, non lo so chi fosse, esattamente, l'ho visto da lontano! Voi, piuttosto, chi credete che fosse?»

«Un povero disgraziato, doveva essere» disse il mercante. «Un sordomuto pareva. Quando l'ho pregato di venire ad aiutarmi, si è messo come a mugolare, non ho capito una parola.»

«E allora voi gli siete andato incontro, e lui si è tirato indietro, e allora voi lo avete preso per un braccio, l'avete costretto a spingere la carrozza insieme a voi. Non è così? Dite la verità.»

«Che cosa c'entra questo?» ribatté lo Schroder insospettito. «Non gli ho fatto niente di male. Anzi, dopo gli ho dato due lire.»

«Avete sentito?» sussurrò a bassa voce il Melito al medico; poi, più forte, rivolto al mercante: «Niente di male, chi lo nega? Però ammetterete che ho visto tutto».

«Non c'è niente da agitarsi, caro Schroder» fece il medico a questo punto vedendo che il mercante faceva una faccia cattiva. «L'ottimo don Valerio, qui presente, è un tipo scherzoso. Voleva semplicemente sbalordirvi.»

Il Melito si volse al dottore, assentendo col capo. Nel movimento, i lembi del mantello si dischiusero un poco e lo Schroder, che lo fissava, divenne pallido in volto.

«Scusate, don Valerio» disse con una voce ben meno disinvolta del solito. «Voi portate una pistola. Potevate lasciarla da basso, mi pare. Anche in questi paesi c'è la usanza, se non mi inganno.»

«Perdio! Scusatemi proprio!» esclamò il Melito battendosi una mano sulla fronte a esprimere rincrescimento. «Non so proprio come scusarmi! Me ne ero proprio dimenticato. Non la porto mai, di solito, è per questo che mi sono dimenticato. E oggi devo andare fuori in campagna a cavallo.»

Pareva sincero, ma in realtà si tenne la pistola alla cintola; continuando a scuotere il capo. «E dite» aggiunse sempre rivolto allo Schroder. «Che impressione vi ha fatto quel povero diavolo?»

«Che impressione mi doveva fare? Un povero diavolo; un disgraziato.»

«E quella campanella, quell'affare che continuava a suonare, non vi siete chiesto che cosa fosse?»

«Mah» rispose lo Schroder, controllando le parole, per il presentimento di qualche insidia. «Uno zingaro, poteva essere; per far venire gente li ho visti tante volte suonare una campana.»

«Uno zingaro!» gridò il Melito, mettendosi a ridere come se l'idea lo divertisse un mondo. «Ah, l'avete creduto uno zingaro?»

Lo Schroder si voltò verso il medico con irritazione.

«Che cosa c'è?» chiese duramente. «Che cosa vuol dire questo interrogatorio? Caro il mio Lugosi, questa storia non mi piace un bel niente! Spiegatevi, se volete qualcosa da me!»

«Non agitatevi, vi prego...» rispose il medico interdetto.

«Se volete dire che a questo vagabondo è capitato un accidente e la colpa è mia, parlate chiaro» proseguì il mercante alzando sempre più la voce «parlate chiaro, cari i miei signori. Vorreste dire che l'hanno ammazzato?»

«Macché ammazzato!» disse il Melito, sorridendo, completamente padrone della situazione «ma che cosa vi siete messo in mente? Se vi ho disturbato mi spiace proprio. Il dottore mi ha detto: don Valerio, venite su anche voi, c'è il cavaliere Schroder. Ah lo conosco, gli ho detto io. Bene, mi ha detto lui, venite su anche voi, sarà lieto di vedervi. Mi dispiace proprio se sono riuscito importuno...»

Il mercante si accorse di essersi lasciato portare.

«Scusate me, piuttosto, se ho perso la pazienza. Ma pareva quasi un interrogatorio in piena regola. Se c'è qualche cosa, ditela senza tanti riguardi.»

«Ebbene» intervenne il medico con molta cautela. «Ebbene: c'è effettivamente qualche cosa.»

«Una denuncia?» chiese lo Schroder sempre più sicuro di sé, mentre cercava di riattaccarsi ai polsi le sanguisughe staccatesi durante la sfuriata di prima. «C'è qualche sospetto contro di me?»

«Don Valerio» disse il medico. «Forse è meglio che parliate voi.»

«Bene» cominciò il Melito. «Sapete chi era quell'individuo che vi ha aiutato a tirar su la carrozza?»

«Ma no, vi giuro, quante volte ve lo devo ripetere?»

«Vi credo» disse il Melito. «Vi domando solo se immaginate chi fosse.»

«Non so, uno zingaro, ho pensato, un vagabondo...»

«No. Non era uno zingaro. O, se lo era stato una volta, non lo era più. Quell'uomo, per dirvelo chiaro, è una cosa che comincia per elle.»

«Una cosa che comincia per elle?» ripeté meccanicamente lo Schroder, cercando nella memoria, e un'ombra di apprensione gli si era distesa sul volto.

«Già. Comincia per elle» confermò il Melito con un malizioso sorriso.

«Un ladro? volete dire?» fece il mercante illuminandosi in volto per la sicurezza di aver indovinato.

Don Valerio scoppiò in una risata: «Ah, un ladro! Buona davvero questa! Avevate ragione, dottore: una persona piena di spirito, il cavaliere Schroder!». In quel momento si sentì fuori della finestra il rumore della pioggia.

«Vi saluto» disse il mercante recisamente, togliendosi le due sanguisughe e rimettendole nel vasetto. «Adesso piove. Io me ne devo andare, se no faccio tardi.»

«Una cosa che comincia per elle» insistette il Melito alzandosi anche lui in piedi e manovrando qualcosa sotto l'ampia mantella.

«Non so, vi dico. Gli indovinelli non sono per me. Decidetevi, se avete qualche cosa da dirmi... Una cosa che comincia per elle?... Un lanzichenecco forse?...» aggiunse in tono di beffa.

Il Melito e il dottore, in piedi, si erano accostati l'un l'altro, appoggiando le schiene all'uscio. Nessuno dei due ora sorrideva più.

«Né un ladro né un lanzichenecco» disse lentamente il Melito. «Un lebbroso, era.»

Il mercante guardò i due uomini, pallido come un morto. «Ebbene? E se anche fosse stato un lebbroso?»

«Lo era purtroppo di certo» disse il medico, cercando pavidamente di ripararsi dietro le spalle di don Valerio. «E adesso lo siete anche voi.»

«Basta!» urlò il mercante tremando per l'ira. «Fuori di qua! Questi scherzi non mi vanno. Fuori di qua tutti e due!»

Allora il Melito insinuò fuori del mantello una canna della pistola.

«Sono l'alcade, caro signore. Calmatevi, vi torna conto.»

«Vi farò vedere io chi sono!» urlava lo Schroder. «Che cosa vorreste farmi, adesso?»

Il Melito scrutava lo Schroder, pronto a prevenire un eventuale attacco. «In quel pacchetto c'è la vostra campanella» rispose. «Uscirete immediatamente di qui e continuerete a suonarla, fino a che sarete uscito fuori dal paese, e poi ancora, fino a che non sarete uscito dal regno.»

«Ve la farò vedere io la campanella!» ribatté lo Schroder, e tentava ancora di gridare ma la voce gli si era spenta in gola, l'orrore della rivelazione gli aveva agghiacciato il cuore. Finalmente capiva: il dottore, visitandolo il giorno prima, aveva avuto un sospetto ed era andato ad avvertire l'alcade. L'alcade per caso lo aveva visto afferrare per un braccio, tre mesi prima, un lebbroso di passaggio, ed ora lui, Schroder, era condannato. La storia delle sanguisughe era servita per guadagnar tempo. Disse ancora: «Me ne vado senza bisogno dei vostri ordini, canaglie, vi farò vedere, vi farò vedere...».

«Mettetevi la giacca» ordinò il Melito, il suo volto essendosi illuminato di una diabolica compiacenza. «La fiacca, e poi fuori immediatamente.»

«Aspetterete che prenda le mie robe» disse lo Schroder, oh quanto meno fiero di un tempo. «Appena ho impacchettato le mie robe me ne vado, statene pur sicuri.»

«Le vostre robe devono essere bruciate» avvertì sogghignando l'alcade. «La campanella prenderete, e basta.»

«Le mie robe almeno!» esclamò lo Schroder, fino allora così soddisfatto e intrepido; e supplicava il magistrato come un bambino. «I miei vestiti, i miei soldi, me li lascerete almeno!»

«La giacca, la mantella, e basta. L'altro deve essere bruciato. Per la carrozza e il cavallo si è già provveduto.»

«Come? Che cosa volete dire?» balbettò il mercante.

«Carrozza e cavallo sono stati bruciati, come ordina la legge» rispose l'alcade, godendo della sua disperazione. «Non vi immaginerete che un lebbroso se ne vada in giro in carrozzella, no?»

E diede in una triviale risata. Poi, brutalmente: «Fuori! fuori di qua!» urlava allo Schroder. «Non immaginerai che stia qui delle ore a discutere? Fuori immediatamente, cane!»

Lo Schroder tremava tutto, grande e grosso com'era, quando uscì dalla camera, sotto la canna puntata della pistola, la mascella cadente, lo sguardo inebetito.

«La campana!» gli gridò ancora il Melito facendolo sobbalzare; e gli sbatté dinanzi, per terra, il pacchetto misterioso, che diede una risonanza metallica. «Tirala fuori, e legatela al collo.»

Si chinò lo Schroder, con la fatica di un vecchio cadente, raccolse il pacchetto, spiegò lentamente gli spaghi, trasse fuori dell'involto una campanella di rame, col manico di legno tornito, nuova fiammante. «Al collo!» gli urlò il Melito. «Se non ti sbrighi, perdio, ti sparo!»

Le mani dello Schroder erano scosse da un tremito e non era facile eseguire l'ordine dell'alcade. Pure il mercante riuscì a passarsi attorno al collo la cinghia attaccata alla campanella, che gli pendette così sul ventre, risuonando ad ogni movimento.

«Prendila in mano, scuotila, perdio! Sarai buono, no? Un marcantonio come te. Va' che bel lebbroso!» infierì don Valerio, mentre il medico si tirava in un angolo, sbalordito dalla scena ripugnante.

Lo Schroder con passi da infermo cominciò a scendere le scale. Dondolava la testa da una parte e dall'altra come certi cretini che si incontrano lungo le grandi strade. Dopo

due gradini si voltò cercando il medico e lo fissò lungamente negli occhi.

«La colpa non è mia!» balbettò il dottor Lugosi. «È stata una disgrazia, una grande disgrazia!»

«Avanti, avanti!» incitava intanto l'alcade come a una
bestia. «Scuoti la campanella, ti dico, la gente deve sapere
che arrivi!»

Lo Schroder riprese a scendere le scale. Poco dopo egli
comparve sulla porta della locanda e si avviò lentamente
attraverso la piazza. Decine e decine di persone facevano
ala al suo passaggio, ritraendosi indietro man mano che lui
si avvicinava. La piazza era grande, lunga da attraversare.
Con gesto rigido egli ora scuoteva la campanella che dava
un suono limpido e festoso; den, den, faceva.

Una goccia

Una goccia d'acqua sale i gradini della scala. La senti? Disteso in letto nel buio, ascolto il suo arcano cammino. Come fa? Saltella? Tic, tic, si ode a intermittenza. Poi la goccia si ferma e magari per tutta la rimanente notte non si fa più viva. Tuttavia sale. Di gradino in gradino viene su, a differenza delle altre gocce che cascano perpendicolarmente, in ottemperanza alla legge di gravità, e alla fine fanno un piccolo schiocco, ben noto in tutto il mondo. Questa no: piano piano si innalza lungo la tromba delle scale lettera E dello sterminato casamento.

Non siamo stati noi, adulti, raffinati, sensibilissimi, a segnalarla. Bensì una servetta del primo piano, squallida piccola ignorante creatura. Se ne accorse una sera, a ora tarda, quando tutti erano già andati a dormire. Dopo un po' non seppe frenarsi, scese dal letto e corse a svegliare la padrona. «Signora» sussurrò «signora!» «Cosa c'è?» fece la padrona riscuotendosi. «Cosa succede?» «C'è una goccia, signora, una goccia che vien su per le scale!» «Che cosa?» chiese l'altra sbalordita. «Una goccia che sale i gradini!» ripeté la servetta, e quasi si metteva a piangere. «Va, va» imprecò la padrona «sei matta? Torna in letto, marsch! Hai bevuto, ecco il fatto, vergognosa. È un pezzo che al mattino manca il vino nella bottiglia! Brutta sporca, se credi...» Ma la ragazzetta era fuggita, già rincantucciata sotto le coperte.

"Chissà che cosa le sarà mai saltato in mente, a quella stupida" pensava poi la padrona, in silenzio, avendo ormai perso il sonno. Ed ascoltando involontariamente la notte che dominava sul mondo, anche lei udì il curioso rumore. Una goccia saliva le scale, positivamente.

Gelosa dell'ordine, per un istante la signora pensò di uscire a vedere. Ma che cosa mai avrebbe potuto trovare alla miserabile luce delle lampadine oscurate, pendule dalla ringhiera? Come rintracciare una goccia in piena notte con quel freddo, lungo le rampe tenebrose?

Nei giorni successivi, di famiglia in famiglia, la voce si sparse lentamente e adesso tutti lo sanno nella casa, anche se preferiscono non parlarne; come di cosa sciocca di cui forse vergognarsi. Ora molte orecchie restano tese, nel buio, quando la notte è scesa a opprimere il genere umano. E chi pensa a una cosa, chi a un'altra.

Certe notti la goccia tace. Altre volte invece, per lunghe ore non fa che spostarsi, su, su, si direbbe che non si debba più fermare. Battono i cuori allorché il tenero passo sembra toccare la soglia. Meno male, non si è fermata. Eccola che si allontana, tic, tic, avviandosi al piano di sopra.

So di positivo che inquilini dell'ammezzato pensano di essere ormai al sicuro. La goccia – essi credono – è già passata davanti alla loro porta, né avrà più occasione di disturbarli; altri, ad esempio io che sto al sesto piano, hanno adesso motivi di inquietudine, non più loro. Ma chi gli dice che nelle prossime notti la goccia riprenderà il cammino dal punto dove era giunta l'ultima volta, o piuttosto non ricomincerà da capo, iniziando il viaggio dai primi scalini, umidi sempre, ed oscuri di abbandonate immondizie? No, neppure loro possono ritenersi sicuri. Al mattino, uscendo di casa, si guarda attentamente la scala se mai sia rimasta qualche traccia. Niente, come era prevedibile, non la più piccola impronta. Al mattino del resto chi prende più questa storia sul serio? Al sole del mattino l'uomo è forte, è un leone, anche se poche ore prima sbigottiva.

O che quelli dell'ammezzato abbiano ragione? Noi del resto, che prima non sentivamo niente e ci si teneva esenti, da alcune notti pure noi udiamo qualcosa. La goccia è ancora lontana, è vero. A noi arriva solo un ticchettio leggerissimo, flebile eco attraverso i muri. Tuttavia è segno che essa sta salendo e si fa sempre più vicina.

Anche il dormire in una camera interna, lontana dalla tromba delle scale, non serve. Meglio sentirlo, il rumore, piuttosto che passare le notti nel dubbio se ci sia o meno. Chi abita in quelle camere riposte talora non riesce a resistere, sguscia in silenzio nei corridoi e se ne sta in anticamera al gelo, dietro la porta, col respiro sospeso, ascoltando. Se *la* sente, non osa più allontanarsi, schiavo di indecifrabili paure. Peggio ancora però se tutto è tranquillo: in questo caso come escludere che, appena tornati a coricarsi, proprio allora non cominci il rumore?

Che strana vita, dunque. E non poter far reclami, né tentare rimedi, né trovare una spiegazione che sciolga gli animi. E non poter neppure persuadere gli altri, delle altre case, i quali non sanno. Ma che cosa sarebbe poi questa goccia: – domandano con esasperante buona fede – un topo forse? Un rospetto uscito dalle cantine? No davvero.

E allora – insistono – sarebbe per caso una allegoria? Si vorrebbe, così per dire, simboleggiare la morte? o qualche pericolo? o gli anni che passano? Niente affatto, signori: è semplicemente una goccia, solo che viene su per le scale.

O più sottilmente si intende raffigurare i sogni e le chimere? Le terre vagheggiate e lontane dove si presume la felicità? Qualcosa di poetico insomma? No, assolutamente.

Oppure i posti più lontani ancora, al confine del mondo, ai quali mai giungeremo? Ma no, vi dico, non è uno scherzo, non ci sono doppi sensi, trattasi ahimè proprio di una goccia d'acqua, a quanto è dato presumere, che di notte viene su per le scale. Tic, tic, misteriosamente, di gradino in gradino. E perciò si ha paura.

La canzone di guerra

Il re sollevò il capo dal grande tavolo di lavoro fatto d'acciaio e diamanti.

«Che cosa diavolo cantano i miei soldati?» domandò. Fuori, nella piazza dell'Incoronazione, passavano infatti battaglioni e battaglioni in marcia verso la frontiera, e marciando cantavano. Lieve era ad essi la vita perché il nemico era già in fuga e laggiù nelle lontane praterie non c'era più da mietere altro che gloria: di cui incoronarsi per il ritorno. E anche il re di riflesso si sentiva in meravigliosa salute e sicuro di sé. Il mondo stava per essere soggiogato.

«È la loro canzone, Maestà» rispose il primo consigliere, anche lui tutto coperto di corazze e di ferro perché questa era la disciplina di guerra. E il re disse: «Ma non hanno niente di più allegro? Schroeder ha pur scritto per i miei eserciti dei bellissimi inni. Anch'io li ho sentiti. E sono vere canzoni da soldati.»

«Che cosa vuole, Maestà?» fece il vecchio consigliere, ancora più curvo sotto il peso delle armi di quanto non sarebbe stato in realtà. «I soldati hanno le loro manie, un po' come i bambini. Diamogli i più begli inni del mondo e loro preferiranno sempre le loro canzoni.»

«Ma questa non è una canzone da guerra» disse il re. «Si direbbe perfino, quando la cantano, che siano tristi. E non mi pare che ce ne sia il motivo, direi.»

«Non direi proprio» approvò il consigliere con un sorriso pieno di lusinghiere allusioni. «Ma forse è soltanto una canzone d'amore, non vuol esser altro, probabilmente.»

«E come dicono le parole?» insistette il re.

«Non ne sono edotto, veramente» rispose il vecchio conte Gustavo. «Me le farò riferire.»

I battaglioni giunsero alla frontiera di guerra, travolsero spaventosamente il nemico, ingrassandone i territori, il fragore delle vittorie dilagava nel mondo, gli scalpitii si perdevano per le pianure sempre più lontano dalle cupole argentee della reggia. E dai loro bivacchi recinti da ignote costellazioni si spandeva sempre il medesimo canto: non allegro, triste, non vittorioso e guerriero bensì pieno di amarezza. I soldati erano ben nutriti, portavano panni soffici, stivali di cuoio armeno, calde pellicce, e i cavalli galoppavano di battaglia in battaglia sempre più lunghi, greve il carico solo di colui che trasportava le bandiere nemiche. Ma i generali chiedevano: «Che cosa diamine stanno cantando i soldati? Non hanno proprio niente di più allegro?».

«Sono fatti così, eccellenza» rispondevano sull'attenti quelli dello Stato Maggiore, «Ragazzi in gamba, ma hanno le loro fissazioni.»

«Una fissazione poco brillante» dicevano i generali di malumore. «Caspita, sembra che piangano. E che cosa potrebbero desiderare di più? Si direbbe che siano malcontenti.»

Contenti erano invece, uno per uno, i soldati dei reggimenti vittoriosi. Che cosa potevano infatti desiderare di più? Una conquista dopo l'altra, ricco bottino, donne fresche da godere, prossimo il ritorno trionfale. La cancellazione finale del nemico dalla faccia del mondo già si leggeva sulle giovani fronti, belle di forza e di salute.

«E come dicono le parole?» il generale chiedeva incuriosito.

«Ah, le parole! Sono delle ben stupide parole» rispondevano quelli dello Stato Maggiore, sempre guardinghi e riservati per antica abitudine.

«Stupide o no, che cosa dicono?»

«Esattamente non le conosco, eccellenza» diceva uno.

«Tu, Diehlem, le sai?»

«Le parole di questa canzone? Proprio non saprei. Ma c'è qui il capitano Marren, certo lui...»

«Non è il mio forte, signor colonnello» rispondeva Marren. «Potremmo però chiederlo al maresciallo Peters, se permette...»

«Su, via, quante inutili storie, scommetterei...» ma il generale preferì non terminare la frase.

Un po' emozionato, rigido come uno stecco, il maresciallo Peters rispondeva al questionario:

«La prima strofa, eccellenza serenissima, dice così:

> Per campi e paesi,
> il tamburo ha suonà
> e gli anni passà
> la via del ritorno,
> la via del ritorno,
> nessun sa trovà.

E poi viene la seconda strofa che dice: "Per dinde e per donde..."

«Come?,» fece il generale.

«"Per dinde e per donde" proprio così, eccellenza serenissima.»

«E che significa "per dinde e per donde"?»

«Non saprei, eccellenza serenissima, ma si canta proprio così.»

«Be', e poi cosa dice?»

> Per dinde e per donde,
> avanti si va
> e gli anni passà

dove io ti ho lasciata,
dove io ti ho lasciata,
una croce ci sta.

«E poi c'è la terza strofa, che però non si canta quasi mai. E dice...»

«Basta, basta così» disse il generale, e il maresciallo salutò militarmente.

«Non mi sembra molto allegra» commentò il generale, come il sottufficiale se ne fu andato. «Poco adatta alla guerra, comunque.»

«Poco adatta invero» confermavano col dovuto rispetto i colonnelli degli Stati Maggiori.

Ogni sera, al termine dei combattimenti, mentre ancora il terreno fumava, messaggeri veloci venivano spiccati, che volassero a riferire la buona notizia. Le città erano imbandierate, gli uomini si abbracciavano nelle vie, le campane delle chiese suonavano, eppure chi passava di notte attraverso i quartieri bassi della capitale sentiva qualcuno cantare, uomini, ragazze, donne, sempre quella stessa canzone, venuta su chissà quando. Era abbastanza triste, effettivamente, c'era come dentro molta rassegnazione. Giovani bionde, appoggiate al davanzale, la cantavano con smarrimento.

Mai nella storia del mondo, per quanto si risalisse nei secoli, si ricordavano vittorie simili, mai eserciti così fortunati, generali così bravi, avanzate così celeri, mai tante terre conquistate. Anche l'ultimo dei fantaccini alla fine si sarebbe trovato ricco signore, tanta roba c'era da spartire. Alle speranze erano stati tolti i confini. Si tripudiava ormai nelle città, alla sera, il vino correva fin sulle soglie, i mendicanti danzavano. E tra un boccale e l'altro ci stava bene una canzoncina, un piccolo coro di amici. «Per campi e paesi...» cantavano, compresa la terza strofa.

E se nuovi battaglioni attraversavano la piazza dell'Incoronazione per dirigersi alla guerra, allora il re sollevava un poco la testa dalle pergamene e dai rescritti, ascoltando, né sapeva spiegarsi perché quel canto gli mettesse addosso il malumore.

Ma per i campi e i paesi i reggimenti d'anno in anno avanzavano sempre più lunghi, né si decidevano a incamminarsi finalmente in senso inverso; e perdevano coloro che avevano scommesso sul prossimo arrivo dell'ultima e più felice notizia. Battaglie, vittorie, vittorie, battaglie. Ormai le armate marciavano in terre incredibilmente lontane, dai nomi difficili che non si riusciva a pronunciare.

Finché (di vittoria in vittoria!) venne il giorno che la piazza dell'Incoronazione rimase deserta, le finestre della reggia sprangate, e alle porte della città il rombo di strani carriaggi stranieri che si approssimavano; e dagli invincibili eserciti erano nate, sulle pianure remotissime, foreste che prima non c'erano, monotone foreste di croci che si perdevano all'orizzonte e nient'altro. Perché non nelle spade, nel fuoco, nell'ira delle cavallerie scatenate era rimasto chiuso il destino, bensì nella sopracitata canzone che a re e generalissimi era logicamente parsa poco adatta alla guerra. Per anni, con insistenza, attraverso quelle povere note il fato stesso aveva parlato, preannunciando agli uomini ciò ch'era stato deciso. Ma le reggie, i condottieri, i sapienti ministri, sordi come pietre. Nessuno aveva capito; soltanto gli inconsapevoli soldati coronati di cento vittorie, quando marciavano stanchi per le strade della sera, verso la morte, cantando.

La fine del mondo

Un mattino verso le dieci un pugno immenso comparve nel cielo sopra la città: si aprì poi lentamente ad artiglio e così rimase immobile come un immenso baldacchino della malora. Sembrava di pietra e non era pietra, sembrava di carne e non era, pareva anche fatto di nuvola, ma nuvola non era. Era Dio; e la fine del mondo. Un mormorio che poi si fece mugolio e poi urlo, si propagò per i quartieri, finché divenne una voce sola, compatta e terribile, che saliva a picco come una tromba.

Luisa e Pietro si trovavano in una piazzetta, tepida a quell'ora di sole, recinta da fantasiosi palazzi e parzialmente da giardini. Ma in cielo, a un'altezza smisurata, era sospesa la mano. Finestre si spalancavano tra grida di richiamo e spavento, mentre l'urlo iniziale della città si placava a poco a poco; giovani signore discinte si affacciavano a guardare l'apocalisse. Gente usciva dalle case, per lo più correndo, sentivano il bisogno di muoversi, di fare qualcosa purchessia, non sapevano però dove sbattere il capo. La Luisa scoppiò in un pianto dirotto: «Lo sapevo» balbettava tra i singhiozzi «che doveva finire così... mai in chiesa, mai dire le preghiere... me ne fregavo io, me ne fregavo, e adesso... me la sentivo che doveva andare a finire così!...». Che cosa poteva mai dirle Pietro per consolarla? Si era messo a piangere pure lui come un bambino. Anche la maggior parte della gente era in lacrime specialmente le donne. Soltanto due frati, vispi vecchietti, se n'andavano lieti come pasque: «La è finita, per i furbi, adesso!» esclamavano gioiosamente, procedendo di buon passo, rivolti ai passanti più ragguardevoli. «L'avete smessa di fare i furbi, eh? Siamo noi i furbi adesso!» (e ridacchiavano). «Noi sempre minchionati, noi creduti cretini, lo vediamo adesso chi erano i furbi!». Allegri come scolaretti trascorrevano in mezzo alla crescente turba che li guardava malamente senza osare reagire. Erano già scomparsi da un paio di minuti per un vicolo, quando un signore fece come l'atto istintivo di gettarsi all'inseguimento, quasi si fosse lasciata sfuggire un'occasione preziosa: «Per Dio!» gridava battendosi la fronte «e pensare che ci potevano confessare». «Accidenti!» rincalzava un altro «che bei cretini siamo stati! Capitarci così sotto il naso e noi lasciarli andare!» Ma chi poteva più raggiungere i vispi fraticelli?

Donne e anche omaccioni già tracotanti, tornavano intanto dalle chiese, imprecando, delusi e scoraggiati. I confessori più in gamba erano spariti - si riferiva - probabilmente accaparrati dalle maggiori autorità e dagli industriali potenti. Stranissimo, ma i quattrini conservavano meravigliosamente un certo loro prestigio benché si fosse alla fine del mondo; chissà, forse, si considerava che mancassero ancora dei minuti, delle ore; qualche giornata magari. In quanto ai confessori rimasti disponibili, si era formata nelle chiese una tale spaventosa calca, che non c'era neppure da pensarci. Si parlava di gravi incidenti accaduti appunto per l'eccessivo affollamento; o di lestofanti travestiti da sacerdoti che si offrivano di raccogliere confessioni anche a domicilio, chiedendo prezzi favolosi. Per contro giovani coppie si appartavano precipitosamente senza più ombra di ritegno, distendendosi sui prati dei giardini, per fare ancora una volta l'amore. La mano intanto si era fatta di colore terreo, benché il sole splendesse, e faceva quindi più paura.

Cominciò a circolare la voce che la catastrofe fosse imminente; alcuni garantivano che non si sarebbe giunti a mezzogiorno.

In quel mentre, nella elegante loggetta di un palazzo, poco più alta del piano stradale (vi si accedeva per due rampe di scale a ventaglio), fu visto un giovane prete. La testa tra le spalle, camminava frettolosamente quasi avesse paura di andarsene. Era strano un prete a quell'ora, in quella casa sontuosa popolata di cortigiane. «Un prete! un prete!» si sentì gridare da qualche parte. Fulmineamente la gente riuscì a bloccarlo prima che potesse fuggire. «Confessaci, confessaci!» gli gridavano. Impallidì, fu tratto a una specie di piccola e graziosa edicola che sporgeva dalla loggetta a guisa di pulpito coperto; pareva fatta apposta. A decine uomini e donne formarono subito grappolo, tumultuando, irrompendo dal basso, arrampicandosi su per le sporgenze ornamentali, aggrappandosi alle colonnine e al bordo della balaustra; non era del resto una grande altezza. Il prete cominciò a raccogliere confessioni. Rapidissimo, ascoltava le affannose confidenze degli ignoti (che ormai non si preoccupavano se gli altri potevano udire). Prima che avessero finito, tracciava con la destra un breve segno di croce, assolveva, passava immediatamente al peccatore successivo. Ma quanti ce n'erano. Il prete si guardava intorno smarrito, misurando la crescente marea di peccati da cancellare. Con grandi sforzi anche la Luisa e Pietro si fecero sotto, guadagnarono il loro turno, riuscirono a farsi ascoltare. «Non vado mai a messa, dico bugie...» gridava a precipizio la giovanetta per paura di non fare in tempo, in una frenesia di umiliazione «e poi tutti i peccati che lei vuole... li metta pure tutti... E non è per paura che son qui, mi creda, è proprio soltanto per desiderio di essere vicina a Dio, le giuro che...» ed era convinta di essere sincera. «*Ego te absolvo...*» mormorò il prete e passò ad ascoltare Pietro.

Ma un'ansia indicibile cresceva negli uomini. Uno chiese: «Quanto tempo c'è al giudizio universale?». Un altro, bene informato, guardò l'orologio. «Dieci minuti» rispose autorevolmente. Lo udì il prete che di colpo tentò di ritirarsi. Ma, insaziabile, la gente lo tenne. Egli pareva febbricitante, era chiaro che il fiotto delle confessioni non gli arrivava più che come un confuso mormorio privo di senso; faceva segni di croce uno dopo l'altro, ripeteva «*Ego te absolvo...*» così, macchinalmente.

«Otto minuti!» avvertì una voce d'uomo dalla folla. Il prete letteralmente tremava, i suoi piedi battevano sul marmo come quando i bambini fanno i capricci. «E io? e io?» cominciò a supplicare, disperato. Lo defraudavano della salvezza dell'anima, quei maledetti; il demonio se li prendesse quanti erano. Ma come liberarsi? come provvedere a se stesso? Stava proprio per piangere. «E io? e io?» chiedeva ai mille postulanti, voraci di Paradiso. Nessuno però gli badava.

Inviti superflui

Vorrei che tu venissi da me in una sera d'inverno e, stretti insieme dietro i vetri, guardando la solitudine delle strade buie e gelate, ricordassimo gli inverni delle favole, dove si visse insieme senza saperlo. Per gli stessi sentieri fatati passammo infatti tu ed io, con passi timidi, insieme andammo attraverso le foreste piene di lupi, e i medesimi genii ci spianavano dai ciuffi di muschio sospesi alle torri, tra svolazzare di corvi. Insieme, senza saperlo, di là forse guardammo entrambi verso la vita misteriosa, che ci aspettava. Ivi palpitarono in noi per la prima volta pazzi e teneri desideri. "Ti ricordi?" ci diremo l'un l'altro, stringendoci dolcemente, nella calda stanza, e tu mi sorriderai fiduciosa mentre fuori daran tetro suono le lamiere scosse dal vento. Ma tu – ora mi ricordo – non conosci le favole antiche dei re senza nome, degli orchi e dei giardini stregati. Mai passasti, rapita, sotto gli alberi magici che parlano con voce umana, né battesti mai alla porta del castello deserto, né camminasti nella notte verso il lume lontano lontano, né ti addormentasti sotto le stelle d'Oriente, cullata da piroga sacra. Dietro i vetri, nella sera d'inverno, probabilmente noi rimarremo muti, io perdendomi nelle favole morte, tu in altre cure a me ignote. Io chiederei "Ti ricordi?", ma tu non ricorderesti.

Vorrei con te passeggiare, un giorno di primavera, col

cielo di color grigio e ancora qualche vecchia foglia dell'anno prima trascinata per le strade dal vento, nei quartieri della periferia; e che fosse domenica. In tali contrade sorgono spesso pensieri malinconici e grandi; e in date ore vaga la poesia, congiungendo i cuori di quelli che si vogliono bene. Nascono inoltre speranze che non si sanno dire, favorite dagli orizzonti sterminati dietro le case, dai treni fuggenti, dalle nuvole del settentrione. Ci terremo semplicemente per mano e andremo con passo leggero, dicendo cose insensate, stupide e care. Fino a che si accenderanno i lampioni e dai casamenti squallidi usciranno le storie sinistre delle città, le avventure, i vagheggiati romanzi. E allora noi taceremo sempre tenendoci per mano, poiché le anime si parleranno senza parola. Ma tu – adesso mi ricordo – mai mi dicesti cose insensate, stupide e care. Né puoi quindi amare quelle domeniche che dico, né l'anima tua sa parlare alla mia in silenzio, né riconosci all'ora giusta l'incantesimo delle città, né le speranze che scendono dal settentrione. Tu preferisci le luci, la folla, gli uomini che ti guardano, le vie dove dicono si possa incontrar la fortuna. Tu sei diversa da me e se venissi quel giorno a passeggiare, ti lamenteresti di essere stanca; solo questo e nient'altro.

Vorrei anche andare con te d'estate in una valle solitaria, continuamente ridendo per le cose più semplici, ad esplorare i segreti dei boschi, delle strade bianche, di certe case abbandonate. Fermarci sul ponte di legno a guardare l'acqua che passa, ascoltare nei pali del telegrafo quella lunga storia senza fine che viene da un capo del mondo e chissà dove andrà mai. E strappare i fiori dei prati e qui, distesi sull'erba, nel silenzio del sole, contemplare gli abissi del cielo e le bianche nuvolette che passano e le cime delle montagne. Tu diresti "Che bello!" Niente altro diresti perché noi saremmo felici; avendo il nostro corpo perduto il peso degli anni, le anime divenute fresche, come se fossero nate allora.

Ma tu – ora che ci penso – tu ti guarderesti attorno senza capire, ho paura, e ti fermeresti preoccupata a esaminare una calza, mi chiederesti un'altra sigaretta, impaziente di fare ritorno. E non diresti "Che bello!", ma altre povere cose che a me non importano. Perché purtroppo sei fatta così. E non saremmo neppure per un istante felici.

Vorrei pure – lasciami dire – vorrei con te sottobraccio attraversare le grandi vie della città in un tramonto di novembre, quando il cielo è di puro cristallo. Quando i fantasmi della vita corrono sopra le cupole e sfiorano la gente nera, in fondo alla fossa delle strade, già colme di inquietudini. Quando memorie di età beate e nuovi presagi passano sopra la terra, lasciando dietro di sé una specie di musica. Con la candida superbia dei bambini guarderemo le facce degli altri, migliaia e migliaia, che a fiumi ci trascorrono accanto. Noi manderemo senza saperlo luce di gioia e tutti saran costretti a guardarci, non per invidia e malanimo; bensì sorridendo un poco, con sentimento di bontà, per via della sera che guarisce le debolezze dell'uomo. Ma tu – lo capisco bene – invece di guardare il cielo di cristallo e gli aerei colonnati battuti dall'estremo sole, vorrai fermarti a guardare le vetrine, gli ori, le ricchezze, le sete, quelle cose meschine. E non ti accorgerai quindi dei fantasmi, né dei presentimenti che passano, né ti sentirai, come me, chiamata a sorte orgogliosa. Né udresti quella specie di musica, né capiresti perché la gente ci guardi con occhi buoni. Tu penseresti al tuo povero domani e inutilmente sopra di te le statue d'oro sulle guglie alzeranno le spade agli ultimi raggi. Ed io sarei solo. È inutile. Forse tutte queste sono sciocchezze, e tu migliore di me, non presumendo tanto dalla vita. Forse hai ragione tu e sarebbe stupido tentare. Ma almeno, questo sì almeno, vorrei rivederti. Sia quel che sia, noi staremo insieme in qualche modo, e troveremo la gioia. Non importa se di giorno o di notte, d'estate o d'autunno, in un paese sconosciuto, in una casa disadorna, in una squallida locanda. Mi basterà averti vicina. Io non starò qui ad ascoltare – ti prometto – gli scricchiolii misteriosi del tetto, né guarderò le nubi, né darò retta alle musiche o al vento. Rinuncerò a queste cose inutili, che pure io amo. Avrò pazienza se non capirai ciò che ti dico, se parlerai di fatti a me strani, se ti lamenterai dei vestiti vecchi e dei soldi. Non ci saranno la cosiddetta poesia, le comuni speranze, le mestizie così amiche all'amore. Ma io ti avrò vicina. E riusciremo, vedrai, a essere abbastanza felici, con molta semplicità, uomo con donna solamente, come suole accadere in ogni parte del mondo.

Ma tu – adesso ci penso – sei troppo lontana, centinaia e centinaia di chilometri difficili a valicare. Tu sei dentro a una vita che ignoro, e gli altri uomini ti sono accanto, a cui probabilmente sorridi, come a me nei tempi passati. Ed è bastato poco tempo perché ti dimenticassi di me. Probabilmente non riesci più a ricordare il mio nome. Io sono ormai uscito da te, confuso fra le innumerevoli ombre. Eppure non so pensare che a te, e mi piace dirti queste cose.

Racconto di Natale

Tetro e ogivale è l'antico palazzo dei vescovi, stillante salnitro dai muri, rimanerci è un supplizio nelle notti d'inverno. E l'adiacente cattedrale è immensa, a girarla tutta non basta una vita, e c'è un tale intrico di cappelle e sacrestie che, dopo secoli di abbandono, ne sono rimaste alcune pressoché inesplorate. Che farà la sera di Natale – ci si domanda – lo scarno arcivescovo tutto solo, mentre la città è in festa? Come potrà vincere la malinconia? Tutti hanno una consolazione: il bimbo ha il treno e pinocchio, la sorellina ha la bambola, la mamma ha i figli intorno a sé, il malato una nuova speranza, il vecchio scapolo il compagno di dissipazioni, il carcerato la voce di un altro dalla cella vicina. Come farà l'arcivescovo? Sorrideva lo zelante don Valentino, segretario di sua eccellenza, udendo la gente parlare così. L'arcivescovo ha Dio, la sera di Natale. Inginocchiato solo soletto nel mezzo della cattedrale gelida e deserta a prima vista potrebbe quasi far pena, e invece se si sapesse! Solo soletto non è, e non ha neanche freddo, né si sente abbandonato. Nella sera di Natale Dio dilaga nel tempio, per l'arcivescovo, le navate ne rigurgitano letteralmente, al punto che le porte stentano a chiudersi; e, pur mancando le stufe, fa così caldo che le vecchie bisce bianche si risvegliano nei sepolcri degli storici abati e salgono dagli sfiatatoi dei sotterranei sporgendo gentilmente la testa dalle balaustre dei confessionali.

Così, quella sera il Duomo; traboccante di Dio. E benché sapesse che non gli competeva, don Valentino si tratteneva perfino troppo volentieri a disporre l'inginocchiatoio del presule. Altro che alberi, tacchini e vino spumante. Questa, una serata di Natale. Senonché in mezzo a questi pensieri, udì battere a una porta. "Chi bussa alle porte del Duomo" si chiese don Valentino "la sera di Natale? Non hanno ancora pregato abbastanza? Che smania li ha presi?" Pur dicendosi così andò ad aprire e con una folata di vento entrò un poverello in cenci.

«Che quantità di Dio!» esclamò sorridendo costui guardandosi intorno. «Che bellezza! Lo si sente perfino di fuori. Monsignore, non me ne potrebbe lasciare un pochino? Pensi, è la sera di Natale.»

«È di sua eccellenza l'arcivescovo» rispose il prete. «Serve a lui, fra un paio d'ore. Sua eccellenza fa già la vita di un santo, non pretenderai mica che adesso rinunci anche a Dio! E poi io non sono mai stato monsignore.»

«Neanche un pochino, reverendo? Ce n'è tanto! Sua eccellenza non se ne accorgerebbe nemmeno!»

«Ti ho detto di no... Puoi andare... Il Duomo è chiuso al pubblico» e congedò il poverello con un biglietto da cinque lire.

Ma come il disgraziato uscì dalla chiesa, nello stesso istante Dio disparve. Sgomento, don Valentino si guardava intorno, scrutando le volte tenebrose: Dio non c'era neppure lassù. Lo spettacoloso apparato di colonne, statue, baldacchini, altari, catafalchi, candelabri, panneggi, di solito così misterioso e potente, era diventato all'improvviso inospitale e sinistro. E tra un paio d'ore l'arcivescovo sarebbe disceso.

Con orgasmo don Valentino socchiuse una delle porte esterne, guardò nella piazza. Niente. Anche fuori, benché fosse Natale, non c'era traccia di Dio. Dalle mille finestre accese giungevano echi di risate, bicchieri infranti, musiche e perfino bestemmie. Non campane, non canti.

Don Valentino uscì nella notte, se n'andò per le strade profane, tra fragore di scatenati banchetti. Lui però sapeva l'indirizzo giusto. Quando entrò nella casa, la famiglia amica stava sedendosi a tavola. Tutti si guardavano benevolmente l'un l'altro e intorno ad essi c'era un poco di Dio.

«Buon Natale, reverendo» disse il capofamiglia. «Vuol favorire?»

«Ho fretta, amici» rispose lui. «Per una mia sbadataggine Iddio ha abbandonato il Duomo e sua eccellenza tra poco va a pregare. Non mi potete dare il vostro? Tanto voi siete in compagnia, non ne avete un assoluto bisogno.»

«Caro il mio don Valentino» fece il capofamiglia. «Lei dimentica, direi, che oggi è Natale. Proprio oggi i miei figli dovrebbero far a meno di Dio? Mi meraviglio, don Valentino.»

E nell'attimo stesso che l'uomo diceva così Iddio sgusciò fuori dalla stanza, i sorrisi giocondi si spensero e il cappone arrosto sembrò sabbia tra i denti.

Via di nuovo allora, nella notte, lungo le strade deserte. Cammina cammina, don Valentino infine lo rivide. Era giunto alle porte della città e dinanzi a lui si stendeva nel brio, biancheggiando un poco per la neve, la grande campagna. Sopra i prati e i filari di gelsi, ondeggiava Dio, come aspettando. Don Valentino cadde in ginocchio.

«Ma che cosa fa, reverendo?» gli domandò un contadino. «Vuol prendersi un malanno con questo freddo?»

«Guarda laggiù figliolo. Non vedi?»

Il contadino guardò senza stupore. «È nostro» disse. «Ogni Natale viene a benedire i nostri campi.»

«Santi» disse il prete. «Non me ne potresti dare un poco? In città siamo rimasti senza, perfino le chiese sono vuote. Lasciamene un pochino che l'arcivescovo possa almeno fare un Natale decente.»

«Ma neanche per idea, caro il mio reverendo! Chi sa che schifosi peccati avete fatto nella vostra città. Colpa vostra. Arrangiatevi.»

«Si è peccato, sicuro. E chi non pecca? Ma puoi salvare molte anime figliolo, solo che tu mi dica di sì.»

«Ne ho abbastanza di salvare la mia!» ridacchiò il contadino, e nell'attimo stesso che lo diceva, Iddio si sollevò dai suoi campi e scomparve nel buio.

Andò ancora più lontano, cercando. Dio pareva farsi sempre più raro e chi ne possedeva un poco non voleva cederlo (ma nell'atto stesso che lui rispondeva di no, Dio scompariva, allontanandosi progressivamente).

Ecco quindi don Valentino ai limiti di una vastissima landa, e in fondo, proprio all'orizzonte, risplendeva dolcemente Dio come una nube oblunga. Il pretino si gettò in ginocchio nella neve. «Aspettami, o Signore» supplicava «per colpa mia l'arcivescovo è rimasto solo, e stasera è Natale!»

Aveva i piedi gelati, si incamminò nella nebbia, affondava fino al ginocchio, ogni tanto stramazzava lungo disteso. Quanto avrebbe resistito?

Finché udì un coro disteso e patetico, voci d'angelo, un raggio di luce filtrava nella nebbia. Aprì una porticina di legno: era una grandissima chiesa e nel mezzo, tra pochi lumini, un prete stava pregando. E la chiesa era piena di paradiso.

«Fratello» gemette don Valentino, al limite delle forze, irto di ghiaccioli «abbi pietà di me. Il mio arcivescovo per colpa mia è rimasto solo e ha bisogno di Dio. Dammene un poco, ti prego.»

Lentamente si voltò colui che stava pregando. E don

Valentino, riconoscendolo, si fece, se era possibile, ancora più pallido.

«Buon Natale a te, don Valentino» esclamò l'arcivescovo facendosi incontro, tutto recinto di Dio. «Benedetto ragazzo, ma dove ti eri cacciato? Si può sapere che cosa sei andato a cercar fuori in questa notte da lupi?»

Il cane che ha visto Dio

I

Per pura malignità, il vecchio Spirito, ricco fornaio del paese di Tis, lasciò in eredità il suo patrimonio al nipote Defendente Sapori con una condizione: per cinque anni, ogni mattina, egli doveva distribuire ai poveri, in località pubblica, cinquanta chilogrammi di pane fresco. All'idea che il massiccio nipote, miscredente e bestemmiatore tra i primi in un paese di scomunicati, si dedicasse sotto gli sguardi della gente a un'opera cosiddetta di bene, a questa idea lo zio doveva essersi fatto, anche prima di morire, molte risate clandestine.

Deferente, unico erede, aveva lavorato nel forno fin da ragazzo e non aveva mai dubitato che la sostanza di Spirito toccasse a lui quasi di diritto. Quella condizione lo esasperava. Ma che fare? Buttar via tutta quella grazia di Dio, forno compreso? Si adattò, maledicendo. Per località pubblica scelse la meno esposta: l'atrio del cortiletto che si apriva dietro il forno. E qui lo si vide ogni mattina di buon'ora pesare il pane stabilito (come prescriveva il testamento), ammucchiarlo in una grande cesta e quindi distribuirlo a una turba vorace di poveri, accompagnando l'offerta con parolacce e scherzi irriverenti all'indirizzo dello zio defunto. Cinquanta chili al giorno! Gli pareva stolto e immorale.

L'esecutore testamentario, ch'era il notaio Stiffolo, veniva ben di rado, in un'ora così mattutina, a godersi lo spettacolo. La sua presenza del resto era superflua. Nessuno avrebbe potuto controllare la fedeltà ai patti meglio degli stessi accattoni. Tuttavia Defendente finì per escogitare un parziale rimedio. La grande cesta in cui il mezzo quintale di pagnotte si ammucchiava veniva messa a ridosso di un muro. Il Sapori di nascosto vi tagliò una specie di sportellino che, rinchiuso, non si poteva distinguere. Iniziata personalmente la distribuzione, prese l'abitudine di andarsene, lasciando la moglie e un garzoncello a esaurire il lavoro: il forno e il negozio, diceva, avevano bisogno di lui. In realtà si affrettava in cantina, saliva su una sedia, apriva in silenzio la grata di una finestrella al filo del pavimento del cortile contro la quale era collocata la cesta; aperto poi lo sportellino di paglia, sottraeva dal fondo quanti più pani era possibile. Il livello così calava rapidamente. Ma i poveri come potevano capire? Con la velocità con cui venivano consegnate le pagnotte, logico che la cesta si vuotasse in fretta.

Nei primi giorni gli amici di Defendente anticiparono apposta la sveglia per andarlo ad ammirare nelle sue nuove funzioni. Fermi in gruppetto sulla porta del cortile lo osservavano beffardi. «Che Dio te ne rimeriti!» erano i loro commenti. «Te lo prepari, eh, un posto in Paradiso? E bravo il nostro filantropo!»

«All'anima di quella carogna!» rispondeva lui lanciando le pagnotte in mezzo alla calca dei pezzenti che le afferravano a volo. E sogghignava al pensiero del bellissimo trucco per frodare quei disgraziati e insieme l'anima dello zio defunto.

II

Nella stessa estate il vecchio eremita Silvestro, saputo che di Dio in quel paese ce n'era poco, venne a stabilirsi nelle vicinanze. A una decina di chilometri da Tis c'era, su una collinetta solitaria, il rudere di una cappella antica: pietre, più che altro. Qui si pose Silvestro, trovando acqua in una fonte vicina, dormendo in un angolo riparato da un resto di volta, mangiando erbe e carrube; e di giorno spesso saliva ad inginocchiarsi in cima a un grosso macigno per la contemplazione di Dio.

Di quassù egli scorgeva le case di Tis e i tetti di alcuni casolari più vicini: tra cui le frazioni della Fossa, di Andron e di Limena. Ma invano aspettò che qualcuno comparisse. Le sue calde preghiere per le anime di quei peccatori salivano al cielo senza frutto. Silvestro continuava però ad adorare il Creatore, praticando digiuni e chiacchierando, quando era triste, con gli uccelli. Nessun uomo veniva. Una sera scorse, è vero, due ragazzetti che di lontano lo spiavano. Li chiamò amabilmente. Quelli scapparono.

III

Ma nottetempo, in direzione della cappella abbandonata, i contadini della zona cominciarono a scorgere strane luci. Pareva l'incendio di un bosco ma il bagliore era bianco e palpitava dolcemente. Il Frigimelica, quello della fornace, andò una sera, per curiosità, a vedere. A metà strada però la sua motocicletta ebbe una panne. Chissà perché, egli non si arrischiò di continuare a piedi. Ritornato, disse che un alone di luce si diffondeva dalla collinetta dell'eremita; e non era luce di fuoco o di lampada. Senza difficoltà i contadini dedussero che quella era la luce di Dio.

Anche da Tis alcune notti si scorgeva il riverbero. Ma la venuta dell'eremita, le sue stravaganze e poi le sue luci notturne affondarono nella solita indifferenza dei paesani per tutto ciò che riguardasse anche da lontano la religione. Se veniva il discorso, ne parlavano come di fatti già da lungo tempo noti, non si insisteva per trovare spiegazioni e la frase: "L'eremita fa i fuochi" divenne di uso corrente come dire: "stanotte piove o tira vento".

Che tanta indifferenza fosse del tutto sincera lo confermò la solitudine in cui venne lasciato Silvestro. L'idea di andare da lui in pellegrinaggio sarebbe parsa il colmo del ridicolo.

IV

Un mattino Defendente Sapori stava distribuendo le pagnotte ai poveri quando un cane entra nel cortiletto. Era una bestia apparentemente randagia, abbastanza grossa, pelo ispido e volto mansueto. Sguscia fra gli accattoni in attesa, raggiunge la cesta, afferra un pane e se ne va lemme lemme. Non come un ladro, piuttosto come uno che sia venuto a prendersi del suo.

«Ehi, Fido, qua, brutta bestiaccia!» urla Defendente, tentando un nome; e balza alla rincorsa. «Son già troppi questi lazzaroni. Non mancano che i cani, adesso!» Ma l'animale è già fuori tiro.

La stessa scena il giorno dopo: il medesimo cane, la medesima manovra. Questa volta il fornaio insegue la bestia fin sulla strada, gli lancia pietre senza prenderlo.

Il bello è che il furto va ripetendosi puntualmente ogni mattina. Meravigliosa la furberia del cane nello scegliere il momento giusto; così giusto che per lui non c'è neppure bisogno di affrettarsi. Né i proiettili lanciatigli dietro arrivano mai al segno. Uno sguaiato coro di risa si leva ogni volta dalla turba dei pezzenti, e il fornaio va in furore.

Imbestialito, il giorno successivo Defendente si apposta sulla soglia del cortile, nascosto dietro lo stipite, in mano un randello. Inutile. Mescolandosi forse alla calca dei poveretti, che godono della beffa e non hanno perciò motivo di tradirlo, il cane entra ed esce impunemente.

«Eh, anche oggi ce l'ha fatta!» avverte qualche accatto-
ne stazionante sulla strada. «Dove? dove?» chiede Defendente balzando fuori dal nascondiglio. «Guardi, guardi come se la batte!» indica ridendo il miserabile, deliziato dall'i-
ra del fornaio.

In verità il cane non se la batte in alcun modo: tenendo
fra i denti la pagnotta si allontana col passo dinoccolato e
tranquillo di chi ha a posto la coscienza.

Chiudere un occhio? No, Defendente non sopporta
questi scherzi. Poiché nel cortile non riesce a imbottigliar-
lo, alla prossima occasione favorevole darà la caccia al cane
per la via. Può anche darsi che il cane non sia del tutto
randagio, forse ha un rifugio a carattere stabile, forse ha
un padrone a cui si può chiedere un compenso. Così non
si può certo andare avanti. Per badare a quella bestiaccia,
negli ultimi giorni il Sapori ha tardato a scendere in cantina e ha recuperato molto meno pane del solito: soldi che
se ne vanno.

Anche il tentativo di sistemare la bestia con una pagnotta avvelenata, messa per terra all'ingresso del cortile,
non ha avuto fortuna. Il cane l'ha annusata un istante, è
subito proseguito verso la cesta: così almeno hanno poi riferito testimoni.

V

Per far le cose bene Defendente Sapori si mise alla posta
dall'altra parte della strada, sotto un portone, con la bicicletta e il fucile da caccia: la bicicletta per inseguire la bestia, la doppietta per ammazzarla se avesse constatato che
non esisteva un padrone a cui poter chiedere indennizzo.
Gli doleva solo il pensiero che quel mattino la cesta sarebbe stata vuotata a esclusivo beneficio dei poveri.

Da che parte e in che modo venne il cane? Proprio un

mistero. Il fornaio, che pur stava con gli occhi spalancati, non riuscì ad avvistarlo. Lo scorse più tardi che usciva, placido, la pagnotta tra i denti. Dal cortile giungevano echi di alte risate. Defendente aspettò che l'animale si allontanasse un poco, per non metterlo in allarme. Poi balzò sul sellino e dietro.

Il fornaio si aspettava, come prima ipotesi, che il cane si fermasse poco dopo a divorare la pagnotta. Il cane non si fermò. Aveva anche immaginato che, dopo breve cammino, si infilasse nella porta di una casa. E invece niente. Il suo pane tra i denti, la bestia trotterellava lungo i muri con passo regolare né mai sostava per annusare, o fare la piscia, o curiosare come è abitudine dei cani. Dove dunque si sarebbe fermato? Il Sapori guardava il cielo grigio. Niente da meravigliarsi se si fosse messo a piovere.

Passarono la piazzetta di Sant'Agnese, passarono le scuole elementari, la stazione, il lavatoio pubblico. Ormai erano ai margini del paese. Si lasciarono finalmente alle spalle anche il campo sportivo e si inoltrarono nella campagna. Da quando era uscito dal cortile, il cane non si era mai voltato indietro. Forse ignorava di essere inseguito.

Ormai c'era da abbandonare la speranza che l'animale avesse un padrone che potesse rispondere per lui. Era proprio un cane randagio, una di quelle bestiacce che infestano le aie dei contadini, rubano i polli, addentano i vitelli, spaventano le vecchie e poi finiscono in città a diffondere sporche malattie.

Forse l'unica era di sparargli. Ma per sparargli occorreva fermarsi, scendere di bicicletta, togliersi la doppietta di spalla. Tanto bastava perché la bestia, pur senza accelerare il passo, si mettesse fuori tiro. Il Sapori continuò l'inseguimento.

VI

Cammina cammina, ecco che cominciano i boschi. Il cane zampetta via per una strada laterale e poi in un'altra ancora più stretta ma liscia ed agevole.

Quanta strada hanno già percorsa? Forse otto, nove chilometri. E perché il cane non si ferma a mangiare? Che cosa aspetta? Oppure porta il pane a qualcuno? Quand'ecco, il terreno facendosi sempre più ripido, il cane svolta in un sentierino e la bicicletta non può più proseguire. Per fortuna anche la bestia, per la forte pendenza, rallenta un poco il passo. Defendente balza dal velocipede e continua l'inseguimento a piedi. Ma il cane a mano a mano lo distanzia.

Già esasperato, sta per tentare una schioppettata quando, in cima a un arido declivo, vede un grande macigno: sopra il macigno è inginocchiato un uomo. E allora gli torna alla mente l'eremita, le luci notturne, tutte quelle ridicole fandonie. Il cane trotterella placido su per il magro prato.

Defendente, il fucile già in mano, si ferma a una cinquantina di metri. Vede l'eremita interrompere la preghiera e calarsi giù dal macigno con singolare agilità verso il cane che scodinzola e gli depone il pane ai piedi. Raccolta da terra la pagnotta, l'eremita ne spicca un pezzettino e lo ripone in una bisaccia che porta a tracolla. Il resto lo restituisce al cane con un sorriso.

L'anacoreta è piccolo e segaligno, vestito con una specie di saio; la faccia si mostra simpatica, non priva di una astuzia fanciullesca. Allora il fornaio si fa avanti, deciso a far valere le sue ragioni.

«Benvenuto, fratello» lo previene Silvestro, vedendolo avvicinare. «Come mai da queste parti? Sei forse in giro per caccia?»

«A dir la verità» risponde duro il Sapori «andavo a caccia di... di una certa bestiaccia che ogni giorno...»

«Ah, sei tu?» lo interrompe il vecchio. «Sei tu che mi procuri ogni giorno questo buon pane?... un pane da signori questo... un lusso che non sapevo di meritare!...»

«Buono? Sfido che è buono! Fresco tolto dal forno... il mio mestiere lo conosco, caro il mio signore... ma non è fatto per rubare il mio pane!»

Silvestro abbassa il capo fissando l'erba: «Capisco» dice con una certa tristezza. «Tu hai ragione di lamentarti, ma io non sapevo... Vuol dire che Galeone non andrà più in paese... lo terrò sempre qui con me... anche un cane non deve avere rimorsi... Non verrà più, te lo prometto.»

«Oh be'» dice il fornaio un poco calmato «quand'è così può anche venire il cane. C'è una maledetta faccenda di testamento, e io sono obbligato a buttar via ogni giorno cinquanta chili di pane... ai poveri devo darli, a quei bastardi senza arte né parte... Anche se una pagnotta verrà a finire quassù... povero più povero meno...»

«Dio te ne renderà merito, fratello... Testamento o no, tu fai opera di misericordia.»

«Ma ne farei molto volentieri a meno.»

«Lo so perché parli così... C'è in voi uomini, una specie di vergogna... Ci tenete a mostrarvi cattivi, peggio di quello che siete, così va il mondo!»

Ma le parolacce che Defendente si è preparato in corpo non vengono fuori. Sia imbarazzo, sia delusione, non gli riesce di arrabbiarsi. L'idea di essere il primo e il solo in tutta la contrada ad aver avvicinato l'eremita lo lusinga. Sì, egli pensa, un eremita è quello che è: non c'è da cavarci niente di buono. Chi può tuttavia prevedere il futuro? Se lui facesse una segreta amicizia con Silvestro, chissà che un giorno non gliene verrà vantaggio. Per esempio immagina che il vecchio compia un miracolo, allora il popolino si infatua di lui, dalla grande città arrivano monsignori e prelati, si organizzano cerimonie, processioni e sagre. E lui, Defendente Sapori, prediletto dal nuovo santo, invidiato da tutto il paese, fatto per esempio sindaco. Perché no, in fin dei conti?

Silvestro allora: «Che bel fucile che hai!» dice e non senza garbo glielo toglie di mano. In quest'attimo, e Defendente non capisce perché parte un colpo che fa rintronare la valle. Lo schioppo però non sfugge di mano all'eremita.

«Non hai paura» dice questi «a girare col fucile carico?»

Il fornaio lo guarda insospettito: «Non sono mica più un ragazzetto!».

«Ed è vero» prosegue subito Silvestro, restituendogli il fucile «è vero che non è impossibile trovar posto, la domenica, nella parrocchiale di Tis? Ho sentito dire che non è proprio stipata.»

«Ma se è vuota come il palmo della mano» fa con aperta soddisfazione il fornaio. Poi si corregge: «Eh, siamo in pochi a tener duro!».

«E a messa, quanti sarete di solito a messa? Tu e quanti altri?»

«Una trentina direi, nelle domeniche buone, si arriverà a cinquanta per Natale.»

«E dimmi, a Tis si bestemmia volentieri?»

«Per Cristo se si bestemmia. Non si fanno pregar davvero a tirar moccoli.»

L'eremita lo guarda e scuote il capo:

«Ci credono pochetto dunque a Dio, si direbbe.»

«Pochetto?» insiste Defendente sogghignando dentro di sé. «Una manica di eretici sono...»

«E i tuoi figli? Li manderai bene in chiesa i tuoi figli...»

«Cristo se ce li mando! Battesimo, cresima, prima e seconda comunione!»

«Davvero? Anche la seconda?»

«Anche la seconda, si capisce. Il mio più piccolo l'ha...» ma qui si interrompe al vago dubbio di averla detta grossa.

«Sei dunque un ottimo padre» commenta grave l'eremita (ma perché sorride così?). «Torna a trovarmi, fratello. Ed ora va con Dio» e fa un piccolo gesto come per benedire.

Defendente è colto alla sprovvista, non sa cosa rispondere. Prima che se ne sia reso conto, ha abbassato lievemente il capo facendosi il segno della Croce. Per fortuna non c'è nessun testimone, eccezion fatta del cane.

VII

L'alleanza segreta con l'eremita era una bella cosa, ma solo fin tanto che il fornaio si perdeva nei sogni che lo portavano alla carica di sindaco. In realtà c'era da tenere gli occhi bene aperti. Già la distribuzione del pane ai poveri lo aveva screditato, sia pure senza sua colpa, agli occhi dei compaesani. Se ora fossero venuti a sapere che si era fatto il segno della Croce! Nessuno, grazie al cielo, pareva si fosse accorto della sua passeggiata, neppure i garzoni del forno. Ma ne era poi sicuro? E la faccenda del cane come sistemarla? La pagnotta quotidiana non si poteva più decentemente rifiutargliela. Non però sotto gli sguardi dei mendicanti che ne avrebbero fatto una favola.

Proprio per questo il giorno dopo, prima che spuntasse il sole, Defendente si appostò vicino a casa sulla strada che menava alle colline. E come Galeone comparve, lo richiamò con un fischio. Il cane, riconosciutolo, si avvicinò. Allora il fornaio, tenendo in mano la pagnotta, lo trasse a una baracchetta di legno, adiacente al forno, che serviva di deposito per la legna. Qui, sotto una panca, egli depose il pane, ad indicare che in avvenire la bestia doveva ritirare qui il suo cibo.

Venne infatti il cane Galeone, il giorno dopo, a prendere il pane sotto la panca convenuta. E Defendente neppure lo vide, né lo videro i pezzenti.

Il fornaio andava ogni giorno a deporre la pagnotta nella baracchetta di legno che il sole non si era ancora levato. Ugualmente il cane dell'eremita, ora che avanzava l'autunno e le giornate si accorciavano, si confondeva facilmente con le ombre del crepuscolo mattutino. Defendente Sapori viveva così abbastanza tranquillo e poteva dedicarsi al recupero del pane destinato ai poveri, attraverso lo sportellino segreto della cesta.

VIII

Passarono le settimane e i mesi finché arrivò l'inverno coi fiori di gelo alle finestre, i camini che fumavano tutto il giorno, la gente imbacuccata, qualche passerotto stecchito in sul far del mattino ai piedi della siepe e una cappa leggera di neve sulle colline.

Una notte di ghiaccio e di stelle, là verso nord, in direzione della antica cappella abbandonata, furono scorte grandi luci bianche come non erano state viste mai. Ci fu a Tis un certo allarme, gente che balzava dal letto, imposte che si aprivano, richiami da una casa all'altra e brusio nelle strade. Poi, quando si capì ch'era una delle solite luminarie di Silvestro, nient'altro che il lume di Dio venuto a salutare l'eremita, uomini e donne sprangarono le finestre e si rificcarono sotto le calde coperte, un po' delusi, imprecando al falso allarme.

Il giorno dopo, portata non si seppe da chi, si sparse pigramente la voce che durante la notte il vecchio Silvestro era morto assiderato.

IX

Siccome il seppellimento era obbligatorio per legge, il becchino, un muratore e due manovali andarono a sotterrare l'eremita, accompagnati da don Tabià, il prevosto, che aveva sempre preferito ignorare la presenza dell'anacoreta entro i confini della sua parrocchia. Su una carretta tirata da un asinello fu caricata la cassa da morto.

I cinque trovarono Silvestro disteso sulla neve, con le braccia in croce, le palpebre chiuse, proprio in atteggiamento da santo; e accanto a lui, seduto, il cane Galeone che piangeva.

Il corpo fu messo nella cassa, quindi, recitate le preghiere, lo seppellirono sul posto, sotto alla superstite volta della cappella. Sopra il tumulo, una croce di legno. Poi don Tabià e gli altri tornarono, lasciando il cane raggomitolato sopra la tomba. Al paese nessuno chiese loro spiegazioni. Il cane non ricomparve. Al mattino dopo, quando andò a mettere la solita pagnotta sotto la panca, Defendente trovò ancora quella del giorno prima. Il dì successivo il pane era ancora là, un poco più secco, e le formiche avevano già cominciato a scavarvi cunicoli e gallerie. Passando invano i giorni, anche il Sapori finì per non pensarci più.

X

Ma due settimane più tardi, mentre al caffè del Cigno il Sapori gioca a terziglio col capomastro Lucioni e col cavalier Bernardis, un giovanotto, intento a guardare nella via, esclama: «To', quel cane!».

Defendente trasale e volge subito gli sguardi. Un cane, brutto e sparuto, avanza per la via, oscillando da una parte e dall'altra quasi avesse il capo storno. Sta morendo di fame. Il cane dell'eremita – quale il Sapori ricorda – è certo più grosso e vigoroso. Ma chissà come si può ridurre una bestia dopo due settimane di digiuno. Il fornaio ha l'impressione di riconoscerlo. Dopo essere rimasto lungamente a piangere sopra la tomba, la bestia forse ha ceduto alla fame e ha abbandonato il padrone per scendere a cercar cibo in paese.

«Tra poco quello tira le cuoia» fa Defendente, ridacchiando, per mostrare la sua indifferenza.

«Non vorrei fosse proprio lui» dice allora il Lucioni, con un sorriso ambiguo, chiudendo il ventaglio delle carte.

«Lui chi?»

«Non vorrei» dice il Lucioni «che fosse il cane dell'eremita.»

Il cavalier Bernardis, tardo di comprendonio, si anima stranamente:

«Ma io l'ho già vista questa bestia» dice. «L'ho proprio vista da queste parti. Mica sarà tua alle volte, Defendente?»

«Mia? E come potrebbe essere mia?»

«Non vorrei sbagliarmi» conferma il Bernardis «ma mi pare averla vista dalle parti del tuo forno.»

Il Sapori si sente a disagio. «Mah» dice «ne girano tanti di cani, potrebbe anche darsi, io certo non ricordo.»

Il Lucioni assente col capo, gravemente, come parlando con se stesso. Poi:

«Sì, sì, deve essere il cane dell'eremita.»

«E perché poi» chiede il fornaio cercando di ridere «perché poi dovrebbe proprio essere quello dell'eremita?»

«Corrisponde, capisci? Corrisponde la magrezza. Fa un po' il conto. È stato diversi giorni sopra la tomba, i cani fanno sempre così... Poi gli è venuto appetito... ed eccolo qui in paese...»

Il fornaio tace. Intanto la bestia si guarda intorno e per un istante fissa, attraverso la vetrata del caffè, i tre uomini seduti. Il fornaio si soffia il naso.

«Sì» dice il cavalier Bernardis «giurerei che l'ho già visto. Più di una volta l'ho visto, proprio dalle tue parti» e guarda il Sapori.

«Sarà, sarà» fa il fornaio «io proprio non ricordo...»

Il Lucioni ha un sorrisetto astuto: «Io già un cane simile non me lo terrei per tutto l'oro del mondo».

«Rabbioso?» chiede il Bernardis allarmato. «Tu pensi che sia rabbioso?»

«Macché rabbioso! Ma a me non darebbe nessun affidamento un cane simile... un cane che ha visto Dio!»

«Come che ha visto Dio?»

«Non era il cane dell'eremita? Non era con lui quando venivano quelle luci? Lo sanno tutti, direi, che cos'erano quelle luci! E il cane non era con lui? Vuoi che non abbia visto? Vuoi che dormisse con uno spettacolo simile?» e ride di gusto.

«Balle!» replica il cavaliere. «Chissà che cos'erano quelle luci. Altro che Dio! Anche stanotte c'erano...»

«Stanotte dici?» fa Defendente con una vaga speranza.

«Coi miei occhi le ho viste. Mica forti come una volta, però un bel chiaro lo facevano.»

«Ma sei sicuro? Stanotte?»

«Stanotte, perdio. Le stesse identiche di prima... Che dio vuoi che ci fosse questa notte?»

Il Lucioni però ha una faccia oltremodo furba: «E chi ti dice, chi ti dice che i lumi di questa notte non fossero per lui?»

«Per lui chi?»

«Per il cane, sicuro. Magari stavolta invece di Dio in persona era l'eremita, venuto giù dal paradiso. Lo vedeva là fermo sulla sua tomba, si sarà detto: ma guarda un po' il mio povero cane... E allora è sceso a dirgli di non pensarci più, che ormai aveva pianto abbastanza e che andasse a cercarsi una bistecca!»

«Ma se è un cane di qui» insiste il cavalier Bernardis.

«Parola che l'ho visto gironzare intorno al forno.»

XI

Defendente rincasa con una grande confusione in testa. Che antipatica faccenda. Più cerca di persuadersi che non è possibile, più si va convincendo che è proprio la bestia dell'eremita. Niente di preoccupante, certo. Ma lui adesso dovrà continuare a dargli ogni giorno la pagnotta? Pensa: se io gli taglio i viveri, il cane tornerà a rubare il pane nel cortile; e allora io come mi regolo? cacciarlo via a pedate? un cane che, volere o no, ha visto Dio? E che ne so io di questi misteri?

Non sono cose semplici. Prima di tutto: lo spirito dell'eremita è apparso davvero a Galeone la notte prima? E che cosa può avergli detto? Che lo abbia in qualche modo stregato? Magari adesso il cane capisce il linguaggio degli uomini, chi lo sa, un giorno o l'altro potrebbe mettersi a parlare anche lui. C'è da aspettarsi di tutto quando c'è di mezzo Dio, se ne sentono raccontare tante. E lui, Defendente, si è già coperto abbastanza di ridicolo. Se in giro adesso sapessero che lui ha di queste paure!

Prima di rientrare in casa, il Sapori va a dare un'occhiata alla baracchetta della legna. Sotto la panca la pagnotta di quindici giorni prima non c'è più. Il cane dunque è venuto e se l'è portata via con formiche e tutto?

XII

Ma il giorno dopo il cane non venne a prendere il pane e neppure il terzo mattino. Era ciò che Defendente sperava. Morto Silvestro ogni illusione di poter sfruttare la sua amicizia era finita. In quanto al cane, meglio se ne stesse alla larga. Eppure quando il fornaio, nella baracchetta deserta, rivedeva la forma di pane che aspettava sola soletta, provava delusione.

Restò ancora peggio quando – erano passati altri tre giorni – egli rivide Galeone. Il cane se n'andava, apparentemente annoiato, nell'aria fredda della piazza e non pareva più quello che si era visto attraverso i vetri del caffè. Ora stava bello dritto sulle gambe, non ciondolava più ed era sì ancora magro ma col pelo già meno ispido, le orecchie erte, la coda ben sollevata. Chi lo aveva nutrito? Il Sapori si guardò intorno. La gente passava indifferente, come se la bestia non esistesse neanche. Prima di mezzodì il fornaio depose un nuovo pane fresco, con una fetta di formaggio, sotto la solita panca. Il cane non si fece vivo. Di giorno in giorno Galeone era più florido; il suo pelo ricadeva liscio e compatto come ai cani dei signori. Qualcuno dunque si prendeva cura di lui; e forse parecchi contemporaneamente, ciascuno all'insaputa dell'altro, per scopi reconditi. Forse temevano la bestia che aveva visto troppe cose, forse speravano di comperare a buon mercato la grazia di Dio senza rischiare la baia dei compaesani. O addirittura l'intera Tis aveva il medesimo pensiero? E ciascuna casa, quando veniva la sera, tentava nel buio di attirare a sé l'animale per ingraziarselo con bocconi prelibati?

Forse per questo Galeone non era venuto più a prendere la pagnotta; oggi probabilmente aveva di meglio. Ma nessuno ne parlava mai, anche l'argomento dell'eremita, se per caso affiorava, veniva subito lasciato cadere. E quando il cane compariva per la strada, gli sguardi trascorrevano via, quasi fosse uno dei tanti cani randagi che infestano tutti i paesi del mondo. E in silenzio il Sapori si rodeva come chi, avuta per prima un'idea geniale, si accorge che altri, più audaci di lui, se ne sono clandestinamente impadroniti e si preparano a trarne indebiti vantaggi.

XIII

Avesse visto o no Dio, certo Galeone era un cane strano.
Con compostezza pressoché umana girava di casa in casa,
entrava nei cortili, nelle botteghe, nelle cucine, stava per
interi minuti immobile osservando la gente. Poi se n'andava silenzioso.

Che cosa c'era nascosto dietro quei due occhi buoni e
malinconici? L'immagine del Creatore con ogni probabilità
vi era entrata. Lasciandovi che cosa? Mani tremebonde offrivano alla bestia fette di torta e cosce di pollo. Galeone,
già sazio, fissava negli occhi l'uomo, quasi a indovinare il
suo pensiero. Allora l'uomo usciva dalla stanza, incapace
di resistere. Ai cani petulanti e randagi in Tis non venivano somministrati che bastonate e calci. Con questo non si
osava.

A poco a poco si sentirono presi dentro a una specie di
complotto ma non avevano il coraggio di parlarne. Vecchi
amici si fissavano negli occhi, cercandovi invano una taci-
ta confessione, ciascuno nella speranza di poter riconoscere
un complice. Ma chi avrebbe parlato per primo? Soltanto
il Lucioni, imperterrito, toccava senza ritegno l'argomento:
«To' to'! ecco il nostro bravo cagnaccio che ha visto Dio!»
annunciava sfrontatamente alla comparsa di Galeone. E ridacchiava fissando alternativamente le persone intorno
con occhiate allusive. Gli altri per lo più si comportavano
come se non avessero capito. Chiedevano distratte spiegazioni, scuotevano il capo con aria di compatimento, dicevano: «Che storie! ma è ridicolo! superstizioni da donnet-
te». Tacere, o peggio unirsi alle risate del capomastro sarebbe stato compromettente. E liquidavano la cosa come uno
stupido scherzo. Però, se c'era il cavalier Bernardis, la sua
risposta era sempre quella: «Macché cane dell'eremita. Vi
dico che è una bestia di qui. Sono anni che gira per Tis, lo
vedevo tutti i santi giorni gironzare dalle parti del forno!».

XIV

Un giorno, sceso in cantina per la consueta operazione di recupero, Defendente, tolta la grata della finestrella, stava per aprire lo sportellino della cesta del pane. Fuori, nel cortile, si udivano le grida dei pezzenti in attesa, le voci della moglie e del garzone che cercavano di tenerli in riga. L'esperta mano del Sapori liberò la chiusura, lo sportellino si aprì, i pani cominciarono a scivolare rapidamente in un sacco. In quel mentre egli vide con la coda dell'occhio una cosa nera muoversi, nella penombra del sotterraneo. Si voltò di soprassalto. Era il cane.

Fermo sulla porta della cantina. Galeone osservava la scena con placida imperturbabilità. Ma nella poca luce gli occhi del cane erano fosforescenti. Il Sapori restò di pietra.

«Galeone, Galeone» cominciò a balbettare in tono carezzevole e manierato. «Su, buono, Galeone... qua, prendi!» E gli lanciò una pagnottella. Ma la bestia non la guardò neppure. Come se avesse visto abbastanza, si volse lentamente, avviandosi verso la scala.

Rimasto solo, il fornaio uscì in orrende imprecazioni.

XV

Un cane ha visto Dio, ne ha sentito l'odore. Chissà quali misteri ha imparato. E gli uomini si guardano l'un l'altro come cercando un appoggio ma nessuno parla. Uno sta finalmente per aprir bocca: "E se fosse una mia fissazione?" si domanda. "Se gli altri non ci pensassero neppure?". E allora fa finta di niente.

Galeone con straordinaria familiarità passa da un luogo a un altro, entra nelle osterie e nelle stalle. Quando meno ce se lo aspetta eccolo là in un angolo, immobile, che guarda fissamente e annusa. Anche di notte, quando tutti gli altri cani dormono, la sua sagoma appare all'improvviso contro il muro bianco, con quel suo caratteristico passo dinoccolato e in certo modo contadinesco. Non ha una casa? Non possiede una cuccia?

Gli uomini non si sentono più soli, neppure quando sono in casa con porte sprangate. Tendono di continuo le orecchie: un fruscio sull'erba, di fuori: un cauto e soffice zampettare sui sassi della via, un latrato lontano. *Buc buc buc*, fa Galeone, un suono caratteristico. Non è rabbioso, né aspro, eppure attraversa l'intero paese.

«Be', non fa niente, forse ho sbagliato io i conti» dice il sensale dopo avere litigato rabbiosamente con la moglie per due soldi. «Insomma, per questa volta te la voglio passar liscia. Alla prossima fili, però...» annuncia il Frigimelica, quello della fornace, rinunciando di colpo a licenziare il manovale. «Tutto sommato è una gran cara donna...» conclude inaspettatamente, in contrasto con quanto detto prima, la signora Biranze, in conversazione con la maestra, a proposito della moglie del sindaco. *Buc buc buc* fa il cane randagio, e può darsi che abbai a un altro cane, a un'ombra, a una farfalla, o alla luna, non è però escluso che abbai a ragion veduta, quasi che attraverso i muri, le strade, la campagna, gli sia giunta la cattiveria umana. Nell'udire il rauco richiamo, gli ubriachi espulsi dall'osteria rettificano la posizione.

Galeone compare inatteso nello sgabuzzino dove il ragionier Federici sta scrivendo una lettera anonima per avvertire il suo padrone, proprietario del pastificio, che il contabile Rossi ha rapporti con elementi sovversivi, "Ragioniere, che cosa stai scrivendo?" sembran dire i due occhi mansueti. Il Federici gli indica bonariamente la porta. «Su bello, fuori, fuori!» e non osa profferire gli insulti che gli nascono nel cuore. Poi sta con l'orecchio all'uscio per assicurarsi che la bestia se ne sia andata. E poi, per maggiore prudenza, butta la lettera nel fuoco.

Compare, assolutamente per caso, ai piedi della scala di legno che porta all'appartamentino della bella sfrontata Flora. È già notte alta ma i gradini scricchiolano sotto i piedi di Guido, il giardiniere, padre di cinque figli. Due occhi dunque brillano nel buio. «Ma non è qui, accidenti!» esclama l'uomo a voce alta perché la bestia oda, quasi sinceramente irritato dal malinteso. «Col buio ci si sbaglia sempre... Non è questa la casa del notaio!» E ridiscende a precipizio.

Oppure si ode il suo sommesso abbaiare, un dolce brontolio, a guisa di rimprovero, mentre Pinin e il Gionfa, penetrati nottetempo nel ripostiglio del cantiere, hanno già messo mano su due biciclette. «Toni, c'è qualcuno che viene» sussurra Pinin in assoluta malafede. «Mi è parso anche a me» dice il Gionfa «meglio filare.» E scivolano via senza nulla di fatto.

Oppure manda un lungo mugolio, una specie di lamento, proprio sotto i muri del forno all'ora giusta, dopo che Defendente, chiuse questa volta a doppia mandata porte e cancelletti dietro di sé, è disceso in cantina per fregare il pane dei poveri dalla cesta durante la distribuzione mattutina. Il fornaio allora stringe i denti: come fa a saperlo, quel cagnaccio della malora? E tenta di alzare le spalle. Ma poi gli vengono i sospetti: se in qualche modo Galeone lo denunciasse, tutta l'eredità andrebbe in fumo. Col sacco vuoto piegato sotto il braccio, Defendente risale in bottega.

Quanto durerà la persecuzione? Il cane non se ne andrà mai più? E se resta in paese, quanti anni potrà ancora vivere? Oppure c'è il modo di toglierlo di mezzo?

XVI

Fatto è che, dopo secoli di negligenza, la chiesa parrocchiale ricominciò a popolarsi. La domenica, a messa, vecchie amiche si incontravano. Ciascuna aveva la sua scusa pronta:

«Sa che cosa le dico? Che con questo freddo l'unico posto dove si sta ben riparati è la chiesa. Ha i muri grossi, ecco la questione... il caldo che hanno immagazzinato d'estate, lo buttano fuori adesso!». E un'altra: «Un benedetto uomo qui il prevosto, don Tabià... Mi ha promesso le sementi di tredescanzia giapponese, sa, quella bella gialla?... Ma non c'è verso... Se non mi faccio vedere un po' in chiesa, lui duro, fa finta di essersi dimenticato...». Un'altra ancora: «Capisce, signora Erminia? Voglio fare un *entredeux* di pizzo come quello là, dell'altare del Sacro Cuore. Portarmelo a casa da copiare non posso. Bisogna che venga qui a studiarmelo... Eh non è mica semplice!». Ascoltavano, sorridendo, le spiegazioni delle amiche, preoccupate soltanto che la propria sembrasse abbastanza plausibile. Poi «Don Tabià ci guarda!» sussurravano come scolarette, concentrandosi sul libro da messa.

Non una veniva senza scusa. La signora Ermelinda, per esempio, non aveva trovato altri, per fare insegnare il canto alla sua bambina, così appassionata di musica, che l'organista del duomo; e adesso veniva in chiesa per ascoltarla nel *Magnificat*. La stiratrice dava appuntamento in chiesa a sua mamma, che il marito non voleva vedere per casa. Perfino la moglie del dottore: proprio sulla piazza, pochi minuti prima, aveva messo un piede a terra malamente e si era fatta una storta; era dunque entrata per restare un poco seduta. In fondo alle navate laterali, presso i confessionali grigi di polvere, dove le ombre sono più fitte, stava qualche uomo impalato. Dal pulpito don Tabià si guardava intorno sbalordito, stentando a trovare le parole.

Sul sagrato intanto Galeone stava disteso al sole: sembrava si concedesse un meritato riposo. All'uscita dalla messa, senza muovere un pelo, sbirciava tutta quella gente: le donne sgusciavano dalla porta, allontanandosi chi da una parte chi dall'altra. Nessuna che lo degnasse di un'occhiata; ma finché non avevano svoltato l'angolo si sentivano i suoi sguardi nella schiena come due punte di ferro.

XVII

Anche l'ombra di un cane qualsiasi, basta che assomigli vagamente a Galeone, fa dare dei soprassalti. La vita è un'ansia. Là dove c'è un poco di gente, al mercato, al passeggio serale, mai il quadrupede manca; e pare si goda all'indifferenza assoluta di coloro che, quando son soli e in segreto, lo chiamano invece coi nomi più affettuosi, gli offrono tortelli e zabaglione. «Eh, i bei tempi di una volta!» usano adesso esclamare gli uomini, così, genericamente, senza specificare il perché; e nessuno che non capisca al volo. I bei tempi – intendono dire senza specificarlo – quando si poteva fare i propri porci comodi, e darsene quattro se occorreva e andar per contadine in campagna, e magari rubacchiare, e la domenica starsene in letto fino a mezzodì. I bottegai adesso adoperano carte sottili e misurano il peso giusto, la padrona non picchia più la serva, Carmine Esposito dell'agenzia di pegni ha imballato tutte le sue cose per traslocare in città, il brigadiere Venariello se ne sta allungato al sole sulla panca, dinanzi alla stazione dei carabinieri, morto di noia, domandandosi se i ladri sono tutti morti, e nessuno tira più le potenti bestemmie di prima, che davano così gusto, se non in aperta campagna e con le debite cautele, dopo attente ispezioni, che dietro alle siepi non si nasconda qualche cane.

Ma chi osa ribellarsi? Chi ha il coraggio di prendere a pedate Galeone o di somministrargli una cotoletta all'arsenico come è nei segreti desideri di tutti? Neanche nella provvidenza possono sperare: la sua santa provvidenza, a rigor di logica, si deve essere schierata dalla parte di Galeone. Bisogna fare assegnamento sul caso.

Sul caso di una notte tempestosa, con lampi e fulmini che pare finisca il mondo. Ma il fornaio Defendente Sapori ha un udito da lepre e lo strepito dei tuoni non gli impedisce di avvertire un tramestio insolito dabbasso in cortile.

Devono essere i ladri.

Balza dal letto, afferra nel buio lo schioppo e guarda giù attraverso le stecche delle persiane. Ci sono due tipi, gli par di vedere, che stan dandosi d'attorno per aprire la porta del magazzino. E al bagliore di una saetta vede anche, in mezzo al cortile, imperturbabile sotto i tremendi scrosci, un grosso cane nerastro. Deve essere lui, il maledetto, venuto forse a dissuadere i due bricconi.

Bisbiglia dentro di sé una bestemmia spettacolosa, arma lo schioppo, dischiude lentamente le persiane, quel tanto da poter sporgere la canna. Aspetta un nuovo lampo e mira al cane.

Il primo sparo va completamente confuso con un tuono. «Al ladro! al ladro!» comincia a urlare il fornaio, ricarica lo schioppo, spara ancora all'impazzata nel buio, ode allontanarsi dei passi affannosi, poi per tutta la casa voci e sbattere di porte: moglie, bambini e garzoni accorrono spaventati. «Sor Defendente» una voce chiama dal cortile «guardi che ha ammazzato un cane!»

Galeone – sbagliarsi a questo mondo è possibile, specie in una notte come questa ma pare proprio lui tale e quale – giace stecchito in una pozza d'acqua: un pallottone gli ha attraversato la fronte. Morto secco. Non stira neppure le gambe. Ma Defendente non va neanche a vederlo. Lui scende a controllare che non abbiano scassinato la porta del magazzino, e, come ha constatato che no, dà a tutti la buona notte e si caccia sotto le coltri. "Finalmente" si dice, preparandosi a un sonno beato. Ma non gli riesce più di chiuder occhio.

117

XVIII

Al mattino ch'era ancora buio due garzoni portarono via il cane morto e lo andarono a seppellire in un campo. Defendente non osò ordinar loro di tacere: si sarebbero messi in sospetto. Ma cercò in modo che la cosa passasse via liscia senza tante chiacchiere.

Chi rivelò il fatto? La sera, il fornaio si accorse subito, al caffè, che tutti lo fissavano: ma subito ritiravano gli sguardi come per non metterlo in allarme.

«Abbiamo sparato eh, stanotte?» fece il cavalier Bernardis all'improvviso, dopo i soliti saluti. «Battaglia grossa eh, stanotte, al forno?»

«Chissà chi erano» rispose Defendente senza dare importanza «volevano scassinare il magazzino, quei malnati. Ladruncoli da poco. Ho sparato due colpi alla cieca e quelli se la sono battuta.»

«Alla cieca?» chiese allora il Lucioni col suo tono insinuante. «E perché non gli hai sparato addosso già che c'eri?»

«Con quel buio! Che cosa vuoi che vedessi! Ho sentito grattare giù alla porta e ho sparato fuori a casaccio.»

«E così... e così hai spedito all'altro mondo una povera bestia che non aveva fatto niente di male.»

«Ah, già» disse il fornaio quasi soprappensiero. «Ho beccato un cane. Chissà come era entrato. Da me non ci stanno cani.»

Si fece un certo silenzio. Tutti lo guardavano. Il Trevaglia, cartolaio, mosse verso la porta per uscire. «Be', buonasera, signori» e poi, compitando intenzionalmente le sillabe. «Buonasera anche a lei, signor Sapori!»

«Onoratissimo» rispose il fornaio e gli voltò le spalle. Che cosa intendeva dire quell'imbecille? Gli facevano colpa alle volte, di aver ammazzato il cane dell'eremita? Invece di essergli riconoscenti. Li aveva liberati da un incubo e adesso storcevano il naso. Che cosa li prendeva? Fossero stati sinceri una buona volta.

Il Bernardis, singolarmente inopportuno, cercò di spiegare:

«Vedi, Defendente?... qualcuno dice che avresti fatto meglio a non ammazzare quella bestia...»

«E perché? L'ho fatto forse apposta?»

«Apposta o no, vedi? era il cane dell'eremita, dicono, e adesso dicono che era meglio lasciarlo stare, dicono che ci menerà gramo... sai come sono le chiacchiere!»

«E che ne so io dei cani degli eremiti? Cristo d'un Cristo, vorrebbero farmi il processo, idioti che non solo altro?» e tentò una risata.

Parlò il Lucioni: «Calma, calma, ragazzi... Chi ha detto ch'era il cane dell'eremita? Chi ha diffuso questa balla?».

Defendente: «Mah, se non lo sanno loro!» e alzò le spalle.

Il cavaliere intervenne: «Lo dicono quelli che l'hanno visto questa mattina, mentre lo seppellivano... Dicono che sia proprio lui, con una macchiolina di pelo bianco in cima all'orecchio sinistro».

«Nero per il restante?»

«Sì, nero» rispose uno dei presenti.

«Piuttosto grosso? Con una coda a spazzola?»

«Precisamente.»

«Il cane dell'eremita, volete dire?»

«Già, dell'eremita.»

«E guardatelo là, allora il vostro cane!» esclamò il Lucioni, facendo segno alla via. «Se è più vivo e sano di prima!»

Defendente si fece pallido come una statua di gesso. Col suo passo dinoccolato Galeone avanzava per la via, si fermò un istante a guardare gli uomini attraverso la vetrata del caffè, poi proseguì tranquillo.

XIX

Perché i pezzenti, al mattino, hanno ora l'impressione di ricevere più pane del solito? Perché le cassette delle elemosine, rimaste per anni e anni senza un soldo, adesso tintinnano? Perché i bambini, finora recalcitranti, frequentano volentieri la scuola? Perché l'uva resta sulle piante fino alla vendemmia anziché essere depredata? Perché non tirano più sassi e zucche marce sulla gobba di Martino? Perché queste e tante altre cose? Nessuno lo confesserà, gli abitanti di Tis sono rustici ed emancipati, mai dalla loro bocca sentirete uscire la verità: che hanno paura di un cane, non di essere addentati, semplicemente hanno paura che il cane li giudichi male.

Defendente divorava veleno. Era una schiavitù. Neanche di notte si riusciva a respirare. Che peso, la presenza di Dio per chi non la desidera. E Dio non era qui una favola incerta, non se ne stava appartato in chiesa fra ceri e incenso, ma girava su e giù per le case, trasportato, per dir così, da un cane. Un pezzettino piccolissimo di Creatore, un minimo fiato, era penetrato in Galeone e attraverso gli occhi di Galeone vedeva, giudicava, segnava in conto.

Quando il cane sarebbe invecchiato? Se almeno avesse perso le forze e fosse rimasto quieto in un angolo. Immobilizzato dagli anni, non avrebbe più potuto dare noia.

E gli anni infatti passarono, la chiesa era piena anche nei giorni feriali, le ragazze non andavano più lungo i portici, dopo mezzanotte, sghignazzando coi soldati. Defendente, sfasciatasi per l'uso la vecchia cesta, se ne procurò una nuova rinunciando ad aprirvi lo sportellino segreto (di sottrarre il pane dei poveri non avrebbe più avuto il coraggio, fin che Galeone era in giro). E il brigadiere Venariello ora si addormentava sulla soglia della stazione dei carabinieri, sprofondato in una poltrona di vimini.

Passarono gli anni e l cane Galeone invecchiò, marciava sempre più lento e con andatura esageratamente dinoccolata finché un giorno gli capitò una specie di paralisi agli arti posteriori e non poté più camminare.

Per sfortuna l'accidente lo colse in piazza, mentre dormicchiava sul muretto di fianco al Duomo, sotto al quale il terreno divallava ripido, tagliato da strade e stradette, fino al fiume. La posizione era privilegiata dal punto di vista igienico perché la bestia poteva sfogare i suoi bisogni corporali giù dal muro, verso lo scoscendimento erboso, senza imbrattare né il muro né la piazza. Era però una posizione scoperta, esposta ai venti e senza riparo dalla pioggia.

Anche stavolta naturalmente nessuno fece mostra di notare il cane che, tremando tutto, mandava dei lamenti. Il malore di un cane randagio non era uno spettacolo edificante. I presenti, indovinando dai suoi penosi sforzi che cosa gli fosse accaduto, si sentirono però un tuffo al cuore, rianimati da nuove speranze. Il cane prima di tutto non avrebbe più potuto ciondolare intorno, non si sarebbe mosso più neanche di un metro. Meglio: chi gli avrebbe dato da mangiare sotto gli occhi di tutti? Chi per primo avrebbe osato confessare un rapporto segreto con la bestia? Chi per primo si sarebbe esposto al ridicolo? Di qui la speranza che Galeone potesse morire affamato.

Prima di pranzo gli uomini passeggiarono al solito lungo il marciapiedi della piazza parlando di cose indifferenti come la nuova assistente del dentista, la caccia, il prezzo dei bossoli, l'ultimo film arrivato in paese. E sfioravano con le loro giacchette il muso del cane che, ansimando, pendeva un poco giù dal bordo del muro. Gli sguardi trascorrevano sopra la bestia inferma, rimirando meccanicamente il maestoso panorama del fiume, così bello al tramonto. Verso le otto, venuti alcuni nuvoloni da nord, cominciò a piovere e la piazza rimase deserta.

Ma nel pieno della notte, sotto la pioggia insistente, ecco ombre sgusciare lungo le case come per una congiura delittuosa. Curve e furtive si avviano a rapidi balzi verso la piazza e qui, confuse alle tenebre dei portici e degli androni, aspettano l'occasione propizia. I lampioni a quest'ora mandano poca luce, lasciando vaste zone di buio. Quante sono le ombre? Forse decine. Portano da mangiare al cane ma ciascuna farebbe qualsiasi cosa pur di non essere riconosciuta. Il cane non dorme: a filo del muretto, contro lo sfondo nero della valle, due punti verdi e fosforescenti; e di tanto in tanto un breve lamentoso ululato che riecheggia nella piazza.

È una lunga manovra. Il volto nascosto da una sciarpa, il berretto da ciclista ben calato sulla fronte, uno finalmente si arrischia a raggiungere il cane. Nessuno esce dalle tenebre per riconoscerlo; tutti temono già troppo per sé. Uno dopo l'altro, a lunghi intervalli per evitare incontri, personaggi irriconoscibili depositano qualche cosa sul muretto del Duomo. E gli ululati cessano.

Al mattino si trovò Galeone addormentato sotto una coperta impermeabile. Sul muro, accanto, si ammucchiava ogni ben di Dio: pane, formaggio, trance di carne, perfino uno scodellone pieno di latte.

XX

Paralizzato il cane, il paese credette di poter respirare ma fu breve illusione. Dal ciglio del muretto gli occhi della bestia dominavano gran parte dell'abitato. Almeno una buona metà di Tis si trovava sotto il suo controllo. E chi poteva sapere quanto fossero acuti i suoi sguardi? Anche nelle case periferiche sottratte alla vigilanza di Galeone, arrivava del resto la sua voce. E poi come adesso riprendere le abitudini di un tempo? Equivaleva ad ammettere che si era cambiata vita a motivo del cane, a confessare sconciamente il segreto superstizioso custodito con tanta cura per anni. Lo stesso Defendente, il cui forno era escluso dalla visuale della bestia, non riprese le sue famose bestemmie né ritentava le operazioni di recupero dalla finestrella della cantina.

Galeone ora mangiava anche più di prima e, non facendo più moto, ingrassava come un porco. Chissà quanto sarebbe campato ancora. Coi primi freddi però rinacque la speranza che crepasse. Benché riparato dalla tela cerata, il cane era esposto ai venti e un cimurro poteva sempre prenderselo.

Ma anche stavolta il maligno Lucioni rovinò ogni illusione. Una sera, in trattoria, raccontando una storia di caccia, disse che molti anni prima, per aver passato una notte sotto la neve, il suo bracco era diventato idrofobo; e aveva dovuto ucciderlo con una schioppettata; gli piangeva ancora il cuore al ricordo.

«E quel cagnaccio» era sempre il cavalier Bernardis a toccare gli argomenti sgraditi «quel brutto cagnaccio con la paralisi, sul muretto del Duomo, che certi imbecilli continuano a rifornire, dico, non ci sarà mica il pericolo con questo cagnaccio?»

«Ma che diventi pur rabbioso!» fece Defendente. «Tanto, non è più capace di muoversi!»

«E chi te lo dice?» ribatté il Lucioni. «L'idrofobia moltiplica le forze. Non mi meraviglierei se cominciasse a saltare come un capriolo!»

Il Bernardis restò interdetto: «Be', e allora?».

«Ah, io per me, io me ne frego. Io me lo porto sempre dietro un amico sicuro» e il Lucioni trasse di tasca una pesante rivoltella.

«Tu! tu!» fece il Bernardis. «Tu che non hai figli! Se tu avessi tre bambini come me, non te ne fregheresti, sta' sicuro.»

«Io ve l'ho detto. Pensateci voi adesso!» Il capomastro lucidava sulla manica la canna della pistola.

XXI

Quanti anni sono dunque passati dalla morte dell'eremita? Tre, quattro, cinque, chi se ne ricorda più? Ai primi di novembre il gabbiotto di legno per riparare il cane è quasi pronto. In termini molto spicci, trattandosi evidentemente di una faccenda di pochissimo conto, se ne è parlato anche in sede di consiglio comunale. E nessuno che abbia avanzato la proposta, molto più semplice, di ammazzare la bestia o trasportarla altrove. Il falegname Stefano è stato incaricato di costruire la cuccia in modo che possa essere fissata sopra il muretto, verniciata in rosso affinché non stoni col colore della facciata del Duomo, tutta in mattoni vivi. «Che indecenza, che stupidità!» dicono tutti a dimostrare che l'idea è degli altri. La paura per il cane che ha visto Dio non è più dunque un segreto? Ma il gabbiotto non sarà mai collocato in opera. Ai primi di novembre un garzone del fornaio che alle 4 del mattino per recarsi al lavoro passa sempre per la piazza avvista ai piedi del muretto una cosa immobile e nera.

Si avvicina, tocca, vola di corsa fino al forno.

«E che succede adesso?» chiede Defendente, vedendolo entrare tutto affannato.

«È morto! è morto!» balbetta ansando il ragazzo.

«Chi è morto?»

«Quel cane della malora... l'ho trovato per terra, era duro come un sasso!»

XXII

Respirarono? Si diedero alla pazza gioia? Quell'incomodo pezzetto di Dio se nera finalmente andato, è vero, ma troppo tempo c'era ormai di mezzo. Come tornare indietro? Come ricominciare da capo? In quegli anni i giovani avevano già preso abitudini diverse. La messa della domenica dopo tutto era uno svago. E anche le bestemmie, chissà come, davano adesso un suono esagerato e falso. Si era previsto insomma un gran sollievo e invece niente.

E poi: se si fossero riprese le libere costumanze di prima non era come confessare tutto quanto? Tanta fatica per tenerla nascosta, e adesso metter fuori la vergogna al sole? Un paese che aveva cambiato vita per rispetto di un cane! Ne avrebbero riso fin di là dei confini.

E intanto: dove seppellire la bestia? Nel giardino pubblico? No, no, mai nel cuore del paese, la gente ne aveva avuto abbastanza. Nella fogna? Gli uomini si guardarono l'un l'altro, nessuno osava pronunciarsi. «Il regolamento non lo contempla» notò alla fine il segretario comunale, togliendoli dall'imbarazzo. Cremarlo nella fornace? E se poi avesse provocato infezioni? Sotterrarlo allora in campagna, ecco la soluzione giusta. Ma in quale campagna? Chi avrebbe acconsentito? Già cominciavano a questionare, nessuno voleva il cane morto nei propri fondi.

E se lo si fosse sepolto vicino all'eremita?

Chiuso in una piccola cassettina, il cane che aveva visto Dio viene dunque caricato sopra una carretta e parte verso le colline. È una domenica e parecchi ne prendono pretesto per fare una gita. Sei, sette carrozze cariche di uomini e donne seguono la cassettina, e la gente si sforza di essere allegra. Certo, benché il sole splenda, i campi già infreddoliti e gli alberi senza foglie non fanno un gran bel vedere. Arrivano alla collinetta, discendono di carrozza, si avviano a piedi verso i ruderi dell'antica cappella. I bambini corrono avanti.

«Mamma! mamma!» si ode gridare di lassù. «Presto! Venite a vedere!»

Affrettano il passo, raggiungono la tomba di Silvestro. Da quel giorno lontano dei funerali nessuno è mai tornato quassù. Ai piedi della croce di legno, proprio sopra il tumulo dell'eremita, giace un piccolo scheletro. Nevi, venti e pioggie lo hanno tutto logorato, lo han fatto gracile e bianco come una filigrana. Lo scheletro di un cane.

Qualcosa era successo

Il treno aveva percorso solo pochi chilometri (e la strada era lunga, ci saremmo fermati soltanto alla lontanissima stazione d'arrivo, così correndo per dieci ore filate) quando a un passaggio a livello vidi dal finestrino una giovane donna. Fu un caso, potevo guardare tante altre cose invece lo sguardo cadde su di lei che non era bella né di sagoma piacente, non aveva proprio niente di straordinario, chissà perché mi capitava di guardarla. Si era evidentemente appoggiata alla sbarra per godersi la vista del nostro treno, superdirettissimo, espresso del nord, simbolo per quelle popolazioni incolte, di miliardi, vita facile, avventurieri, splendide valige di cuoio, celebrità, dive cinematografiche, una volta al giorno questo meraviglioso spettacolo, e assolutamente gratuito per giunta.

Ma come il treno le passò davanti lei non guardò dalla nostra parte (eppure era là ad aspettare forse da un'ora) bensì teneva la testa voltata indietro badando a un uomo che arrivava di corsa dal fondo della via e urlava qualcosa che noi naturalmente non potemmo udire: come se accorresse a precipizio per avvertire la donna di un pericolo. Ma fu un attimo: la scena volò via, ed ecco io mi chiedevo quale affanno potesse essere giunto, per mezzo di quell'uomo, alla ragazza venuta a contemplarci. E stavo per addormentarmi al ritmico dondolio della vettura quando per ~~

so – certamente si trattava di una pura e semplice combinazione – notai un contadino in piedi su un muretto che chiamava chiamava verso la campagna facendosi delle mani portavoce. Fu anche questa volta un attimo perché il direttissimo filava eppure feci in tempo a vedere sei sette persone che accorrevano attraverso i prati, le coltivazioni, l'erba medica, non importa se la calpestavano, doveva essere una cosa assai importante. Venivano da diverse direzioni chi da una casa, chi dal buco di una siepe, chi da un filare di viti o che so io, diretti tutti al muricciolo con sopra il giovane chiamante. Correvano, accidenti se correvano, si sarebbero detti spaventati da qualche avvertimento repentino che li incuriosiva terribilmente, togliendo loro la pace della vita. Ma fu un attimo, ripeto, un baleno, non ci fu tempo per altre osservazioni.

Che strano, pensai, in pochi chilometri già due casi di gente che riceve una improvvisa notizia, così almeno presumevo. Ora, vagamente suggestionato, scrutavo la campagna, le strade, i paeselli, le fattorie, con presentimenti ed inquietudini.

Forse dipendeva da questo speciale stato d'animo, ma più osservavo la gente, contadini, carradori, eccetera, più mi sembrava che ci fosse dappertutto una inconsueta animazione. Ma sì, perché quell'andirivieni nei cortili, quelle donne affannate, quei carri, quel bestiame? Dovunque era lo stesso. A motivo della velocità era impossibile distinguere bene eppure avrei giurato che fosse la medesima causa dovunque. Forse che nella zona si celebravan sagre? Che gli uomini si disponessero a raggiungere il mercato? Ma il treno andava e le campagne erano tutte in fermento, a giudicare dalla confusione. E allora misi in rapporto la donna del passaggio a livello, il giovane sul muretto, il viavai dei contadini: qualche cosa era successo e noi sul treno non ne sapevamo niente.

Guardai i compagni di viaggio, quelli nello scompartimento, quelli in piedi nel corridoio. Essi non si erano accorti. Sembravano tranquilli e una signora di fronte a me sui sessant'anni stava per prender sonno. O invece sospettavano? Sì, sì, anche loro erano inquieti, uno per uno, e non osavano parlare. Più di una volta li sorpresi, volgendo gli occhi repentini, guatare fuori. Specialmente la signora sonnolenta, proprio lei, sbirciava tra le palpebre e poi subito mi controllava se mai l'avessi smascherata. Ma di che avevano paura?

Napoli. Qui di solito il treno si ferma. Non oggi il direttissimo. Sfilarono rasente a noi le vecchie case e nei cortili oscuri vedemmo finestre illuminate e in quelle stanze – fu un attimo – uomini e donne chini a fare involti e chiudere valige, così pareva. Oppure mi ingannavo ed erano tutte fantasie?

Si preparavano a partire. Per dove? Non una notizia fausta dunque elettrizzava città e campagne. Una minaccia, un pericolo, un avvertimento di malora. Poi mi dicevo: ma se ci fosse un grosso guaio, avrebbero pure fatto fermare il treno; e il treno invece trovava tutto in ordine, sempre segnali di via libera, scambi perfetti, come per un viaggio inaugurale.

Un giovane al mio fianco, con l'aria di sgranchirsi, si era alzato in piedi. In realtà voleva vedere meglio e si curvava sopra di me per essere più vicino al vetro. Fuori, le campagne, il sole, le strade bianche e sulle strade carriaggi, camion, gruppi di gente a piedi, lunghe carovane come quelle che traggono ai santuari nel giorno del patrono. Ma erano tanti, sempre più folti man mano che il treno si avvicinava al nord. E tutti avevano la stessa direzione, scendevano verso mezzogiorno, fuggivano il pericolo mentre noi gli si andava direttamente incontro, a velocità pazza ci precipitavamo verso la guerra, la rivoluzione, la pestilenza, il fuoco, che cosa poteva esserci mai? Non lo avremmo saputo che fra cinque ore, al momento dell'arrivo, e forse sarebbe stato troppo tardi.

Nessuno diceva niente. Nessuno voleva essere il primo a cedere. Ciascuno forse dubitava di sé, come facevo io, nell'incertezza se tutto quell'allarme fosse reale o semplicemente un'idea pazza, allucinazione, uno di quei pensieri assurdi che infatti nascono in treno quando si è un poco stanchi. La signora di fronte trasse un sospiro, simulando di essersi svegliata, e come chi uscendo dal sonno leva gli sguardi meccanicamente, così lei alzò le pupille fissandole, quasi per caso, alla maniglia del segnale d'allarme. E anche noi tutti guardammo l'ordigno, con l'identico pensiero. Ma nessuno parlò o ebbe l'audacia di rompere il silenzio o semplicemente osò chiedere agli altri se avessero notato, fuori, qualche cosa di allarmante.

Ora le strade formicolavano di veicoli e gente, tutti in cammino verso il sud. Rigurgitanti i treni che ci venivano incontro. Pieni di stupore gli sguardi di coloro che da terra ci vedevano passare, volando con tanta fretta al settentrione. E zeppe le stazioni. Qualcuno ci faceva cenno, altri ci urlavano delle frasi di cui si percepivano soltanto le vocali come echi di montagna.

La signora di fronte prese a fissarmi. Con le mani piene di gioielli cincischiava nervosamente un fazzoletto e intanto i suoi sguardi supplicavano: parlassi, finalmente, li sollevassi da quel silenzio, pronunciassi la domanda che tutti si aspettavano come una grazia e nessuno per primo osava fare.

Ecco un'altra città. Come il treno, entrando nella stazione, rallentò un poco, due tre si alzarono non resistendo alla speranza che il macchinista fermasse. Invece si passò, fragoroso turbine, lungo le banchine dove una folla inquieta si accalcava anelando a un convoglio che partisse, tra caotici mucchi di bagagli. Un ragazzino tentò di rincorrerci con un pacco di giornali e ne sventolava uno che aveva un grande titolo nero in prima pagina. Allora con un gesto repentino, la signora di fronte a me si sporse in fuori, riuscì ad abbrancare il foglio ma il vento della corsa glielo strappò via. Tra le dita restò un brandello. Mi accorsi che le sue mani tremavano nell'atto di spiegarlo. Era un pezzetto triangolare. Si leggeva la testata e del gran titolo solo quattro lettere. IONE, si leggeva. Nient'altro. Sul verso, indifferenti notizie di cronaca.

Senza parole, la signora alzò un poco il frammento affinché tutti lo potessero vedere. Ma tutti avevamo già guardato. E si finse di non farci caso. Crescendo la paura, più forte in ciascuno si faceva quel ritegno. Verso una cosa che finisce in IONE noi correvamo come pazzi, e doveva essere spaventosa se, alla notizia, popolazioni intere si erano date a immediata fuga. Un fatto nuovo e potentissimo aveva rotto la vita del Paese, uomini e donne pensavano solo a salvarsi, abbandonando case, lavoro, affari, tutto, ma il nostro treno, no, il maledetto treno marciava con la regolarità di un orologio, al modo del soldato onesto che risale le turbe dell'esercito in disfatta per raggiungere la sua trincea dove il nemico già sta bivaccando. E per decenza, per un rispetto umano miserabile, nessuno di noi aveva il coraggio di reagire. Oh i treni come assomigliano alla vita!

Mancavano due ore. Tra due ore, all'arrivo, avremmo saputo la comune sorte. Due ore, un'ora e mezzo, un'ora, già scendeva il buio. Vedemmo di lontano i lumi della sospirata nostra città e il loro immobile splendore riverberante un giallo alone in cielo ci ridiede un fiato di coraggio. La locomotiva emise un fischio, le ruote strepitarono sul labirinto degli scambi. La stazione, la curva nera delle tettoie, le lampade, i carrelli, tutto era a posto come il solito.

Ma, orrore!, il direttissimo ancora andava e vidi che la stazione era deserta, vuote e nude le banchine, non una figura umana per quanto si cercasse. Il treno si fermava finalmente. Corremmo giù per i marciapiedi, verso l'uscita,

131

alla caccia di qualche nostro simile. Mi parve di intravedere, nell'angolo a destra in fondo, un po' in penombra, un ferroviere col suo berrettuccio che si eclissava da una porta, come terrorizzato. Che cosa era successo? In città non avremmo più trovato un'anima? Finché la voce di una donna, altissima e violenta come uno sparo, ci diede un brivido. «Aiuto! Aiuto!» urlava e il grido si ripercosse sotto le vitree volte con la vacua sonorità dei luoghi per sempre abbandonati.

I topi

Che ne è degli amici Corio? Che sta accadendo nella loro vecchia villa di campagna, detta la Doganella? Da tempo immemorabile ogni estate mi invitavano per qualche settimana. Quest'anno per la prima volta no. Giovanni mi ha scritto poche righe per scusarsi. Una lettera curiosa, che allude in forma vaga a difficoltà o a dispiaceri familiari; e che non spiega niente.

Quanti giorni lieti ho vissuto in casa loro, nella solitudine dei boschi. Dai vecchi ricordi oggi per la prima volta affiorano dei piccoli fatti che allora mi parvero banali o indifferenti. E all'improvviso si rivelano.

Per esempio, da un'estate lontanissima, parecchio prima della guerra – era la seconda volta che andavo ospite dei Corio – torna a me la seguente scena:

Mi ero già ritirato nella camera d'angolo al secondo piano, che dava sul giardino – anche gli anni successivi ho dormito sempre là – e stavo andando a letto. Quando udii un piccolo rumore, un grattamento alla base della porta. Andai ad aprire. Un minuscolo topo sgusciò tra le mie gambe, attraversò la camera e andò a nascondersi sotto il cassettone. Correva in modo goffo, avrei fatto in tempo benissimo a schiacciarlo. Ma era così grazioso e fragile.

Per caso, il mattino dopo, ne parlai a Giovanni. «Ah, sì» fece lui distratto «ogni tanto qualche topo gira per la

133

casa.» «Era un sorcio piccolissimo... non ho avuto neanche il coraggio di...» «Sì, me lo immagino. Ma non ci fare caso...» Cambiò argomento, pareva che il mio discorso gli spiacesse.

L'anno dopo. Una sera si giocava a carte, sarà stata mezzanotte e mezzo, dalla stanza vicina – il salotto dove a quell'ora le luci erano spente – giunse un clac, suono metallico come di una molla. «Cos'è?» domando io. «Non ho sentito niente» fa Giovanni evasivo. «Tu Elena hai sentito qualche cosa?» «Io no» gli risponde la moglie, facendosi un po' rossa. «Perché?» Io dico: «Mi sembrava che di là in salotto... un rumore metallico...» Notai un velo di imbarazzo. «Bene, tocca a me fare le carte?»

Neanche dieci minuti dopo, un altro clac, dal corridoio questa volta, e accompagnato da un sottile strido, come di bestia. «Dimmi, Giovanni» io chiedo «avete messo delle trappole per topi?» «Che io sappia, no. Vero, Elena? Sono state messe delle trappole?» Lei: «E che vi salta in mente? Per i pochi topi che ci sono!».

Passa un anno. Appena entro nella villa, noto due gatti magnifici, dotati di straordinaria animazione: razza soriana, muscolatura atletica, pelo di seta come hanno i gatti che si nutrono di topi. Dico a Giovanni: «Ah, dunque vi siete decisi finalmente. Chissà che spaventose scorpacciate fanno. Di topi qui di ci sarà penuria.» «Anzi» fa lui «solo di quando in quando... Se dovessero vivere solo di topi...» «Però li vedo belli grassi, questi mici.» «Già, stanno bene, la faccia della salute non gli manca. Sai, in cucina trovano ogni ben di Dio.»

Passa un altro anno e come io arrivo in villa per le mie solite vacanze, ecco che ricompaiono i due gatti. Ma non sembrano più quelli: non vigorosi e alacri, bensì cascanti,

COLLEZIONE D'AUTORE

Dino Buzzati

Titoli negli OSCAR:

COLLEZIONE D'AUTORE

Italo Calvino

smorti, magri. Non guizzano più da una stanza all'altra celermente. Al contrario, sempre tra i piedi dei padroni, sonnolenti, privi di qualsiasi iniziativa. Io chiedo: «Sono malati? Come mai così sparuti? Forse non hanno più topi da mangiare?» «L'hai detto» risponde Giovanni Corio vivamente. «Sono i più stupidi gatti che abbia visto. Hanno messo il muso da quando in casa non esistono più topi... Neanche il seme ci è rimasto!» E soddisfatto fa una gran risata.

Più tardi Giorgio, il figlio più grandicello, mi chiama in disparte con aria di complotto: «Sai il motivo qual è? Hanno paura!». «Chi ha paura?» E lui: «I gatti, hanno paura. Papà non vuole mai che se ne parli, è una cosa che gli dà fastidio. Ma è positivo che i gatti hanno paura». «Paura di chi?» «Bravo! Dei topi! In un anno, da dieci che erano, quelle bestiacce sono diventate cento... E altro che i sorcettini d'una volta! Sembrano delle tigri. Più grandi di una talpa, il pelo ispido e di colore nero. Insomma i gatti non osano attaccarli.» «E voi non fate niente?» «Mah, qualcosa si dovrà pur fare, ma il papà non si decide mai. Non capisco il perché, ma è un argomento che è meglio non toccare, lui diventa subito nervoso...»

E l'anno dopo, fin dalla prima notte, un grande strepito sopra la mia camera come di gente che corresse. Patatrùm, patatrùm. Eppure so benissimo che sopra non ci può essere nessuno, soltanto la inabitabile soffitta, piena di mobili vecchi, casse e simili. "Accidenti che cavalleria" mi dico "devono essere ben grossi questi topi." Un tal rumore che stento ad addormentarmi.

Il giorno dopo, a tavola, domando: «Ma non prendete nessun provvedimento contro i topi? In soffitta c'era la sarabanda, questa notte». Vedo Giovanni che si scurisce in volto: «I topi? Di che topi parli? In casa grazie a Dio non ce n'è più». Anche i suoi vecchi genitori insorgono: «Macché topi d'Egitto. Ti sarai sognato, caro mio». «Eppure» dico «vi garantisco che c'era il quarantotto, e non esagero. In certi momenti ho visto il soffitto che tremava.» Giovanni si è fatto pensieroso: «Sai che cosa può essere? Non te n'ho mai parlato perché c'è chi si impressiona, ma in questa casa ci sono degli spiriti. Anche io li sento spesso... E certe notti hanno il demonio in corpo!». Io rido: «Non mi prenderai mica per un ragazzetto, spero! Altro che spiriti. Quelli erano topi, garantito, topacci, ratti, pantegane!... E a proposito, dove sono andati a finire i due famosi gatti?». «Li abbiamo dati via, se vuoi sapere... Ma coi topi hai la fissazione! Possibile che tu non parli d'altro!... Dopo tutto, questa è una casa di campagna, non puoi mica pretendere che...» Io lo guardo sbalordito: ma perché si arrabbia tanto? Lui, di solito così gentile e mite.

Più tardi è ancora Giorgio, il primogenito, a farmi il quadro della situazione. «Non credere a papà» mi dice. «Quelli che hai sentito erano proprio topi, alle volte anche noi non riusciamo a prender sonno. Tu li vedessi, sono dei mostri, sono; neri come il carbone, con delle setole che sembran degli stecchi... E i due gatti, se vuoi sapere, sono stati loro a farli fuori... È successo di notte. Si dormiva già da un paio d'ore e dei terribili miagolii ci hanno svegliato. In salotto c'era il putiferio. Allora siamo saltati giù dal letto, ma dei gatti non si è trovata traccia... Solo dei ciuffi di pelo... delle macchie di sangue qua e là.»

«Ma non provvedete? Trappole? Veleni? Non capisco come tuo papà non si preoccupi...»

«Come no? Il suo assillo, è diventato. Ma anche lui adesso ha paura, dice che è meglio non provocarli, che sarebbe peggio. Dice che, tanto, non servirebbe a niente, che ormai sono diventati troppi... Dice che l'unica sarebbe dar fuoco alla casa... E poi, poi sai cosa dice? È ridicolo a pensarci. Dice che non conviene mettersi decisamente contro.»

«Contro chi?» «Contro di loro, i topi. Dice che un giorno, quando saranno ancor di più, potrebbero anche vendicarsi... Alle volte mi domando se papà non stia diventando un poco matto. Lo sai che una sera l'ho sorpreso mentre buttava una salsiccia giù in cantina? Il bocconcino per i cari animaletti! Li odia ma li teme. E li vuol tenere buoni.»

Così per anni. Finché l'estate scorsa aspettai invano che sopra la mia camera si scatenasse il solito tumulto. Silenzio, finalmente. Una gran pace. Solo la voce dei grilli dal giardino.

Al mattino, sulle scale incontro Giorgio: «Complimenti» gli dico «ma mi sai dire come siete riusciti a far piazza pulita? Questa notte non c'era un topolino in tutta la soffitta». Giorgio mi guarda con un sorriso incerto. Poi: «Vieni vieni» risponde «vieni un po' a vedere.»

Mi conduce in cantina, là dove c'è una botola chiusa da un portello: «Sono laggiù adesso» mi sussurra. «Da qualche mese si sono tutti riuniti qui sotto, nella fogna. Per la casa non ne girano che pochi. Sono qui sotto... ascolta...»

Tacque. E attraverso il pavimento giunse un suono difficilmente descrivibile: un brusìo, un cupo fremito, un rombo sordo come di materia inquieta e viva che fermenti; e frammezzo pure delle voci, piccole grida acute, fischi, sussurri.

«Ma quanti sono?» chiesi con un brivido.

«Chissà. Milioni forse... Adesso guarda, ma fa presto.»

Accese un fiammifero e, sollevato il coperchio della botola, lo lasciò cadere giù nel buco. Per un attimo io vidi: in una specie di caverna, un frenetico brulichio di forme nere; accavallantisi in smaniosi vortici. E c'era in quel laido tumulto una potenza, una vitalità infernale, che nessuno avrebbe più fermato. I topi! Vidi anche un luccicare di pupille, migliaia e migliaia, rivolte in su, che mi fissavano cattive. Ma Giorgio chiuse il coperchio con un tonfo.

137

E adesso? Perché Giovanni ha scritto di non poter più invitarmi? Cosa è successo? Avrei la tentazione di fargli una visita, pochi minuti basterebbero, tanto per sapere. Ma confesso che non ne ho il coraggio. Da varie fonti mi sono giunte strane voci. Talmente strane che la gente le ripete come favole, e ne ride. Ma io non rido.

Dicono per esempio che i due vecchi genitori Corio siano morti. Dicono che nessuno esca più dalla villa e che i viveri glieli porti un uomo del paese, lasciando il pacco al limite del bosco. Dicono che nella villa nessuno possa entrare; che enormi topi l'abbiano occupata: e che i Corio ne siano gli schiavi.

Un contadino che si è avvicinato – ma non per molto perché sulla soglia della villa stava una dozzina di bestiacce in atteggiamento minaccioso – dice di aver intravisto la signora Elena Corio, la moglie del mio amico, quella dolce e amabile creatura. Era in cucina, accanto al fuoco, vestita come una pezzente; e rimestava in un immenso calderone, mentre intorno grappoli fetidi di topi la incitavano, avidi di cibo. Sembrava stanchissima ed afflitta. Come scorse l'uomo che guardava, gli fece con le mani un gesto sconsolato, quasi volesse dire: «Non datevi pensiero. È troppo tardi. Per noi non ci sono più speranze».

Il disco si posò

Era sera e la campagna già mezza addormentata, dalle vallette levandosi lanugini di nebbia e il richiamo della rana solitaria che però subito taceva (l'ora che sconfigge anche i cuori di ghiaccio, col cielo limpido, l'inspiegabile serenità del mondo, l'odor di fumo, i pipistrelli e nelle antiche case i passi felpati degli spiriti), quand'ecco il disco volante si posò sul tetto della chiesa parrocchiale, la quale sorge al sommo del paese.

All'insaputa degli uomini che erano già rientrati nelle case, l'ordigno si calò verticalmente giù dagli spazi, esitò qualche istante, mandando una specie di ronzio, poi toccò il tetto senza strepito, come colomba. Era grande, lucido, compatto, simile a una lenticchia mastodontica; e da certi sfiatatoi continuò a uscire zufolando un soffio. Poi tacque e restò fermo, come morto.

Lassù nella sua camera che dà sul tetto della chiesa, il parroco, don Pietro, stava leggendo, col suo toscano in bocca. All'udire l'insolito ronzio, si alzò dalla poltrona e andò a affacciarsi al davanzale. Vide allora quel coso straordinario, colore azzurro chiaro, diametro circa dieci metri.

Non gli venne paura, né gridò, neppure rimase sbalordito. Si è mai meravigliato di qualcosa il fragoroso e imperterrito don Pietro? Rimase là, col toscano, ad osservare. E quando vide aprirsi uno sportello, gli bastò allungare un braccio: là al muro c'era appesa la doppietta.

Ora sui connotati dei due strani esseri che uscirono dal disco non si ha nessun affidamento. È un tale confusionario, don Pietro. Nei successivi suoi racconti ha continuato a contraddirsi. Di sicuro si sa solo questo: ch'erano smilzi e di statura piccola, un metro un metro e dieci. Però lui dice anche che si allungavano e accorciavano come fossero di elastico. Circa la forma, non si è capito molto: «Sembravano due zampilli di fontana, più grossi in cima e stretti in basso» così don Piero «sembravano due spiritelli, sembravano due insetti, sembravano scopette, sembravano due grandi fiammiferi.» «E avevano due occhi come noi?» «Certo, uno per parte, però piccoli.» E la bocca? e le braccia? e le gambe? Don Pietro non sapeva decidersi: «In certi momenti vedevo due gambette e un secondo dopo non le vedevo più... Insomma, che ne so io? Lasciatemi una buona volta in pace!».

Zitto, il prete li lasciò armeggiare col disco. Parlottavano tra loro a bassa voce, un dialogo che assomigliava a un cigolio. Poi si arrampicarono sul tetto, che ha una moderatissima pendenza, e raggiunsero la croce, quella che è in cima alla facciata. Ci girarono intorno, la toccarono, sembrava prendessero misure. Per un pezzo don Pietro lasciò fare, sempre imbracciando la doppietta. Ma all'improvviso cambiò idea.

«Ehi!» gridò con la sua voce rimbombante. «Giù di là, giovanotti. Chi siete?»

I due si voltarono a guardarlo e sembravano poco emozionati. Però scesero subito, avvicinandosi alla finestra del prevosto. Poi il più alto cominciò a parlare.

Don Pietro – ce lo ha lui stesso confessato – rimase male: il marziano (perché fin dal primo istante, chissà perché, il prete si era convinto che il disco venisse da Marte; né pensò di chiedere conferma), il marziano parlava una lingua sconosciuta. Ma era poi una vera lingua? Dei suoni, erano, per la verità non sgradevoli, tutti attaccati senza mai una pausa. Eppure il parroco capì subito tutto, come se fosse stato il suo dialetto. Trasmissione del pensiero? Oppure una specie di lingua universale automaticamente comprensibile?

«Calmo, calmo» lo straniero disse «tra poco ce n'andiamo. Sai? Da molto tempo noi vi giriamo intorno, e vi osserviamo, ascoltiamo le vostre radio, abbiamo imparato quasi tutto. Tu parli, per esempio, e io capisco. Solo una cosa non abbiamo decifrato. E proprio per questo siamo scesi. Che cosa sono queste antenne? (e faceva segno alla croce). Ne avete dappertutto, in cima alle torri e ai campanili, in vetta alle montagne, e poi ne tenete degli eserciti qua e là, chiusi da muri, come se fossero vivai. Puoi dirmi, uomo, a cosa servono?»

«Ma sono croci!» fece don Pietro. E allora si accorse che quei due portavano sulla testa un ciuffo, come una tenue spazzola, alta una ventina di centimetri. No, non erano capelli, piuttosto assomigliavano a sottili steli vegetali, tremuli, estremamente vivi, che continuavano a vibrare. O invece erano dei piccoli raggi, o una corona di emanazioni elettriche?

«Croci» ripeté, compitando il forestiero. «E a che cosa servono?»

Don Pietro posò il calcio della doppietta a terra, che gli restasse però sempre a portata di mano. Si drizzò quindi in tutta la statura, cercò di essere solenne:

«Servono alle nostre anime» rispose. «Sono il simbolo di Nostro Signore Gesù Cristo, figlio di Dio, che per noi è morto in croce.»

Sul capo dei marziani all'improvviso gli evanescenti ciuffi vibrarono. Era un segno di interesse o di emozione? O era quello il loro modo di ridere?

«E dove, dove questo sarebbe successo?» chiese sempre

141

il più grandetto, con quel suo squittio che ricordava le trasmissioni Morse; e c'era dentro un vago accento di ironia.

«Dio, vuoi dire, sarebbe venuto qui, tra voi?»

«Qui, sulla Terra, in Palestina.»

Il tono incredulo irritò don Pietro.

«Sarebbe una storia lunga» disse «una storia forse troppo lunga per dei sapienti come voi.»

In capo allo straniero la leggiadra indefinibile corona oscillò due tre volte. Pareva che la muovesse il vento.

«Oh, dev'essere una storia magnifica» fece con condiscendenza. «Uomo, vorrei proprio sentirla.»

Balenò nel cuore di don Pietro la speranza di convertire l'abitatore di un altro pianeta? Sarebbe stato un fatto storico, lui ne avrebbe avuto gloria eterna.

«Se non vuoi altro» disse, rude. «Ma fatevi vicini, venite pure qui nella mia stanza.»

Fu certo una scena straordinaria, nella camera del parroco, lui seduto allo scrittoio alla luce di una vecchia lampada, con la Bibbia tra le mani, e i due marziani in piedi sul letto perché don Pietro li aveva invitati a accomodarsi, che si sedessero sul materasso, e insisteva, ma quelli a sedere non riuscivano, si vede che non ne erano capaci e tanto per non dir di no alla fine vi erano saliti, standovi ritti, il ciuffo più che mai irto e ondeggiante.

«Ascoltate, spazzolini!» disse il prete, brusco, aprendo il libro, e lesse: "...l'Eterno Iddio prese dunque l'uomo e lo pose nel giardino d'Eden... e diede questo comandamento: Mangia pure liberamente del frutto di ogni albero del giardino, ma del frutto dell'albero della conoscenza del bene e del male non ne mangiare: perché nel giorno che ne mangerai, per certo sarà la tua morte. Poi l'Eterno Iddio..."

Levò gli sguardi dalla pagina e vide che i due ciuffi erano in estrema agitazione. «C'è qualcosa che non va?»

142

Chiese il marziano: «E, dimmi, l'avete mangiato, invece? Non avete saputo resistere? È andata così, vero?»

«Già. Ne mangiarono» ammise il prete, e la voce gli si riempì di collera. «Avrei voluto veder voi! È forse cresciuto in casa vostra l'albero del bene e del male?»

«Certo. È cresciuto anche da noi. Milioni e milioni di anni fa. Adesso è ancora verde...»

«E voi?... I frutti, dico, non li avete mai assaggiati?»

«Mai» disse lo straniero. «La legge lo proibisce.»

Don Pietro ansimò, umiliato. Allora quei due erano puri, simili agli angeli del cielo, non conoscevano peccato, non sapevano che cosa fosse cattiveria, odio, menzogna? Si guardò intorno come cercando aiuto, finché scorse nella penombra, sopra il letto, il crocefisso nero.

Si rianimò: «Sì, per quel frutto ci siamo rovinati... Ma il figlio di Dio» tuonò, e sentiva un groppo in gola «il figlio di Dio si è fatto uomo. Ed è sceso qui tra noi!» L'altro stava impassibile. Solo il suo ciuffo dondolava da una parte e dall'altra, simile a una beffarda fiamma.

«È venuto qui in Terra, dici? E voi, che ne avete fatto? Lo avete proclamato vostro re?... Se non sbaglio, tu dicevi ch'era morto in croce... Lo avete ucciso, dunque?»

Don Pietro lottava fieramente: «Da allora sono passati quasi duemila anni! Proprio per noi è morto, per la nostra vita eterna!».

Tacque, non sapeva più che dire. E nell'angolo scuro le misteriose capigliature dei due ardevano, veramente ardevano di una straordinaria luce. Ci fu silenzio e allora di fuori si udì il canto dei grilli.

«E tutto questo» domandò ancora il marziano con la pazienza di un maestro «tutto questo è poi servito?»

Don Pietro non parlò. Si limitò a fare un gesto con la destra, sconsolato, come per dire: che vuoi? siamo fatti così, peccatori siamo, poveri vermi peccatori che hanno bisogno della pietà di Dio. E qui cadde in ginocchio, coprendosi la faccia con le mani.

Quanto tempo passò? Ore, minuti? Don Pietro fu riscosso dalla voce degli ospiti. Alzò gli occhi e li scorse già sul davanzale, in procinto, si sarebbe detto, di partire. Contro il cielo della notte i due ciuffi tremolavano con affascinante grazia.

«Uomo» domandò il solito dei due. «Che stai facendo?»

«Che sto facendo? Prego!... Voi no? Voi non pregate?»

«Pregare, noi? E perché pregare?»

«Neanche Dio non lo pregate mai?»

«Ma no!» disse la strana creatura e, chissà come, la sua corona vivida cessò all'improvviso di tremare, facendosi floscia e scolorita.

«Oh, poveretti» mormorò don Pietro, ma in maniera che i due non lo udissero come si fa con i malati gravi. Si levò in piedi, il sangue riprese a correre con forza su e giù per le sue vene. Si era sentito un bruco, poco fa. E adesso era felice. "Eh, eh" ridacchiava dentro di sé "voi non avete il peccato originale con tutte le sue complicazioni. Galantuomini, sapienti, incensurati. Il demonio non lo avete mai incontrato. Quando però scende la sera, vorrei sapere come vi sentite! Maledettamente soli, presumo, morti di inutilità e di tedio." (I due intanto si erano già infilati dentro allo sportello, lo avevano chiuso, e il motore già girava con un sordo e armoniosissimo ronzio. Piano piano, quasi per miracolo, il disco si staccò dal tetto, alzandosi come fosse un palloncino: poi prese a girare su se stesso, partì a velocità incredibile, su, su in direzione dei Gemelli.) «Oh» continuava a brontolare il prete «Dio preferisce noi di certo! Meglio dei porci come noi, dopo tutto, avidi, turpi, mentitori, piuttosto che quei primi della classe che mai gli rivolgono la parola. Che soddisfazione può avere Dio da gente simile? E che significa la vita se non c'è il male, e il rimorso, e il pianto?»

Per la gioia, imbracciò lo schioppo, mirò al disco volante che era ormai un puntolino pallido in mezzo al firmamento, lasciò partire un colpo. E dai remoti colli rispose l'ululio dei cani.

Il tiranno malato

Il tiranno malato

All'ora solita cioè alle 19 meno un quarto nell'area cosiddetta fabbricabile fra via Marocco e via Casserdoni, il volpino Leo vide avanzare il mastino Tronk tenuto per la catena dal professore suo padrone.

Il bestione aveva le orecchie dritte come sempre e scrutava il ristrettissimo orizzonte di quel sudicio prato fra le case. Egli era l'imperatore del luogo, il tiranno. Eppure il vecchio volpino pieno di risentimenti subito notò che non era il Tronk di un tempo, neppure quello di un mese prima, neppure il formidabile cagnaccio che aveva visto tre o quattro giorni fa.

Era un niente, il modo forse di appoggiar le zampe, o una specie di appannamento dello sguardo, o una incurvatura della schiena, o l'opacità del pelo o più probabilmente una ombra – l'ombra grigia che è il segno terribile! – la quale gli colava giù dagli occhi fino al bordo cadente delle labbra. Nessuno certo, neppure il professore, si era accorto di questi segni piccolissimi. Piccolissimi? Il vecchio volpino che ormai ne aveva viste a questo mondo, capì, e ne ebbe un palpito di perfida gioia. "Ah ci sei finalmente" pensò. "Ci sei?" Il mastino non gli faceva più paura.

Si trovavano in uno di quegli spazi vuoti aperti dai bombardamenti aerei della guerra decorsa, verso la periferia, fra stabilimenti, depositi, baracche, magazzini. (Ma a breve distanza si ergevano i superbi palazzi delle grandi società immobiliari, a settanta-ottanta metri sopra il livello dell'operaio del gas intento a sistemare la tubazione in avaria e del violinista stanco in azione fra i tavolini del Caffè Birreria Esperia là sotto i portici, all'angolo.) Demoliti i moncherini superstiti dei muri, a ricordare le case già esistite non restavano qua e là che dei tratti di terreno coperti di piastrelle, il segno della portineria forse, o cucina a pianterreno o forse anche camera da letto di casa popolare (dove un tempo di notte palpitarono speranze e sogni e forse un bambino nacque e nelle mattine d'aprile, nonostante l'ombra tetra del cortile, di là usciva un canto ingenuo e appassionato di giovinetta; e alla sera, sotto una lampadina rossastra, gente si odiò o si volle bene). Per il resto, lo spazio era rimasto sgombro e subito, per la commovente bontà della natura così pronta a sorridere se appena le lasciamo un po' di spazio, si era andato ricoprendo di verde, erba, piantine selvatiche, cespugli, a similitudine delle beate valli lontane di cui si favoleggia. Tratti di prato vero, coi loro fiorellini, avevano perfino tentato di formarsi, dove stanchi noi distenderci, le braccia incrociate dietro il capo, a guardare le nuvole che passano, così libere e bianche, sopra le soperchierie degli uomini.

Ma nulla la città odia quanto il verde, le piante, il respiro degli alberi e dei fiori. Con bestiale accanimento quindi erano stati scaricati là mucchi di calcinacci, immondizie, residuati osceni, fetide putrefazioni organiche, scoli di morchia. E il lembo di campagna ben presto era ingiallito trasformandosi in uno sconvolto letamaio; dove tuttavia le pianticine e le erbe ancora lottavano, sollevando verticalmente gli steli fra la sozzura, in direzione del sole e della vita.

Il mastino avvistò immediatamente l'altro cane e si fermò a osservarlo. E subito si accorse che qualcosa era cambiato. Il volpino oggi aveva un nuovo modo di fissarlo, non timido, non rispettoso, non timorato come al solito. Con un luccichio beffardo nelle pupille, anzi.

Calda sera d'estate. Una floscia caligine giaceva ancora sulla città fra le torri di calcestruzzo e di cristallo abitate dall'uomo, che il sole calante illuminava. Tutto sembrava stanco e svogliato, anche le inverecondo automobili americane color ramarro, anche le vetrine degli elettrodomestici, di solito così ottimiste, anche la energetica bionda sorridente dal cartellone pubblicitario del dentifricio Klamm (che, se usato giornalmente, trasformerebbe la nostra esistenza in paradiso, vero Mr. MacIntosh, direttore generale del reparto pubblicità e *public relations?*).

Il professore immediatamente vide sul dorso del suo cane formarsi una macchia oblunga e scura, segno che la bestia stava alterandosi e rizzava il pelo.

Nello stesso istante, senza essere stato in alcun modo provocato, il volpino si avventò silenzioso alla vendetta e addentò rapidissimo il mastino alla gamba posteriore destra.

Tronk ebbe uno scarto a motivo del dolore ma per qualche frazione di secondo restò come incerto, solo cercava di scuotere via il nemico, agitando la gamba. Poi, inopinatamente ritrovò l'antico impeto selvaggio. La catena sfuggì di mano al professore.

Dietro al cane Leo, un altro piccolo bastardo, suo compagno, vagamente simile a un segugio, di solito timido e spaurito, balzò a mordere il mastino. E per una frazione di secondo lo si vide che affondava i denti in un fianco del tetrarca. Quindi ci fu un groviglio mugolante che si dibatteva nella polvere.

«Tronk, qua, Tronk!» chiamò smarrito il professore annaspando con la destra sopra quel frenetico subisso; e cercava di afferrare la catena del suo cane. Ma senza la decisione necessaria, spaventato dal furore della lotta.

Fu breve. Si sciolsero da soli. Leo, mugolando, balzò via e pure il suo compagno si distaccò da Tronk, arretrando, con il collo insanguinato. Il mastino sedette, e ansimava con ritmo impressionante, la lingua pendula, sopraffatto dallo sfinimento fisico.

«Tronk, Tronk» supplicò il professore. E cercò di prenderlo per il collare.

Ma, non visto da alcuno, avanzava alle spalle, libero e solo, Panzer, il cane lupo del garage vicino, il fuorilegge, che Tronk aveva fino a quella sera tenuto a bada col suo solo aspetto. Anche lui veniva in certo modo a vendicarsi. Perché mai Tronk lo aveva provocato né gli aveva fatto male, eppure la sua semplice presenza era stata un oltraggio quotidiano, difficile da mandare giù. Troppe volte lo aveva visto passare, dinoccolato, davanti all'ingresso del garage, e guardare dentro con proterva grinta come per dire: "C'è mica nessuno qui, alle volte, che abbia voglia di attaccare lite?".

Il professore se ne accorse tardi. «Ehi» gridò «chiamate questo lupo! Ehi, del garage!» Il pelo nero e irto, il lupo aveva un aspetto orribile. E chissà come, questa volta il mastino al suo confronto sembrava rattrappito.

Tronk fece appena in tempo ad avvistarlo con la coda dell'occhio. Il lupo eseguì un balzo rettilineo, protendendo i denti, e d'un subito il mastino rotolò fra i calcinacci e le scorie con quell'altro attaccato selvaggiamente alla sua nuca.

Sapeva il professore che è quasi impossibile dividere due cani di quella fatta che si impegnano per la vita e per la morte. E non fidando nelle proprie forze si mise a correre per avvertire e chiedere soccorso.

Nel frattempo anche il volpino e il segugio ripresero coraggio, si lanciarono alla macellazione del tiranno che stava per essere sconfitto.

Ebbe Tronk un'ultima riscossa. E con divincolamento furioso riuscì a prendere coi denti il naso del lupo. Ma subito cedette. L'altro, arretrando a scatti, si liberò e prese a trascinarlo riverso tenendolo sempre per la nuca.

A quei mugolamenti spaventosi gente intanto si affacciava alle finestre. E dalla parte del garage si udivano le grida del professore soverchiato dagli avvenimenti.

Poi, di colpo, il silenzio. Da una parte il mastino che si risollevava con fatica, la lingua tutta fuori, negli occhi l'umiliazione sbalordita dell'imperatore di colpo tratto giù dal trono e calpestato nella melma. Dall'altra, il lupo, il volpino e il falso seguio che retrocedevano con segni di sbigottimento.

Che cosa li aveva sbaragliati quando già stavano assaporando il sangue e la vittoria? Perché si ritiravano? Il mastino tornava a far loro paura?

Non il mastino Tronk. Bensì una cosa informe e nuova che dentro di lui si era formata e lentamente da lui stava espandendosi come un alone infetto.

I tre avevano intuito che a Tronk doveva essere successo qualche cosa e non c'era più motivo di temerlo. Ma credevano di addentare un cane vivo. E invece l'odore insolito del pelo, forse, o del fiato, e il sangue dal sapore repellente, li aveva ributtati indietro. Perché le bestie più ancora che i luminari delle cliniche percepiscono al più lieve segno l'avvicinarsi della presenza maledetta, del contagio che non ha rimedio. E il lottatore era segnato, non apparteneva più alla vita, da qualche profondità recondita del corpo già si propagava la dissoluzione delle cellule.

I nemici si sono dileguati. È solo, adesso. Limpidi e puri nella maestà del vespero si sollevano intanto dalla terra, paragonabili a fanfare, i muraglioni vitrei dei nuovi palazzi e il sole che tramonta li fa risplendere e vibrare come sfida, sullo sfondo violetto della notte che dalla opposta parte irrompe. Essi proclamano le caparbie speranze di coloro che, pur distrutti dalla fatica e dalla polvere, dicono "Sì, domani, domani", di coloro che sono il galoppo di questo mondo contristato, le bandiere!

Ma per il satrapo, il sire, il titano, il corazziere, il re, il mastodonte, il ciclope, il Sansone non esistono più le torri di alluminio e malachite, né il quadrimotore in partenza per Aiderabad che sorvola rombando il centro urbano, né esiste la musica trionfale del crepuscolo che si espande pur nei tetri cortili, nelle fosse ignominiose delle carceri, nei soffocanti cessi incrostati d'ammoniaca.

Egli è intensamente fisso a quell'oasi stenta e con gli sguardi la divora. Il sangue che aveva cominciato a gocciolare da una lacerazione al collo si è fermato coagulandosi. Però fa freddo, un freddo atroce. Per di più è venuta la nebbia, lui non riesce più a vedere bene. Strano, la nebbia in piena estate. Vedere. Vedere almeno un pezzo della cosa che gli uomini usano chiamare verde: il verde del suo regno, le erbe, le canne, i miseri cespugli (i boschi, le selve immense, le foreste di querce e antichi abeti).

Il professore è di ritorno e si consola vedendo il lupo e gli altri due barabba che si allontanano spauriti. "Eh il mio Tronk" pensa orgoglioso. "Eh, ci vuol altro!" Poi lo vede laggiù seduto, apparentemente quieto e buono.

Un cuccioletto era, quattro anni fa soltanto, che si guardava gentilmente intorno, tutto doveva ancora cominciare, certo avrebbe conquistato il mondo.

L'ha conquistato. Guardatelo ora, grande e grosso, il cagnazzo, petto da toro, bocca da barbaro dio azteco, guardatelo l'ispettore generale, il colonnello dei corazzieri, sua maestà! Ha freddo e trema.

«Tronk! Tronk!» lo chiama il professore. Per la prima volta il cane non risponde. Nei sussulti del cuore che rimbomba, pallido del terribile pallore che prende i cani i quali erroneamente si pensa che pallidi non possano diventare mai, egli guarda laggiù, in direzione della foresta vergine, donde avanzano contro di lui, funerei, i rinoceronti della notte.

I Santi

I Santi hanno ciascuno una casetta lungo la riva con un balcone che guarda l'oceano, e quell'oceano è Dio. D'estate, quando fa caldo, per refrigerio essi si tuffano nelle fresche acque, e quelle acque sono Dio.

Alla notizia che sta per arrivare un santo nuovo, subito viene intrapresa la costruzione di una casetta di fianco alle altre. Esse formano così una lunghissima fila lungo la riva del mare. Lo spazio non manca di sicuro.

Anche San Gancillo, come giunse sul posto dopo la nomina, trovò la sua casetta pronta uguale alle altre, con mobili, biancheria, stoviglie, qualche buon libro e tutto quanto. C'era anche, appeso al muro, un grazioso scacciamosche perché nella zona vivevano abbastanza mosche, però non fastidiose.

Gancillo non era un santo clamoroso, aveva vissuto umilmente facendo il contadino e solo dopo la sua morte, qualcuno, pensandoci su, si era reso conto della grazia che riempiva quell'uomo, irraggiando intorno per almeno tre quattro metri. E il prevosto, senza troppa fiducia in verità, aveva fatto i primi passi per il processo di beatificazione. Da allora erano passati quasi duecento anni.

Ma nel profondo grembo della Chiesa, passettino passettino, senza fretta, il processo era andato avanti. Vescovi e Papi morivano uno dopo l'altro e se ne facevano di nuovi, tuttavia l'incartamento di Gancillo quasi da solo passava da un ufficio all'altro, sempre più su, più su. Un soffio di grazia era rimasto attaccato misteriosamente a quelle scartoffie ormai scolorite e non c'era prelato che, maneggiandole, non se ne accorgesse. Questo spiega come la faccenda non venisse lasciata cadere. Finché un mattino l'immagine del contadino con una cornice di raggi d'oro fu issata in San Pietro a grande altezza e, di sotto, il Santo Padre personalmente intonò il salmo di gloria, elevando Gancillo alla maestà degli altari.

Al suo paese si fecero grandi feste e uno studioso della storia locale credette di identificare la casa dove Gancillo era nato, vissuto e morto, casa che fu trasformata in una specie di rustico museo. Ma siccome nessuno si ricordava più di lui e tutti i parenti erano scomparsi, la popolarità del nuovo santo durò ben pochi giorni. Da immemorabile tempo in quel paese era venerato come patrono un altro santo, Marcolino, per baciare la cui statua, in fama taumaturgica, venivano pellegrini anche da lontane contrade. Proprio accanto alla sontuosa cappella di San Marcolino, brulicante di *ex voto* e di lumini, fu costruito il nuovo altare di Gancillo. Ma chi gli badava? Chi si inginocchiava a pregare? Era una figura così sbiadita, dopo duecento anni. Non aveva niente che colpisse l'immaginazione.

Comunque, Gancillo, che mai si sarebbe immaginato tanto onore, si insediò nella sua casetta e, seduto al sole sul balcone, contemplò con beatitudine l'oceano che respirava placido e possente.

Senonché il mattino dopo, alzatosi di buon'ora, vide un fattorino in divisa, arrivato in bicicletta, entrare nella casetta vicina portando un grosso pacco; e poi passare alla casetta accanto per lasciarvi un altro pacco; e così a tutte quante le casette, finché Gancillo lo perse di vista; ma a lui, niente.

153

Il fatto essendosi ripetuto anche nei giorni successivi, Gancillo, incuriosito, fece cenno al fattorino di avvicinarsi e gli domandò: «Scusa, che cosa porti ogni mattina a tutti i miei compagni, ma a me non porti mai?». «È la posta» rispose il fattorino togliendosi rispettosamente il berretto «e io sono il postino.»

«Che posta? Chi la manda?» Al che il postino sorrise e fece un gesto come per indicare quelli dell'altra parte, quelli di là, la gente laggiù del vecchio mondo.

«Petizioni?» domandò San Gancillo che cominciava a capire. «Petizioni, sì, preghiere, richieste d'ogni genere» disse il fattorino in tono indifferente, come se fossero inezie, per non mortificare il nuovo santo.

«E ogni giorno ne arrivano tante?»

Il postino avrebbe voluto dire che quella era anzi una stagione morta e che nei giorni di punta si arrivava a dieci, venti volte tanto. Ma pensando che Gancillo sarebbe rimasto male se la cavò con un: «Be', secondo, dipende». E poi trovò un pretesto per squagliarsela.

Il fatto è che a San Gancillo nessuno si rivolgeva mai. Come neanche esistesse. Né una lettera, né un biglietto, neppure una cartolina postale. E lui, vedendo ogni mattina tutti quei plichi diretti ai colleghi, non che fosse invidioso perché di brutti sentimenti era incapace, ma certo rimaneva male quasi per il rimorso di restarsene là senza far niente mentre gli altri sbrigavano una quantità di pratiche; insomma aveva quasi la sensazione di mangiare il pane dei santi a tradimento (era un pane speciale, un po' più buono che quello dei comuni beati).

Questo cruccio lo portò un giorno a curiosare nei pressi di una delle casette più vicine, donde veniva un curioso ticchettìo.

«Ma prego, caro, entra, quella poltrona è abbastanza comoda. Scusa se finisco di sistemare un lavoretto, poi sono subito da te» gli disse il collega cordialmente. Passò quindi nella stanza accanto dove con velocità stupefacente dettò a uno stenografo una dozzina di lettere e vari ordini di servizio; che il segretario si affrettò a battere a macchina. Dopodiché tornò da Gancillo: «Eh, caro mio, senza un minimo d'organizzazione sarebbe un affare serio, con tutta la posta che arriva. Se adesso vieni di là, ti faccio vedere il mio nuovo schedario elettronico, a schede perforate».

Insomma fu molto gentile.

Di schede perforate non aveva certo bisogno Gancillo che se ne tornò alla sua casetta piuttosto mogio. E pensava: "possibile che nessuno abbia bisogno di me? E sì che potrei rendermi utile. Se per esempio facessi un piccolo miracolo per attirare l'attenzione?".

Detto fatto, gli venne in mente di far muovere gli occhi al suo ritratto, nella chiesa del paese. Dinanzi all'altare di San Gancillo non c'era mai nessuno, ma per caso si trovò a passare Memo Tancia, lo scemo del paese, il quale vide il ritratto che roteava gli occhi e si mise a gridare al miracolo.

Contemporaneamente, con la fulminea velocità loro consentita dalla posizione sociale, due tre santi si presentarono a Gancillo e con molta bonarietà gli fecero intendere ch'era meglio lui smettesse: non che ci fosse niente di male, ma quei tipi di miracolo, per una certa loro frivolezza, non erano molto graditi in *alto loco*. Lo dicevano senza ombra di malizia, ma è possibile gli facesse specie quell'ultimo venuto il quale eseguiva lì per lì, con somma disinvoltura, miracoli che a loro invece costavano una fatica maledetta.

San Gancillo naturalmente smise e giù al paese la gente accorsa alle grida dello scemo esaminò a lungo il ritratto senza rilevarvi nulla di anormale. Per cui se ne andarono delusi e poco mancò che Memo Tancia si prendesse un sacco di legnate.

Allora Gancillo pensò di richiamare su di sé l'attenzione

degli uomini con un miracolo più piccolo e poetico. E fece sbocciare una bellissima rosa dalla pietra della sua vecchia tomba ch'era stata riattata per la beatificazione ma adesso era di nuovo in completo abbandono. Ma era destino che egli non riuscisse a farsi capire. Il cappellano del cimitero, avendo visto, si affrettò dal becchino e lo sollevò di peso. «Almeno alla tomba di San Gancillo potresti badarci, no? È una vergogna, pelandrone che non sei altro. Ci son passato adesso e l'ho vista tutta piena di erbacce.» E il becchino si affrettò a strappare via la pianticella di rosa.

Per tenersi sul sicuro, Gancillo quindi ricorse al più tradizionale dei miracoli. E al primo cieco che passò davanti al suo altare, gli ridonò senz'altro la vista.

Neppure questa volta gli andò bene. Perché a nessuno venne il sospetto che il prodigio fosse opera di Gancillo, ma tutti lo attribuirono a San Marcolino che aveva l'altare proprio accanto. Tale fu anzi l'entusiasmo, che presero in spalla la statua di Marcolino, la quale pesava un paio di quintali, e la portarono in processione per le strade del paese al suono delle campane. E l'altare di San Gancillo rimase più che mai dimenticato e deserto.

Gancillo a questo punto si disse: meglio rassegnarsi, si vede proprio che nessuno vuole ricordarsi di me. E si sedette sul balcone a rimirare l'oceano, che era in fondo un grande sollievo.

Era lì che contemplava le onde, quando si udì battere alla porta. Toc toc. Andò ad aprire. Era nientemeno che Marcolino in persona il quale voleva giustificarsi.

Marcolino era un magnifico pezzo d'uomo, esuberante e pieno di allegria: «Che vuoi farci, caro il mio Gancillo? Io proprio non ne ho colpa. Sono venuto, sai, perché non vorrei alle volte tu pensassi...».

«Ma ti pare?» fece Gancillo, molto consolato da quella visita, ridendo anche lui.

«Vedi?» disse ancora Marcolino. «Io sono un tipaccio,

eppure mi assediano dalla mattina alla sera. Tu sei molto più santo di me, eppure tutti ti trascurano. Bisogna aver pazienza, fratello mio, con questo mondaccio cane» e dava a Gancillo delle affettuose manate sulla schiena.

«Ma perché non entri? Fra poco è buio e comincia a rinfrescare, potremmo accendere il fuoco e tu fermarti a cena.»

«Con piacere, proprio col massimo piacere» rispose Marcolino.

Entrarono, tagliarono un po' di legna e accesero il fuoco, con una certa fatica veramente, perché la legna era ancora umida. Ma soffia soffia, alla fine si alzò una bella fiammata. Allora sopra il fuoco Gancillo mise la pentola piena d'acqua per la zuppa e, in attesa che bollisse, entrambi sedettero sulla panca scaldandosi le ginocchia e chiacchierando amabilmente. Dal camino cominciò a uscire una sottile colonna di fumo, e anche quel fumo era Dio.

Lo scarafaggio

Rincasato tardi, schiacciai uno scarafaggio che in corridoio mi fuggiva tra i piedi (restò là nero sulla piastrella) poi entrai nella camera. Lei dormiva. Accanto mi coricai, spensi la luce, dalla finestra aperta vedevo un pezzo di muro e di cielo. Era caldo, non riuscivo a dormire, vecchie storie rinascevano dentro di me, dubbi anche, generica sfiducia nel domani. Lei diede un piccolo lamento. «Che cos'hai?» chiesi. Lei aprì un occhio grande che non mi vedeva, mormorò: «Ho paura». «Paura di che cosa?» chiesi. «Ho paura di morire.» «Paura di morire? E perché?» Disse: «Ho sognato...». Si strinse un poco vicino. «Ma che cosa hai sognato?» «Ho sognato ch'ero in campagna, ero seduta sul bordo di un fiume e ho sentito delle grida lontane... e io dovevo morire.» «Sulla riva di un fiume?» «Sì» disse «sentivo le rane... cra cra facevano.» «E che ora era?» «Era sera, e ho sentito gridare.» «Be', dormi, adesso sono quasi le due.» «Le due?» ma non riusciva a capire, il sonno l'aveva già ripresa.

Spensi la luce e udii che qualcuno rimestava giù in cortile. Poi salì la voce di un cane, acuta e lunga; sembrava che si lamentasse. Salì in alto, passando dinanzi alla finestra, si perse nella notte calda. Poi si aprì una persiana (o si chiuse?). Lontano, lontanissimo, ma forse mi sbagliavo, un bambino si mise a piangere. Poi ancora l'ululato del cane, lungo più di prima. Io non riuscivo a dormire.

Delle voci d'uomo vennero da qualche altra finestra. Erano sommesse, come borbottate in dormiveglia. Cip cip, zitevitt, udii da un balcone sotto, e qualche sbattimento d'ali. "Florio!" si udì chiamare all'improvviso, doveva essere due o tre case più in là. "Florio!" pareva una donna, donna angosciata, che avesse smarrito il figlio.

Ma perché il canarino di sotto si era svegliato? Che cosa c'era? Con un cigolio lamentoso, quasi la spingesse adagio adagio uno che non voleva farsi sentire, una porta si aprì in qualche parte della casa. Quanta gente sveglia a quest'ora, pensai. Strano, a quest'ora.

«Ho paura ho paura» si lamentò lei cercandomi con un braccio. «Oh, Maria» le chiesi «che cos'hai?» Rispose con una voce sottile: «Ho paura di morire». «Hai sognato ancora?» Lei fece un piccolo sì con la testa. «Ancora quelle grida?» Fece cenno di sì. «E tu dovevi morire?» Sì sì, faceva, cercando di guardarmi, le palpebre appiccicate dal sonno.

C'è qualcosa, pensai: lei sogna, il cane urla, il canarino si è svegliato, gente è alzata e parla, lei sogna la morte, come se tutti avessero sentito una cosa, una presenza. Oh, il sonno che non mi veniva, e le stelle passavano. Udii distintamente in cortile il rumore di un fiammifero acceso. Perché uno si metteva a fumare alle tre di notte? Allora per sete mi alzai e uscii di camera a prendere acqua. Accesa la triste lampadina del corridoio, intravidi la macchia nera sulla piastrella e mi fermai, impaurito. Guardai: la macchia nera si muoveva. O meglio se ne muoveva un pezzetto (lei sogna di morire, ulula il cane, il canarino si sveglia, gente si è alzata, una mamma chiama il figlio, le porte cigolano, uno si mette a fumare, e, forse, il pianto di un bambino).

Vidi sul pavimento la bestiola nera spiaccicata muovere una zampina. Era quella destra di mezzo. Tutto il resto era immobile, una macchia di inchiostro lasciata cadere dalla morte. Ma la gambina remava flebilmente come per risalire qualche cosa, il fiume delle tenebre forse. Sperava ancora?

Per due ore e mezzo della notte – mi venne un brivido – l'immondo insetto appiccicato alla piastrella dalle sue stesse mucillagini viscerali, per due ore e mezzo aveva continuato a morire, e non era finita ancora. Meravigliosamente continuava a morire, trasmettendo con l'ultima zampina un suo messaggio. Ma chi lo poteva raccogliere alle tre di notte nel buio del corridoio di una pensione sconosciuta? Due ore e mezzo, pensai, continuamente su e giù, l'ultima porzione di vita spinta dentro alla superstite gambina per invocare giustizia. Il pianto di un bambino – avevo letto un giorno – basta ad avvelenare il mondo. In cuor suo Dio onnipotente vorrebbe che certe cose non succedessero, ma impedirlo non può perché è stato da lui stesso deciso. Però un'ombra giace allora su di noi. Schiacciai con la pantofola l'insetto e fregando sul pavimento lo spappolai in una lunga striscia grigia.

Allora finalmente il cane tacque, lei nel sonno si quietò e quasi sembrava sorridesse, le voci si spensero, tacque la madre, nessun sintomo più di irrequietezza del canarino, la notte ricominciava a passare sulla casa stanca, in altri punti del mondo la morte si era spostata a gonfiare la sua inquietudine.

160

Conigli sotto la luna

Nel giardino la luna, e quel profumo d'erba e piante che ricorda certe lontanissime mattine (saranno mai esistite?) quando alle prime luci, con gli scarponi e il flobert, si usciva a caccia. Ma adesso c'è la luna quieta, le finestre sono spente, la fontana non getta più: silenzio. Sul prato quattro cinque piccole macchie nere. Ogni tanto si muovono con buffi salti veloci, senza il minimo rumore. All'ombra delle aiole, come aspettando. Sono i conigli. Il giardino, l'erba, quell'odore buono, la quieta luna, la notte così immensa e bella che fa male dentro per incomprensibili ragioni, tutta la notte meravigliosa è loro. Sono felici? Saltellano a due a due, non viene dalle loro zampe il più lieve fruscio. Ombre, si direbbero. Minuscoli fantasmi, genietti inoffensivi della campagna che intorno dorme, visibile sotto la luna a grandissima distanza. E debolmente splendono anche le remote pareti bianche di roccia, le montagne solitarie. Ma i conigli stanno con le orecchie tese, aspettano, che cosa aspettano? Sperano forse di poter essere ancora più felici? Là, dietro al muretto, nel cunicolo che viene dal tombino, dove all'alba si nascondono a dormire, è tesa la tagliola. Loro non lo sanno. Neppure noi sappiamo, quando insieme agli amici si gioca e ride, ciò che ci attende, nessuno può conoscere i dolori, le sorprese, le malattie destinate forse all'indomani. Come i conigli noi stiamo sul prato, immobili, con la stessa inquietudine che ci avvelena. Dove è tesa la tagliola? Anche le notti più felici passano senza consolarci. Aspettiamo, aspettiamo. E intanto la luna ha compiuto un lungo arco nel cielo. Le sue ombre di minuto in minuto diventano più lunghe. I conigli, con le orecchie tese, lasciano sull'erba illuminata mostruose strisce nere. Anche noi, nella notte, in mezzo alla campagna, non siamo più che ombre, fantasmi scuri con dentro l'invisibile carico di affanni. Dove è tesa la tagliola? Al lume favoloso della luna cantano i grilli.

Questioni ospedaliere

Con lei tra le braccia, tutta grondante sangue, mi infilai di corsa entro il recinto dell'ospedale passando da un cancello secondario ch'era semiaperto. Non so se ci fosse un custode, né se mi vide, né se mi gridò dietro. Nell'ansia che avevo di far presto non udii niente.

Molti padiglioni sorgevano nel vasto giardino. Sempre di corsa mi diressi al più vicino, salii la breve scalinata, fui nell'atrio. Passava un infermiere o qualcuno del genere, vestito d'un camice; e pareva avesse premura.

«Senta» cominciai umilmente. «Ma non sa leggere lei?» rispose quello senza lasciarmi finire. «Questa è la clinica medica, non è affare per noi questo» e accennava col mento a lei poveretta tra le mie braccia, come fosse una merce o un bue, lei che forse stava per morire.

Supplicai: «E dove? Dove allora?». «Ma all'ingresso principale» esclamò l'infermiere scandalizzato. «Al Padiglione Ricovero (e pronunciò queste parole solennemente) in fondo al viale a sinistra.»

Mi precipitai per il viale. Le braccia per la fatica già mi ardevano. La sua testolina a ogni mio passo dondolava da una parte e dall'altra come per dire di no, di no, lascia stare, tanto oramai tutto è inutile.

"H. I. Chirurgia" vidi scritto a grandi lettere sulla facciata di una palazzina. Non esitai. Ma sulla soglia stava una suora, bianca, visione consolatrice. «Sorella» dissi «per misericordia, guardi...» Una voce soave mi impedì di finire: «Ma signore, così non è possibile» fece la suora, con cristiana pietà «se lei non ha il foglio... il foglio di accettazione... qui non si può». «Ma non vede che ferita? Continua a perdere sangue» implorai «medicatela, su presto, per carità.» «Non dipende da me, signore» rispose, e la voce si era fatta di colpo fredda e regolamentare. «È impossibile accettare una malata così! Non perda tempo lei, piuttosto. Si rivolga al Padiglione Ricovero!» «E dov'è?» feci con la morte in gola. «Laggiù in fondo, lo vede? Quello dipinto in rosso.» Alla estremità remota del parco, tra le lacrime, allora vidi un edificio rossastro, piccolo per la lontananza. Ristetti, sbalordito. «Poveretta» mormorava la suora intanto, la voce ridivenuta soave, accarezzando la testolina insanguinata, e scuoteva piamente il capo «povera, povera bambina.»

Mi incamminai disperato. Oramai non ero più capace di correre. Fissavo pazzamente la macchia rossa lontana. Quando ci sarei arrivato?

Ma qualcuno mi si faceva incontro. Era un uomo sulla quarantina, con barba, anche lui in camice bianco: un medico, c'era da giurarlo.

«Dove va lei in questo modo? Chi l'ha lasciata entrare?» mi investì rudemente e pareva fissare, recriminando, le macchie vermiglie lasciate dietro a me sulla candida ghiaietta del viale.

«Dottore, ma non vede?» balbettai. «Mi aiuti, me la prenda lei, la scongiuro!»

«Ma da che parte è entrato? Vuol dirmelo?» insistette lui, imperterrito.

«Dal cancello» risposi «dal cancello sono entrato.»

«Ah perdio» il suo volto si congestionò per la collera.

«È questa la sorveglianza che fanno? Razza di lavativi!

Dimenticano i cancelli aperti adesso? Perdio, se la pagheranno... E mi dica lei, da che cancello? Mi dica.»

«Che cosa vuole che sappia?» risposi disorientato; e poi per timore di averlo offeso, impaziente com'ero di un suo aiuto: «Da quello là, da quello là, era aperto». E feci per proseguire.

Mi trattenne per una spalla. «No, no, questa è una cosa da mettere bene in chiaro. Prima mi spieghi esattamente da che cancello è entrato.»

Al clamore della disputa un altro intanto si era avvicinato. Anch'egli doveva essere un medico a giudicare dall'aspetto, e autorevole anche.

«Ne vuoi sapere una bella?» gli comunicò quello con la barba, al colmo dell'indignazione. «Questo bel tomo è venuto da un cancello! Adesso si entra come se fosse un mercato! Adesso si portano i malati come in casa propria!»

Sorrideva, misteriosamente compiaciuto, il collega sopraggiunto e assentiva col capo senza perdere la sua placidità. Poi con un dito toccò delicatamente la tempia di lei, svenuta, presso al lembo della ferita. Mi ritrassi, come mi avessero toccato con un tizzone ardente. Il sorriso del medico si accentuò. Lo udii mormorare: «È compromesso il...» e poi una parola difficile che non riuscii a distinguere.

«Che cosa è compromesso, professore?» chiesi. «Mi dica, mi aiuti, la prego... Mi aiuti prima che sia troppo tardi!»

«Ma questo è l'ospedale» rispose, estremamente signorile e conscio della propria sconfinata potenza. «Lo sai che questo è l'ospedale, giovanotto! Non è mica un albergo... Ma spicciati, piuttosto, muoviti. È là in fondo che devi andare!»

Mi mossi, meccanicamente. «E non mi vuol mica dire da che cancello è entrato! Non c'è mica verso, non me lo vuol mica dire!» udii dietro a me vociferare il medico barbuto, ansioso di aprire un'inchiesta. E poi ancora: «Una bella incoscienza!». Ero già lontano. Correvo, correvo, chissà come, con lei tra le braccia, tutta grondante sangue. «Che il demonio vi sbrani» ruggivo contro i medici, suore e infermieri. «Che la peste vi divori!» E, lo so, avevano ragione. «La peste!» urlavo ancora. «Satana vi spolpi!»

Il corridoio del grande albergo

Rientrato nella mia camera d'albergo a tarda ora, mi ero già mezzo spogliato quando ebbi bisogno di andare alla *toilette*.

La mia camera era quasi in fondo a un corridoio interminabile e poco illuminato; circa ogni venti metri tenui lampade violacee proiettavano fasci di luce sul tappeto rosso. Giusto a metà, in corrispondenza di una di queste lampadine, c'erano, da una parte la scala, dall'altra la doppia porta a vetri del locale.

Indossata una vestaglia, uscii nel corridoio ch'era deserto. Ed ero quasi giunto alla *toilette* quando mi trovai di fronte a un uomo pure in vestaglia che, sbucato dall'ombra, veniva dalla parte opposta. Era un signore alto e grosso con una tonda barba alla Edoardo VII. Aveva la mia stessa mèta? Come succede, entrambi si ebbe un istante di imbarazzo, per poco non ci urtammo. Fatto è che io, chissà come, mi vergognai di entrare al gabinetto sotto i suoi sguardi e proseguii come se mi dirigessi altrove. E lui fece lo stesso.

Ma, dopo pochi passi, mi resi conto della stupidaggine commessa. Infatti, che potevo fare? Le eventualità erano due: o proseguire fino in fondo al corridoio e poi tornare indietro sperando che il signore con la barba nel frattempo se ne fosse andato. Ma non era detto che costui dovesse

167

entrare in una stanza e lasciare così libero il campo; forse anch'egli voleva andare alla *toilette* e, incontrandomi, si era vergognato, esattamente come avevo fatto io; e ora si trovava nella stessa mia imbarazzante situazione. Perciò, tornando sui miei passi, rischiavo di incontrarlo un'altra volta e di fare ancora di più la figura del cretino.

Oppure – seconda possibilità – nascondermi nell'andito, abbastanza profondo, di una delle tante porte, scegliendone una poco illuminata e di qui spiare il campo, fin che fossi stato certo che il corridoio era assolutamente sgombro. E così feci, prima di aver analizzato la situazione a fondo.

Solo quando mi trovai, appiattato come un ladro, in uno di quegli angusti vani (era la porta della camera 90), cominciai a ragionare. Prima di tutto, se la stanza era occupata e il cliente fosse o entrato o uscito, che avrebbe detto trovandomi nascosto dinanzi alla sua porta? Peggio: come escludere che quella fosse proprio la camera del signore con la barba? Il quale, tornando indietro, mi avrebbe bloccato senza remissione. Né ci sarebbe stato bisogno di una speciale diffidenza per trovare le mie manovre molto strane. Insomma, restare là era una imprudenza.

Adagio adagio sporsi il capo a esplorare il corridoio. Da un capo all'altro assolutamente vuoto. Non un rumore, un suono di passi, un'eco di voce umana, un cigolìo di porta che si aprisse. Era il momento buono: sbucai dal nascondiglio e a passi disinvolti mi incamminai verso la mia stanza. Lungo il tragitto, pensavo, sarei entrato un momento alla *toilette*.

Ma nello stesso istante, e me ne accorsi troppo tardi per potere riacquattarmi, il signore con la barba, che evidentemente aveva ragionato come me, usciva dal vano di una delle porte in fondo, forse la mia, e mi muoveva decisamente incontro.

Per la seconda volta, con imbarazzo ancor maggiore, ci

incontrammo dinanzi alla *toilette*; e per la seconda volta nessuno dei due osò entrare, vergognandosi che l'altro lo vedesse; adesso sì c'era veramente il rischio del ridicolo.

Così, maledicendo tra me il rispetto umano, mi avviai sconfitto alla mia stanza. Come fui giunto, prima di aprire l'uscio, mi voltai a guardare: laggiù, nella penombra, intravidi quello con la barba che simmetricamente entrava in camera; e si era voltato a guardare alla mia volta.

Ero furioso. Ma la colpa non era forse mia? Cercando invano di leggere un giornale, aspettai per più di mezz'ora. Quindi aprii la porta con cautela. C'era nell'albergo un gran silenzio, come in una caserma abbandonata; e il corridoio più che mai deserto. Finalmente! Scattai quasi di corsa, ansioso di raggiungere il locale.

Ma dall'altra parte, con un sincronismo impressionante, quasi la telepatia avesse agito, anche il signore con la barba guizzò fuori della sua camera e con sveltezza insospettabile puntò verso il gabinetto.

Per la terza volta perciò ci trovammo a fronte a fronte dinanzi alla porta a vetri smerigliati. Per la terza volta tutti e due simulammo, per la terza volta si proseguì entrambi senza entrare. La situazione era tanto comica che sarebbe bastato un niente, un cenno, un sorrisetto, per rompere il ghiaccio e voltare tutto in ridere. Ma né io, né probabilmente lui, si aveva voglia di scherzare; al contrario; una rabbiosa esasperazione urgeva, un senso d'incubo, quasi che fosse tutta una macchinazione ordita misteriosamente in odio a noi.

Come nella prima sortita, finii per scivolare nel vano di una porta ignota e qui nascondermi in attesa degli eventi. Ora mi conveniva, per limitare almeno i danni, di aspettare che il barbuto, certamente appostato come me all'altra estremità del corridoio, sbucasse dalla trincea per il primo: lo avrei quindi lasciato avanzare un buon tratto e solo all'ultimo sarei uscito anch'io; ciò allo scopo di imbattermi con lui non più dinanzi alla *toilette* bensì molto più in qua, cosicché, superato l'incontro, io rimanessi libero di agire senza noiosi testimoni. Se invece lui, prima d'incontrarmi, si fosse deciso a entrare nel locale, tanto meglio; esaudite le sue necessità, egli si sarebbe poi ritirato in camera e per tutta la notte non si sarebbe più fatto vivo.

Sporgendo appena un occhio dallo stipite (per la distanza non potevo vedere se l'altro stesse facendo altrettanto), restai in agguato lungo tempo. Stanco di stare in piedi, a un certo punto mi accoccolai sulle ginoccchia senza interrompere mai la vigilanza. Ma l'uomo non si decideva a uscire. Eppure egli era sempre laggiù, nascosto, nelle mie stesse condizioni.

Udii suonare le due e mezzo, le tre, le tre e un quarto, le tre e mezzo. Non ne potevo più. Infine caddi addormentato.

Mi risvegliai, con le ossa rotte, che erano già le sei del mattino. Sul momento non ricordavo nulla. Che cos'era successo? Come mai mi trovavo là per terra? Poi vidi altri come me, in vestaglia, rincantucciati negli anditi delle cento e cento porte, che dormivano: chi in ginocchio, chi seduto sul pavimento, chi assopito in piedi come i muli; pallidi, distrutti, come dopo una notte di battaglia

Ricordo di un poeta

Ero già un bambino completamente formato di fuori e di dentro, durante la notte facevo ormai dei sogni complicati e terribili, di giorno poi partivo per le grandi avventure, galoppando per esempio sul cavallo a dondolo con la lancia, la spada, la corazza, via per il deserto, invincibile principe indiano, oppure scavando nel fienile, sotto il culmine del tetto, misteriosi cunicoli che portavano alla stanza segreta del tesoro. Già ero insomma un bambino scatenato e fantastico. Ma lui non era ancora nato.

Andavo a scuola, sapevo già scrivere correttamente sotto dettatura parole come interpretazione, querceti, fescennini, alla mamma che veniva a prendermi, la maestra diceva che ero abbastanza bravo, d'autunno risalivo armato di Flobert le lunghe siepi, strisciando, dietro un povero pettirosso spensierato e sulla riva del fiume, al tramonto, quando il murmure della natura si leva dal silenzio (sempre meno voci d'uccelli, sempre meno richiami di mandriani attraverso le praterie, le nubi si raggelano, un pipistrello impaziente, e dietro la cresta delle montagne quello alone scuro che si espande), sulla riva del fiume, dicevo, qualcosa di nuovo e struggente mi tratteneva immobile a guardare l'acqua scintillante di pagliuzze d'oro fra i sassi all'ultimo sole, e in quel moto instancabile, in quel flusso che andava, andava, forse confusamente, percepivo il tempo, il quale si era già impadronito di me e aveva cominciato a divorarmi. Tante cose insomma bellissime e insensate nonostante la mia breve età. Ma lui non era ancora nato.

Poi, un certo numero di anni essendo trascorsi, io dalla finestra socchiusa nascostamente guatavo le ragazze godendo lo strano modo in cui muovevano le membra e di conseguenza pensavo a cose mai pensate, d'altro canto in un mattino di aprile, sulla cima nevosa del Resegone, solo, assaporai le prime grandezze spirituali, e nei tardi pomeriggi libri spalancavano le porte verso città sterminate, oceani, valli deserte, templi in rovina, corti imperiali, alcove, giungle, fatalità immense, tutto questo depositandosi nelle profondità dell'animo a formare un mondo mai esistito prima, e col batticuore scrivevo su una busta: "Alla Gentile Signora Mariuccia Ciropellini (si chiamava proprio così), viale del Carso 43, Città". Ma lui era ancora un bambinetto scemo, brutto per giunta, che faceva lunghi capricci a motivo di un gelato.

Un altro piccolo salto. Io uomo fatto, lui appena adolescente. Ma una sera all'improvviso, in solitudine all'insaputa della intera umanità, con una matita in mano, egli scrisse alcune righe, e subito cominciò a staccarsi da terra.

Volava un po' sghembo, librandosi simile a falco giovanetto sopra le case e gli alberi, entrava e usciva dalle grandi nuvole bianche del cielo, si sentiva a casa sua lassù; macché ali, un mozzicone di lapis copiativo fra le dita gli bastava. Nel frattempo io percorrevo la strada dall'ufficio a casa, ero socio vitalizio del Touring Club, al circolo scacchistico godevo una certa estimazione, e la gente diceva che complessivamente avrei fatto la mia strada.

Io mi ordinai, ricordo, un paltò da sera blu e durante le prove mi rigiravo dinanzi allo specchio a tre luci cercando inutilmente di trovare decente il mio profilo, mentre il sarto stringendo gli spilli fra le labbra mi saltabeccava intorno e faceva dei segni col gessetto.

Inoltre mio zio Enrico, morendo, mi fece inopinatamente erede del suo negozio di tessuti in via Baldissera all'angolo col corso Libertà: ne fui felice, certo, ma personalmente non me ne curai e ad accudirlo misi un certo Invernizzi, onesto uomo. Nello stesso tempo lui viveva, il giovane visitato dagli dei. E ogni sua parola scritta cadeva come goccia di piombo nel mare del silenzio e dell'apatia che attornia l'uomo come se precipitasse a picco dalla suprema vetta del Goisantan e onde concentriche se ne dipartivano allargandosi sempre più per gli spazi abitati e oltre, finché battevano col tonfo selvaggio della risacca contro i cuori, quelle buie, sanguinanti scogliere!

E adesso tutti dicono che le sue poesie sono bellissime e resteranno immortali, sapienti professori dai capelli bianchi scrivono interi libri su di lui, dei suoi graziosi versi buttati là in uno soffio compaiono elaborate edizioni critiche con note, sembra dunque assodato che sia un genio, che fosse anzi, pardon, giacché il giovanotto da ben sette anni è morto e della sua faccia di bambino romantico e imbronciato non restano ahimè che le putrefatte spelonche delle vuote occhiaie. Sulla sua tomba, di là dei mari, l'erbetta selvatica di quel remoto camposanto nottetempo cresce e nella prossima primavera, se siamo bene informati, i rampicanti quasi sicuramente copriranno il nome inciso sulla pietra, nascondendolo, cosicché non si potrà più leggere. Ciò che egli ha fatto risplenderà tuttavia, puro ed intatto, nei secoli.

Qui intanto la vita prosegue, signori, con il solito tran tran, le sopra citate fantasie dei lontani tempi sono rinsecchite e morte, spero bene, oggi sono un uomo serio, un contribuente, perbacco, con tutte le carte in regola. Ciò non significa che i pensieri manchino. Intanto c'è quel doloretto insistente alla schiena, speriamo che sia soltanto un reuma, poi il negozio di tessuti, a motivo della congiuntura del mercato, sembra, mi dà preoccupazioni a mai finire, in pratica finisco per starci tutta la giornata, il bravo Invernizzi infatti si avvia alla settantina e da solo oramai non ce la fa. Del resto anch'io sto invecchiando, posso dire, mia moglie mi guarda in un certo modo e dice che ingrasso. Ciononsimeno faccio progetti a lunga scadenza, conto di vivere ancora un bel sacco d'anni. A quale scopo, Dio benedetto? Lui venne, fece appena in tempo a guardarsi intorno, il vento lo portò via. Andandosene, aveva già fatto tutto.

Un altro salto, prego, fino a un crepuscolo qualsiasi di molti anni dopo. Oggi cioè. Adesso. Buonasera. Ho sonno, spengo la sigaretta, la solita storia. Chiudo quindi la porta che dà sul cortile e come sempre il catenaccio a tre quarti si intoppa, per farlo scorrere tutto bisogna dargli tre quattro colpi secchi spingendo con la spalla il battente.

È stata una buona giornata, meno male. Il negozio da qualche tempo prospera. L'idea – l'ho avuta io – di aprire un reparto dove si vendono pullover, golf, maglioni, eccetera, è stata luminosa. Gli incassi, perché nasconderlo?, sono praticamente raddoppiati. Certo, con tanto lavoro, alla sera si è piuttosto stanchi.

Sissignori, la porta è stata chiusa. Io spengo la luce, mi incammino per il corridoio del magazzino, e qui c'è un odore di naftalina e di libri mastri un po' ammuffiti, sempre così, le stesse identiche cose, gli stessi odori, gli stessi enigmatici scricchiolii accadevano quando andavo a dormire un anno fa o due anni fa, o nove anni fa perfino, anche la sera del 22 agosto 1946 allorché egli, volando col suo battito irresistibile, scrissero – tanti spiriti erano concentrati in lui – scrissero quella poesia meravigliosa che comincia "E là dove gli onagri...".

Noi camperemo ancora a lungo, certo. Ma fra cinquant'anni, diciamo, fra cento anni, che ne sarà di noi? Chi si ricorderà?

Fra centocinquant'anni i suoi versi sublimi continueranno a vivere, le parole cadranno giù a picco nel posto esattissimo come blocchi di cristallo e le onde concentriche si allargheranno ancora via per il mondo percuotendo le tenebrose scogliere.

Il colombre

Quando Stefano Roi compì i dodici anni, chiese in regalo a suo padre, capitano di mare e padrone di un bel veliero, che lo portasse con sé a bordo.

«Quando sarò grande» disse «voglio andar per mare come te. E comanderò delle navi ancora più belle e grandi della tua.»

«Che Dio ti benedica, figliolo» rispose il padre. E siccome proprio quel giorno il suo bastimento doveva partire, portò il ragazzo con sé.

Era una giornata splendida di sole; e il mare tranquillo. Stefano, che non era mai stato sulla nave, girava felice in coperta, ammirando le complicate manovre delle vele. E chiedeva di questo e di quello ai marinai che, sorridendo, gli davano tutte le spiegazioni.

Come fu giunto a poppa, il ragazzo si fermò, incuriosito, a osservare una cosa che spuntava a intermittenza in superficie, a distanza di due-trecento metri, in corrispondenza della scia della nave.

Benché il bastimento già volasse, portato da un magnifico vento al giardinetto, quella cosa manteneva sempre la distanza. E, sebbene egli non ne comprendesse la natura, aveva qualcosa di indefinibile, che lo attraeva intensamente.

Il padre, non vedendo Stefano più in giro, dopo averlo

chiamato a gran voce invano, scese dalla plancia e andò a cercarlo.

«Stefano, che cosa fai lì impalato?» gli chiese scorgendo-lo infine a poppa, in piedi, che fissava le onde.

«Papà, vieni qui a vedere.»

Il padre venne e guardò anche lui, nella direzione indi-cata dal ragazzo, ma non riuscì a vedere niente.

«C'è una cosa scura che spunta ogni tanto dalla scia» disse «e che ci viene dietro.»

«Nonostante i miei quarant'anni» disse il padre «credo di avere ancora una vista buona. Ma non vedo assoluta-mente niente.»

Poiché il figlio insisteva, andò a prendere il cannocchia-le e scrutò la superficie del mare, in corrispondenza della scia. Stefano lo vide impallidire.

«Cos'è? Perché fai quella faccia?»

«Oh, non ti avessi ascoltato» esclamò il capitano. «Io adesso temo per te. Quella cosa che tu vedi spuntare dalle acque e che ci segue, non è una cosa. Quello è un colom-bre. È il pesce che i marinai sopra tutti temono, in ogni mare del mondo. È uno squalo tremendo e misterioso, più astuto dell'uomo. Per motivi che forse nessuno saprà mai, sceglie la sua vittima, e quando l'ha scelta la insegue per anni e anni, per una intera vita, finché è riuscito a divorar-la. E lo strano è questo: che nessuno riesce a scorgerlo se non la vittima stessa e le persone del suo stesso sangue.»

«Non è una favola?»

«No. Io non l'avevo mai visto. Ma dalle descrizioni che ho sentito fare tante volte, l'ho subito riconosciuto. Quel muso da bisonte, quella bocca che continuamente si apre e chiude, quei denti terribili. Stefano, non c'è dubbio, pur-troppo, il colombre ha scelto te e fin che tu andrai per ma-re non ti darà pace. Ascoltami: ora noi torniamo subito a terra, tu sbarcherai e non ti staccherai mai più dalla riva, per nessuna ragione al mondo. Me lo devi promettere. Il mestiere del mare non è per te, figliolo. Devi rassegnarti. Del resto, anche a terra potrai fare fortuna.»

Ciò detto, fece immediatamente invertire la rotta, rientrò in porto e, col pretesto di un improvviso malessere, sbarcò il figliolo. Quindi ripartì senza di lui.

Profondamente turbato, il ragazzo restò sulla riva finché l'ultimo picco dell'alberatura sprofondò dietro l'orizzonte. Di là dal molo che chiudeva il porto, il mare restò completamente deserto. Ma, aguzzando gli sguardi, Stefano riuscì a scorgere un puntino nero che affiorava a intermittenza dalle acque: il "suo" colombre, che incrociava lentamente su e giù, ostinato ad aspettarlo.

Da allora il ragazzo con ogni espediente fu distolto dal desiderio del mare. Il padre lo mandò a studiare in una città dell'interno, lontana centinaia di chilometri. E per qualche tempo, distratto dal nuovo ambiente, Stefano non pensò più al mostro marino. Tuttavia, per le vacanze estive, tornò a casa e per prima cosa, appena ebbe un minuto libero, si affrettò a raggiungere l'estremità del molo, per una specie di controllo, benché in fondo lo ritenesse superfluo. Dopo tanto tempo, il colombre, ammesso anche che tutta la storia narratagli dal padre fosse vera, aveva certo rinunciato all'assedio.

Ma Stefano rimase là, attonito, col cuore che gli batteva. A distanza di due-trecento metri dal molo, nell'aperto mare, il sinistro pesce andava su e giù, lentamente, ogni tanto sollevando il muso dall'acqua e volgendolo a terra, quasi con ansia guardasse se Stefano Roi finalmente veniva.

Così, l'idea di quella creatura nemica che lo aspettava giorno e notte divenne per Stefano una segreta ossessione. E anche nella lontana città gli capitava di svegliarsi in piena notte con inquietudine. Egli era al sicuro, sì, centinaia di chilometri lo separavano dal colombre. Eppure egli sapeva che, di là dalle montagne, di là dai boschi, di là dalle pianure, lo squalo era ad aspettarlo. E, si fosse egli trasferito pure nel più remoto continente, ancora il colombre si sarebbe appostato nello specchio di mare più vicino, con l'inesorabile ostinazione che hanno gli strumenti del fato.

Stefano, ch'era un ragazzo serio e volonteroso, continuò con profitto gli studi e, appena fu uomo, trovò un impiego dignitoso e remunerativo in un emporio di quella città. Intanto il padre venne a morire per malattia, il suo magnifico veliero fu dalla vedova venduto e il figlio si trovò ad essere erede di una discreta fortuna. Il lavoro, le amicizie, gli svaghi, i primi amori: Stefano si era ormai fatto la sua vita, ciononostante il pensiero del colombre lo assillava come un funesto e insieme affascinante miraggio; e, passando i giorni, anziché svanire, sembrava farsi più insistente.

Grandi sono le soddisfazioni di una vita laboriosa, agiata e tranquilla, ma ancora più grande è l'attrazione dell'abisso. Aveva appena ventidue anni Stefano, quando, salutati gli amici della città e licenziatosi dall'impiego, tornò alla città natale e comunicò alla mamma la ferma intenzione di seguire il mestiere paterno. La donna, a cui Stefano non aveva mai fatto parola del misterioso squalo, accolse con gioia la sua decisione. L'avere il figlio abbandonato il mare per la città le era sempre sembrato, in cuor suo, un tradimento alle tradizioni di famiglia.

E Stefano cominciò a navigare, dando prova di qualità marinare, di resistenza alle fatiche, di animo intrepido. Navigava, navigava, e sulla scia del suo bastimento, di giorno e di notte, con la bonaccia e con la tempesta, arrancava il colombre. Egli sapeva che quella era la sua maledizione e la sua condanna, ma proprio per questo, forse, non trovava la forza di staccarsene. E nessuno a bordo scorgeva il mostro, tranne lui.

«Non vedete niente da quella parte?» chiedeva di quando in quando ai compagni, indicando la scia.

«No, noi non vediamo proprio niente. Perché?»

«Non so. Mi pareva...»

«Non avrai mica visto per caso un colombre» facevano quelli, ridendo e toccando ferro.

«Perché ridete? Perché toccate ferro?»

«Perché il colombre è una bestia che non perdona. E se si mettesse a seguire questa nave, vorrebbe dire che uno di noi è perduto.»

Ma Stefano non mollava. La ininterrotta minaccia che lo incalzava pareva anzi moltiplicare la sua volontà, la sua passione per il mare, il suo ardimento nelle ore di lotta e di pericolo.

Con la piccola sostanza lasciatagli dal padre, come egli si sentì padrone del mestiere, acquistò con un socio un piccolo piroscafo da carico, quindi ne divenne il solo proprietario e, grazie a una serie di fortunate spedizioni, poté in seguito acquistare un mercantile sul serio, avvicinandosi a traguardi sempre più ambiziosi. Ma i successi, e i milioni, non servivano a togliergli dall'animo quel continuo assillo; né mai, d'altra parte, egli fu tentato di vendere la nave e di ritirarsi a terra per intraprendere diverse imprese.

Navigare, navigare, era il suo unico pensiero. Non appena, dopo lunghi tragitti, metteva piede a terra in qualche porto, subito lo pungeva l'impazienza di ripartire. Sapeva che fuori c'era il colombre ad aspettarlo, e che il colombre era sinonimo di rovina. Niente. Un indomabile impulso lo traeva senza requie, da un oceano all'altro.

Finché, all'improvviso, Stefano un giorno si accorse di essere diventato vecchio, vecchissimo; e nessuno intorno a lui sapeva spiegarsi perché, ricco com'era, non lasciasse finalmente la dannata vita del mare. Vecchio, e amaramente infelice, perché l'intera esistenza sua era stata spesa in quella specie di pazzesca fuga attraverso i mari, per sfuggire al nemico. Ma più grande che le gioie di una vita agiata e tranquilla era stata per lui sempre la tentazione dell'abisso.

E una sera, mentre la sua magnifica nave era ancorata al largo del porto dove era nato, si sentì prossimo a morire. Allora chiamò il secondo ufficiale, di cui aveva grande fiducia, e gli ingiunse di non opporsi a ciò che egli stava per fare. L'altro, sull'onore, promise.

Avuta questa assicurazione, Stefano, al secondo ufficiale che lo ascoltava sgomento, rivelò la storia del colombre, che aveva continuato a inseguirlo per quasi cinquant'anni, inutilmente.

«Mi ha scortato da un capo all'altro del mondo» disse «con una fedeltà che neppure il più nobile amico avrebbe potuto dimostrare. Adesso io sto per morire. Anche lui, ormai, sarà terribilmente vecchio e stanco. Non posso tradirlo.»

Ciò detto, prese commiato, fece calare in mare un barchino e vi salì, dopo essersi fatto dare un arpione.

«Ora gli vado incontro» annunciò. «È giusto che non lo deluda. Ma lotterò, con le mie ultime forze.»

A stanchi colpi di remi, si allontanò da bordo. Ufficiali e marinai lo videro scomparire laggiù, sul placido mare, avvolto dalle ombre della notte. C'era in cielo una falce di luna.

Non dovette faticare molto. All'improvviso il muso orribile del colombre emerse di fianco alla barca.

«Eccomi a te, finalmente» disse Stefano. «Adesso, a noi due!» E, raccogliendo le superstiti energie, alzò l'arpione per colpire.

«Uh» mugolò con voce supplichevole il colombre «che lunga strada per trovarti. Anch'io sono distrutto dalla fatica. Quanto mi hai fatto nuotare. E tu fuggivi, fuggivi. E non hai mai capito niente.»

«Perché?» fece Stefano, punto sul vivo.

«Perché non ti ho inseguito attraverso il mondo per divorarti, come pensavi. Dal re del mare avevo avuto soltanto l'incarico di consegnarti questo.»

E lo squalo trasse fuori la lingua, porgendo al vecchio capitano una piccola sfera fosforescente.

Stefano la prese fra le dita e guardò. Era una perla di grandezza spropositata. E lui riconobbe la famosa Perla del Mare che dà, a chi la possiede, fortuna, potenza, amore, e pace dell'animo. Ma era ormai troppo tardi.

«Ahimè!» disse scuotendo tristemente il capo. «Come è tutto sbagliato. Io sono riuscito a dannare la mia esistenza: e ho rovinato la tua.»

«Addio, pover'uomo» rispose il colombre. E sprofondò nelle acque nere per sempre.

Due mesi dopo, spinto dalla risacca, un barchino approdò a una dirupata scogliera. Fu avvisato da alcuni pescatori che, incuriositi, si avvicinarono. Sul barchino, ancora seduto, stava un bianco scheletro: e fra le ossicine delle dita stringeva un piccolo sasso rotondo.

Il colombre è un pesce di grandi dimensioni, spaventoso a vedersi, estremamente raro. A seconda dei mari, e delle genti che ne abitano le rive, viene anche chiamato kolomber, kahloubrha, kalonga, kalu-balu, chalung-gra. I naturalisti stranamente lo ignorano. Qualcuno perfino sostiene che non esiste.

L'umiltà

Un frate di nome Celestino si era fatto eremita ed era andato a vivere nel cuore della metropoli dove massima è la solitudine dei cuori e più forte è la tentazione di Dio. Perché
meravigliosa è la forza dei deserti d'Oriente fatti di pietre, di
sabbia e di sole, dove anche l'uomo più gretto capisce la propria pochezza di fronte alla vastità del creato e agli abissi
dell'eternità, ma ancora più potente è il deserto delle città
fatto di moltitudini, di strepiti, di ruote di asfalto, di luci
elettriche, e di orologi che vanno tutti insieme e pronuncia-
no tutti nello stesso istante la medesima condanna.

Orbene, nel luogo più superbo di questa landa inaridita,
viveva padre Celestino, rapito per lo più nell'adorazione
dell'Eterno; ma poiché si sapeva quanto egli fosse illuminato, veniva da lui, anche dalle più remote contrade, gente afflitta o turbata, a chiedere un consiglio e a confessarsi. A ridosso di un capannone metalmeccanico egli aveva trovato,
chissà come, i resti di un antico camion la cui minuscola ca-
bina di guida, senza più vetri ahimè, gli serviva da confessionale.

Una sera, che già scendeva il buio, dopo essere stato per
ore e ore ad ascoltare enumerazioni, più o meno contrite, di
peccati, padre Celestino stava per lasciare la sua garitta
quando nella penombra una smilza figura si avvicinò in atto
di penitente.

Solo all'ultimo, dopo che il forestiero si fu inginocchiato sul predellino, l'eremita si accorse che era un prete.

«Che posso fare per te, piccolo prete?» disse l'eremita con la sua pazienza soave.

«Sono venuto a confessarmi» rispose l'uomo; e senza por tempo di mezzo, cominciò a recitare le sue colpe.

Ora Celestino era abituato a subire le confidenze di persone, specialmente donne, che venivano a confessarsi per una specie di mania, tediandolo con meticolosi racconti di azioni innocentissime. Mai però gli era toccato un cristiano così sguarnito di male. Le mancanze di cui il pretino si accusava erano semplicemente ridicole, tanto futili, esili e leggere. Tuttavia, per la sua conoscenza degli uomini, l'eremita capì che il grosso era ancora da venire e che il pretino vi girava attorno.

«Su figliolo, è tardi e, per essere sincero, comincia a fare freddo. Veniamo al dunque!»

«Padre, non ne ho il coraggio» balbettò il pretino.

«Che cos'hai mai commesso? Nell'insieme, mi sembri un bravo ragazzo. Non avrai mica ucciso, immagino. Non ti sarai infangato d'orgoglio.»

«Proprio così» fece l'altro in un fiato quasi impercettibile.

«Assassino?»

«No. L'altro.»

«Orgoglioso? Possibile?»

Il prete assentì, contrito.

«E parla, spiegati, anima benedetta. Benché oggi se ne faccia un esagerato consumo, alla misericordia di Dio non è stato dato fondo: il quantitativo ancora disponibile in giacenza dovrebbe bastare, per te, io penso.»

L'altro finalmente si decise:

«Ecco, padre. La cosa è molto semplice, anche se piuttosto tremenda. Sono prete da pochi giorni. Ho appena

184

assunto il mio officio nella parrocchia assegnatami. Ebbene...»

«E parla, creatura mia, parla! Giuro che non ti mangerò.»

«Ebbene... quando mi sento chiamare "reverendo", cosa vuole? le sembrerò ridicolo, ma io provo un sentimento di gioia, come una cosa che mi riscalda dentro...»

Non era un gran peccato, per la verità; alla maggioranza dei fedeli, preti compresi, l'idea di confessarlo non sarebbe neanche mai passata per la mente. Però l'anacoreta, sebbene espertissimo del fenomeno chiamato uomo, non se l'aspettava. E lì per lì non sapeva cosa dire (mai gli era capitato).

«Ehm.... ehm... capisco... la cosa non è bella... Se non è il demonio in persona che ti riscalda dentro, poco ci manca... Ma tutto questo, per fortuna, l'hai capito da te... E la tua vergogna lascia seriamente sperare che non ricadrai... Certo, sarebbe triste se così giovane tu ti lasciassi infettare... *Ego te absolvo.*»

Passarono tre o quattr'anni e padre Celestino se ne era quasi completamente dimenticato quando l'innominato prete tornò da lui per confessarsi.

«Ma io ti ho già visto, o mi confondo?»

«È vero.»

«Lasciati guardare... ma sì, ma sì, tu sei quello... quello che godeva a sentirsi chiamare reverendo. O mi sbaglio?»

«Proprio così» fece il prete, che forse sembrava un po' meno pretino per una specie di maggiore dignità segnata in volto, ma nel resto era giovane e smilzo come la prima volta. E diventò di fiamma.

«Oh oh» diagnosticò secco Celestino con un rassegnato sorriso «in tutto questo tempo non ci siamo saputi emendare?»

«Peggio, peggio.»

«Mi fai quasi paura, figliolo. Spiegati.»

«Bene» disse il prete facendo un tremendo sforzo su se stesso. «È molto peggio di prima... Io... io...»

«Coraggio» lo esortò Celestino stringendogli le mani fra le sue «non tenermi in palpiti.»

«Succede così: se c'è qualcuno che mi chiama "monsignore" io... io...»

«Provi soddisfazione, intendi?»

«Sì, purtoppo.»

«Una sensazione di benessere, di calore?»

«Precisamente...»

Ma padre Celestino lo sbrigò in poche parole. La prima volta, il caso gli era sembrato abbastanza interessante, come singolarità umana. Ora non più. Evidentemente – pensava – si tratta di un povero stupido, un santo uomo magari, che la gente si diverte a prendere in giro. Era il caso di fargli sospirare l'assoluzione? In un paio di minuti padre Celestino lo mandò con Dio.

Passarono ancora una decina d'anni e l'eremita era ormai vecchio, quando il pretino ritornò. Invecchiato pure lui naturalmente, più smunto, più pallido, con i capelli grigi. Lì per lì, padre Celestino non lo riconobbe. Ma appena quello ebbe cominciato a parlare, il timbro della voce ridestò il sopito ricordo.

«Ah tu sei quello del "reverendo" e del "monsignore". O mi confondo?» chiese Celestino col suo disarmante sorriso.

«Hai una buona memoria, padre.»

«E da allora, quanto tempo è passato?»

«Sono quasi dieci anni.»

«E dopo dieci anni tu... ti trovi ancora a quel punto?»

«Peggio, peggio.»

«Come sarebbe a dire?»

«Vedi, padre... adesso... se qualcuno si rivolge a me chiamandomi "eccellenza", io...»

«Non dire altro, figliolo» fece Celestino con la sua pazienza a prova di bomba. «Ho già capito tutto. *Ego te absolvo.*» E intanto pensava: purtroppo, con gli anni, questo povero prete sta diventando sempre più ingenuo e semplicione: e la gente si diverte più che mai a prenderlo in giro. E lui ci cade e ci trova perfino gusto, poveraccio. Fra cinque, sei anni, scommetto, me lo vedrò ricomparire dinanzi per confessarmi che quando lo chiamano "eminenza" eccetera eccetera.

La qual cosa avvenne, esattamente. Con l'anticipo di un anno sul previsto.

E passò, con la spaventosa celerità che tutti sanno, un'altra fetta di tempo. E padre Celestino era ormai così vecchio decrepito che dovevano portarlo di peso al suo confessionale ogni mattina e di peso riportarlo alla sua tana quando veniva sera.

Occorre adesso raccontare per filo e per segno come l'innominato pretino un giorno ricomparve? E come fosse invecchiato anche lui, più bianco, curvo e rinsecchito che mai? E come fosse tormentato sempre dal medesimo rimorso? No, evidentemente, non occorre.

«Povero pretino mio» lo salutò con amore il vegliardo anacoreta «sei ancora qui col tuo vecchio peccato d'orgoglio?»

«Tu mi leggi nell'animo, padre.»

«E adesso la gente come ti lusinga? Ormai ti chiama "sua santità" immagino.»

«Proprio così» ammise il prete col tono della più cocente mortificazione.

«E ogni volta che così ti chiamano, un senso di gioia, di benessere, di vita ti pervade, quasi di felicità?»

«Purtroppo, purtroppo. Potrà Dio perdonarmi?»

Padre Celestino dentro di sé sorrise. Tanto ostinato candore gli sembrava commovente. E in un baleno ricostruì con l'immaginazione la oscura vita di quel povero pretino umile e poco intelligente in una sperduta parrocchia di montagna, tra volti spenti, ottusi o maligni. E le sue monotone giornate una uguale all'altra e le monotone stagioni, e i monotoni anni, e lui sempre più malinconico e i parrocchiani sempre più crudeli. Monsignore... eccellenza, eminenza... adesso sua santità. Non avevano più alcun ritegno nelle loro beffe paesane. Eppure lui non se la prendeva, quelle grandi parole rilucenti gli destavano anzi nel cuore una infantile risonanza di gioia. Beati i poveri di spirito, concluse fra sé l'eremita. *Ego te absolvo.*

Finché un giorno il vecchissimo padre Celestino, sentendosi prossimo a morire, per la prima volta nella vita domandò una cosa per sé. Lo portassero a Roma in qualche modo. Prima di chiudere gli occhi per sempre, gli sarebbe piaciuto vedere, almeno per un attimo, San Pietro, e il Vaticano, e il Santo Padre.

Potevano dirgli di no? Procurarono una lettiga, ci misero sopra l'eremita e lo portarono fino al cuore della cristianità. Non basta. Senza perdere tempo perché Celestino aveva ormai le ore contate, lo trassero su per le scalinate del Vaticano e lo introdussero, con mille altri pellegrini, in un salone. Qui lo lasciarono in un angolo ad aspettare.

Aspetta aspetta, finalmente padre Celestino vide la folla fare largo e dal fondo lontanissimo del salone avanzare una sottile bianca figura un poco curva. Il Papa!

Com'era fatto? Che faccia aveva? Con inesprimibile orrore padre Celestino, ch'era sempre stato miope come un rinoceronte, constatò di aver dimenticato gli occhiali.

Ma per fortuna la bianca figura si avvicinò, facendosi via via più grande, finché venne a fermarsi accanto alla sua lettiga, addirittura. L'eremita si nettò col dorso di una mano gli occhi imperlati di lacrime e li alzò lentamente. Vide allora il volto del Papa. E lo riconobbe.

«Oh, sei tu, mio povero prete, mio povero piccolo prete» esclamò il vecchio in un irresistibile moto dell'animo.

E nella vetusta maestà del Vaticano, per la prima volta nella storia, si assistette alla seguente scena: il Santo Padre e un vecchissimo sconosciuto frate venuto da chissà dove, che, tenendosi per le mani, singhiozzavano insieme.

Riservatissima al signor direttore

Signor direttore,
dipende soltanto da lei se questa confessione a cui sono dolorosamente costretto si convertirà nella mia salvezza o nella mia totale vergogna, disonore, e rovina.

È una lunga storia che non so neppure io come sia riuscito a tenere segreta. Né i miei cari, né i miei amici, né i miei colleghi ne hanno mai avuto il più lontano sospetto.

Bisogna tornare indietro di quasi trent'anni. A quell'epoca ero semplice cronista nel giornale che lei adesso dirige. Ero assiduo, volonteroso, diligente, ma non brillavo in alcun modo. Alla sera, quando consegnavo al capocronista i miei brevi resoconti di furti, disgrazie stradali, cerimonie, avevo quasi sempre la mortificazione di vedermeli massacrare; interi periodi tagliati e completamente riscritti, correzioni, cancellature, incastri, interpolazioni di ogni genere. Benché soffrissi, sapevo che il capocronista non lo faceva per cattiveria. Anzi. Il fatto è che io ero, e sono, negato a scrivere. E se non mi avevano ancora licenziato era solo per il mio zelo nel raccogliere notizie in giro per la città.

Ciononostante, nel profondo del mio cuore, ardeva una disperata ambizione letteraria. E quando compariva l'articolo di un collega poco meno giovane di me, quando veniva pubblicato il libro di un mio coetaneo, e mi accorgevo che l'articolo o il libro avevano successo, l'invidia mi addentava le viscere come una tenaglia avvelenata.

Di quando in quando tentavo di imitare questi privilegiati scrivendo dei bozzetti, dei pezzi lirici, dei racconti. Ma ogni volta, dopo le prime righe, la penna mi cadeva di mano. Rileggevo, e capivo che la faccenda non stava in piedi. Allora mi prendevano delle crisi di scoraggiamento e di cattiveria. Duravano poco, per fortuna. Le velleità letterarie si riassopivano, trovavo distrazione nel lavoro, pensavo ad altro e nel complesso la vita riusciva abbastanza serena.

Finché un giorno venne a cercarmi in redazione un uomo che non avevo mai conosciuto. Avrà avuto quarant'anni, basso, grassoccio, una faccia addormentata e inespressiva. Sarebbe riuscito odioso se non fosse stato così bonario, gentile, umile. L'umiltà estrema era la cosa che faceva più colpo. Disse di chiamarsi Ileano Bissàt, trentino, di essere zio di un mio vecchio compagno di liceo, di avere moglie e due figli, di aver perso per malattia un posto di magazziniere, di non saper dove sbattere la testa per mettere insieme un po' di soldi. «E io che posso farci?» domandai. «Vede?» rispose facendosi piccolo piccolo. «Io ho la debolezza di scrivere. Ho fatto una specie di romanzo, delle novelle. Enrico (cioè il mio compagno di liceo, suo parente) li ha letti, dice che non sono male, mi ha consigliato di venire da lei. Lei lavora in un grande giornale, ha relazioni, ha appoggi, ha autorità, lei potrebbe...»

«Io? Ma io sono l'ultima ruota del carro. E poi il giornale non pubblica scritti letterari se non sono di grandi firme.»

«Ma lei...»

«Io non firmo. Io sono un semplice cronista. Ci mancherebbe altro.» (E il deluso demone letterario mi trafisse con uno spillo al quarto spazio intercostale.)

L'altro fece un sorriso insinuante: «Ma le piacerebbe firmare?»

«Si capisce. A esserne capaci!»

«Eh, signor Buzzati, non si butti via così! Lei è giovane, lei ne ha del tempo dinanzi. Vedrà, vedrà! Ma io l'ho disturbata abbastanza, adesso scappo. Guardi, le lascio qui i miei peccati. Se per caso ha mezz'ora di tempo, provi a darci un'occhiata. Se non ha tempo, poco male.»

«Ma io, le ripeto, non posso esserle utile, non si tratta di buona volontà.»

«Chissà, chissà» era già sulla porta, faceva dei grandi inchini di commiato. «Alle volte, da cosa nasce cosa. Ci dia un'occhiata. Forse non si pentirà».

Lasciò sul tavolo un malloppo di manoscritti. Figurarsi se avevo voglia di leggerli. Li portai a casa, dove rimasero, sopra un cassettone, confusi in mezzo a pile di altre carte e libri, per almeno un paio di mesi.

Non ci pensavo assolutamente più, quando una notte che non riuscivo a prender sonno mi venne la tentazione di scrivere una storia. Idee per la verità ne avevo poche ma c'era sempre di mezzo quella maledetta ambizione.

Ma di carta da scrivere non ce n'era più, nel solito cassetto. E mi ricordai che in mezzo ai libri, sopra il cassettone, doveva esserci un vecchio quaderno appena cominciato. Cercandolo, feci crollare una pila di cartacce, che si sparsero sul pavimento.

Il caso. Mentre le raccattavo, lo sguardo mi cadde su di un foglio scritto a macchina che si era sfilato da una cartella. Lessi una riga, due righe, mi fermai incuriosito, andai fino in fondo, cercai il foglio successivo, lessi anche quello. Poi avanti, avanti. Era il romanzo di Ileano Bissàt. Fui preso da una selvaggia gelosia che dopo trent'anni non si è ancora quietata. Boia d'un mondo, che roba. Era strana, era nuova, era bellissima. E forse bellissima non era, forse neanche bella, o addirittura era brutta. Ma corrispondeva maledettamente a me, mi assomigliava, mi dava il senso di essere io. Erano una per una le cose che avrei voluto scrivere e invece non ero capace. Il mio mondo, i miei gusti, i miei odii. Mi piaceva da morire.

Ammirazione? No. Rabbia soltanto, ma fortissima: che ci fosse uno che aveva fatto le precise cose che fin da ragazzo avevo sognato di fare io, senza riuscirci. Certo, una coincidenza straordinaria. E adesso quel miserabile, pubblicando i suoi lavori, mi avrebbe tagliato la strada. Lui sarebbe passato per primo nel regno misterioso dove io, per una superstite speranza, ancora mi illudevo di poter aprire una via. Che figura ci avrei fatto, ammesso anche che l'ispirazione fosse arrivata finalmente in mio soccorso? La figura dello scopiazzone, del baro.

Ileano Bissàt non aveva lasciato l'indirizzo. Cercarlo non potevo. Bisognava che si facesse vivo lui. Ma che cosa gli avrei detto?

Passò un altro mese abbondante prima che ricomparisse. Era ancor più complimentoso e umile: «Ha letto qualche cosa?».

«Ho letto» feci. E rimasi in forse se dirgli o no la verità.

«Che impressione ha avuto?»

«Be'... mica male. Ma è da escludere che questo giornale...»

«Perché io sono uno sconosciuto?»

«Già.»

Restò qualche momento pensieroso. Poi: «Mi dica, signore... Sinceramente. Se fosse lei ad avere scritto queste cose, invece che io estraneo, non ci sarebbero probabilità di pubblicazione? Lei è un redattore, lei è della famiglia».

«Mio Dio, non so. Certo il direttore è un uomo di idee larghe, abbastanza coraggioso.»

La sua cadaverica faccia si illuminò di gioia: «E allora, perché non proviamo?».

«Proviamo cosa?»

«Senta, signore. Mi creda. Io ho soltanto bisogno di quattrini. Non ho ambizioni. Se scrivo è per puro passatempo. Insomma, se lei è disposto ad aiutarmi, le cedo tutto in blocco.»

«Come sarebbe a dire?»

«Glielo cedo. È roba sua. Ne faccia quello che crede. Io ho scritto, la firma la mette lei. Lei è giovane, io ho vent'anni più di lei, io sono vecchio. Lanciare un vecchio non dà soddisfazione. Mentre i critici puntano volentieri sui ragazzi che debuttano. Vedrà che avremo un magnifico successo.»

«Ma sarebbe una truffa, uno sfruttamento ignobile.»

«Perché? Lei mi paga. Io mi servo di lei come di un mezzo per piazzare la mia merce. Che mi importa se la marca vien cambiata? Il conto torna. L'importante è che i miei scritti la persuadano.»

«È assurdo, assurdo. Non capisce a che rischio mi espongo? Se la cosa si venisse a sapere? E poi, una volta pubblicate queste cose, una volta esaurite queste munizioni, io cosa faccio?»

«Le starò vicino, naturalmente. La rifornirò man mano. Mi guardi in faccia. Le pare che io sia un tipo capace di tradirla? È questo che lei teme? Oh, povero me.»

«E se per caso lei si ammala?»

«Per quel periodo si ammalerà anche lei.»

«E se poi il giornale mi manda a fare un viaggio?»

«La seguirò.»

«A mie spese?»

«Be', questo è logico. Ma io mi accontento di poco. Io non ho cattive abitudini.»

Se ne discusse a lungo. Un contratto ignobile, che mi avrebbe messo in balìa di un estraneo, che si prestava ai più bestiali ricatti, che poteva trascinarmi nello scandalo. Ma la tentazione era tanta, gli scritti di quel Bissàt mi sembravano così belli, il miraggio della fama mi affascinava talmente.

I termini dell'accordo erano semplici. Ileano Bissàt si impegnava a scrivere per me ciò che avrei voluto, lasciandomi il diritto di firmare; a seguirmi e assistermi in caso di viaggi e servizi giornalistici; a mantenere il più rigoroso segreto; a non scrivere nulla per proprio conto o per conto di terzi. Io, in compenso, gli cedevo l'80 per cento dei guadagni. E così avvenne.

Mi presentai dal direttore pregandolo di leggere un mio racconto. Lui mi guardò in un certo modo, strizzò un occhio, ficcò il mio scritto in un cassetto. Mi ritirai in buon ordine. Era l'accoglienza prevista. Sarebbe stato idiota aspettarsi di più. Ma la novella (di Ileano Bissàt) era di primo ordine. Io avevo molta fiducia.

Quattro giorni dopo il racconto compariva in terza pagina fra lo sbalordimento mio e dei colleghi. Fu un colpo strepitoso. E l'orribile è questo: che anziché tormentarmi di vergogna e di rimorso, ci presi gusto. E assaporai le lodi come se spettassero veramente a me. E quasi quasi mi persuadevo che il racconto l'avessi scritto veramente io. Seguirono altri "elzeviri", poi il romanzo che fece clamore. Divenni un "caso". Comparvero le prime mie fotografie, le prime interviste. Scoprivo in me una capacità di menzogna e una improntitudine che non avrei mai sospettato. Da parte sua Bissàt fu inappuntabile. Esaurita la scorta originaria di racconti, me ne fornì altri, che a me sembravano uno più bello dell'altro. E si tenne scrupolosamente nell'ombra. Le diffidenze, intorno a me, cadevano ad una ad una. Mi trovai sulla cresta dell'onda. Lasciai la cronaca, diventai uno "scrittore di terza pagina", cominciai a guadagnare forte. Bissàt, che nel frattempo aveva messo al mondo altri tre figli, si fece una villa al mare e l'automobile.

Era sempre complimentoso, umilissimo, neppure con velate allusioni mi rinfacciava mai la gloria di cui godevo per esclusivo merito suo. Ma di soldi non ne aveva mai abbastanza. E mi succhiava il sangue.

Gli stipendi sono una cosa segreta, ma qualcosa trapela sempre nelle grandi aziende. Tutti più o meno sanno che mucchio spettacoloso di bigliettoni mi aspetti ogni fine del mese. E non riescono a spiegarsi come mai io non giri ancora in Maserati, non abbia amichette cariche di diamanti e visoni, yachts, scuderie da corsa. Cosa ne faccio di tanti milioni? Mistero. E così si è sparsa la leggenda della mia feroce avarizia. Una spiegazione doveva pur essere trovata.

Questa la situazione. Ed ora, signor direttore, vengo al dunque. Ileano Bissàt aveva giurato di non avere ambizioni; e credo sia vero. Non di qui viene la minaccia. Il guaio è la sua crescente avidità di soldi: per sé, per le famiglie dei figli. È diventato un pozzo senza fondo. L'80 per cento sui compensi degli scritti pubblicati non gli basta più. Mi ha costretto a indebitarmi fino al collo. Sempre mellifluo, bonario, schifosamente modesto.

Due settimane fa, dopo quasi trent'anni di fraudolenta simbiosi, c'è stato un litigio. Lui pretendeva pazzesche somme supplementari, non pattuite. Io gli ho risposto picche. Lui non ha ribattuto, non ha fatto minacce, non ha alluso a ricatti eventuali. Semplicemente ha sospeso la fornitura della merce. Si è messo in sciopero. Non scrive più una parola. E io mi trovo a secco. Da una quindicina di giorni infatti al pubblico è negata la consolazione di leggermi.

Per questo, caro direttore, sono costretto a rivelarle finalmente il complotto scellerato. E a chiederle perdono e clemenza. Vorrebbe abbandonarmi? Veder troncata per sempre la carriera di uno che, bene o male, con l'imbroglio o no, ha fatto del suo meglio per il prestigio dell'azienda? Si ricorda di certi "miei" pezzi che piombavano come ardenti meteore nell'indifferenza paludosa dell'umanità che ci circonda? Non erano meravigliosi? Mi venga incontro. Basterebbe un piccolo aumento, non so di due-trecento-mila al mese. Sì, penso che duecento basterebbero, almeno per ora. Oppure, nella peggiore ipotesi, un prestito, che so io?, di qualche milioncino. Cosa vuole che sia per il giornale? E io sarei salvo.

A meno che lei, signor direttore, non sia diverso da quello che ho sempre creduto. A meno che lei non saluti come una provvidenza questa facilissima occasione per sbarazzarsi di me. Si rende conto che oggi lei potrebbe sbattermi sul lastrico senza manco una lira di liquidazione? Basterebbe che lei prendesse questa lettera e la pubblicasse, senza togliere una virgola, sulla terza pagina, come elzeviro.

No. Lei non lo farà. Intanto, lei finora è sempre stato un uomo di cuore, incapace di dare la pur minima spinta al reprobo per precipitarlo nell'abisso, anche se lo merita. E poi mai il suo giornale pubblicherebbe, come elzeviro, una schifezza simile. Che vuole? Io personalmente scrivo come un cane. Non ho pratica. Non è il mio mestiere. Nulla a che fare con quelle stupende cose che mi forniva Bissàt; e che portavano la mia firma.

No. Anche nell'assurda ipotesi che lei fosse un uomo malvagio e mi volesse distruggere, mai e poi mai farebbe uscire questa obbrobriosa lettera (che mi costa lacrime e sangue!). Il giornale ne riceverebbe un duro colpo.

197

Le gobbe nel giardino

Quando è scesa la notte a me piace fare una passeggiata nel giardino. Non crediate io sia ricco. Un giardino come il mio lo avete tutti. E più tardi capirete il perché.

Nel buio, ma non è proprio completamente buio perché dalle finestre accese della casa un vago riverbero viene, nel buio io cammino sul prato, le scarpe un poco affondando nell'erba, e intanto penso, e pensando alzo gli occhi a guardare il cielo se è sereno e, se ci sono le stelle, le osservo domandandomi tante cose. Però certe notti non mi faccio domande, le stelle se ne stanno lassù sopra di me stupidissime e non mi dicono niente.

Ero un ragazzo quando facendo la mia passeggiata notturna inciampai in un ostacolo. Non vedendo, accesi un fiammifero. Sulla liscia superficie del prato c'era una protuberanza e la cosa era strana. Forse il giardiniere avrà fatto un lavoro, pensai, gliene chiederò ragione domani mattina.

All'indomani chiamai il giardiniere, il suo nome era Giacomo. Gli dissi: «Che cosa hai fatto in giardino, nel prato c'è come una gobba, ieri sera ci sono incespicato e questa mattina appena si è fatta luce l'ho vista. È una gobba stretta e oblunga, assomiglia a un tumulo mortuario. Mi vuoi dire che cosa succede?».

«Non è che assomiglia, signore» disse il giardiniere Gia-

198

como «è proprio un tumulo mortuario. Perché ieri, signore, è morto un suo amico.»

Era vero. Il mio carissimo amico Sandro Bartoli di ventun anni era morto in montagna col cranio sfracellato.

«E tu vuoi dire» dissi a Giacomo «che il mio amico è stato sepolto qui?»

«No» lui rispose «il suo amico signor Bartoli» egli disse così perché era delle vecchie generazioni e perciò ancor rispettoso «è stato sepolto ai piedi delle montagne che lei sa. Ma qui nel giardino il prato si è sollevato da solo, perché questo è il suo giardino, signore, e tutto ciò che succede nella sua vita, signore, avrà un seguito precisamente qui.»

«Va', va', ti prego, queste sono superstizioni assurde» gli dissi «ti prego di spianare quella gobba.»

Dopodiché non se ne fece nulla e la gobba rimase e io continuai alla sera, dopo che era scesa la notte, a passeggiare in giardino e ogni tanto mi capitava di incespicare nella gobba ma non tanto spesso dato che il giardino è abbastanza grande, era una gobba larga settanta centimetri e lunga un metro e novanta e sopra vi cresceva l'erba e l'altezza dal livello del prato sarà stata di venticinque centimetri. Naturalmente ogni volta che inciampavo nella gobba pensavo a lui, al caro amico perduto. Ma poteva anche darsi che fosse il viceversa. Vale a dire che andassi a sbattere nella gobba perché in quel momento stavo pensando all'amico. Ma questa faccenda è piuttosto difficile da capire.

Passavano per esempio due o tre mesi senza che io nel buio, durante la passeggiata notturna, mi imbattessi in quel piccolo rilievo. In questo caso il ricordo di lui mi ritornava, allora mi fermavo e nel silenzio della notte a voce alta chiedevo: Dormi?

Ma lui non rispondeva.

Lui effettivamente dormiva, però lontano, sotto le crode, in un cimitero di montagna, e con gli anni nessuno si ricordava più di lui, nessuno gli portava fiori.

Tuttavia molti anni passarono ed ecco che una sera, nel corso della passeggiata, proprio nell'angolo opposto del giardino, inciampai in un'altra gobba.

Per poco non andai lungo disteso. Era passata mezzanotte, tutti erano andati a dormire ma tale era la mia irritazione che mi misi a chiamare: Giacomo, Giacomo, proprio allo scopo di svegliarlo. Si accese infatti una finestra, Giacomo si affacciò al davanzale.

«Cosa diavolo è questa gobba?» gridavo. «Hai fatto qualche scavo?».

«Nossignore. Solo che nel frattempo se ne è andato un suo caro compagno di lavoro» egli disse. «Il nome è Cornali.»

Senonché qualche tempo dopo urtai in una terza gobba e benché fosse notte fonda anche stavolta chiamai Giacomo che stava dormendo. Sapevo benissimo oramai che significato aveva quella gobba ma brutte notizie quel giorno non mi erano arrivate, perciò ero ansioso di sapere. Lui, Giacomo, paziente, comparve alla finestra. «Chi è?» chiesi. «È morto qualcuno?» «Sissignore» egli disse. «Si chiamava Giuseppe Patanè».

Passarono quindi alcuni anni abbastanza tranquilli ma a un certo punto la moltiplicazione delle gobbe riprese nel prato del giardino. Ce ne erano di piccole ma ne erano venute su anche di gigantesche che non si potevano scavalcare con un passo ma bisognava veramente salire da una parte e poi scendere dall'altra come se fossero delle collinette. Di questa importanza ne crebbero due a breve distanza l'una dall'altra e non ci fu bisogno di chiedere a Giacomo che cosa fosse successo. Là sotto, in quei due cumuli alti come un bisonte, stavano chiusi cari pezzi della mia vita strappati crudelmente via.

Perciò ogni qualvolta nel buio mi scontravo con questi

200

due terribili monticoli, molte faccende dolorose mi si rime-
scolavano dentro e io restavo là come un bambino spaventato, e chiamavo gli amici per nome. Cornali chiamavo,
Patanè, Rebizzi, Longanesi, Mauri chiamavo, quelli che
erano cresciuti con me, che per molti anni avevano lavorato con me. E poi a voce ancora più alta: Negro! Vergani!
Era come fare l'appello. Ma nessuno rispondeva.

A poco a poco il mio giardino, dunque, che un tempo era
liscio e agevole al passo, si è trasformato in campo di battaglia, l'erba c'è ancora ma il prato sale e scende in un labirinto di monticelli, gobbe, protuberanze, rilievi e ognuna
di queste escrescenze corrisponde a un nome, ogni nome
corrisponde a un amico, ogni amico corrisponde a una
tomba lontana e a un vuoto dentro di me.
  Quest'estate poi ne venne su una così alta che quando
fui vicino il suo profilo cancellò la vista delle stelle, era
grande come un elefante, come una casetta, era qualcosa
di spaventoso salirvi, una specie di arrampicata, assolutamente conveniva evitarla girandovi intorno.
  Quel giorno non mi era giunta nessuna brutta notizia,
perciò quella novità nel giardino mi stupiva moltissimo.
Ma anche stavolta subito seppi: era il mio più caro amico
della giovinezza che se n'era andato, fra lui e me c'erano
state tante verità, insieme avevamo scoperto il mondo, la
vita e le cose più belle, insieme avevamo esplorato la poesia
i quadri la musica le montagne ed era logico che per conte-
nere tutto questo sterminato materiale, sia pure riassunto e
sintetizzato nei minimi termini, occorreva una montagnola
vera e propria.
  Ebbi a questo punto un moto di ribellione. No, non poteva essere, mi dissi spaventato. E ancora una volta chiamai gli amici per nome. Cornali Patanè Rebizzi Longanesi
chiamavo Mauri Negro Vergani Segàla Orlandi Chiarelli
Brambilla. A questo punto ci fu una specie di soffio nella

notte che mi rispondeva di sì, giurerei che una specie di voce mi diceva di sì e veniva da altri mondi, ma forse era soltanto la voce di un uccello notturno perché agli uccelli notturni piace il mio giardino.

Ora non ditemi, vi prego: perché vai discorrendo di queste orribili tristezze, la vita è già così breve e difficile per se stessa, amareggiarci di proposito è cretino; in fin dei conti queste tristezze non ci riguardano, riguardano solo te. No, io rispondo, purtroppo riguardano anche voi, sarebbe bello, lo so, che non vi riguardassero. Perché questa faccenda delle gobbe del prato accade a tutti, e ciascuno di noi, mi sono spiegato finalmente, è proprietario di un giardino dove succedono quei dolorosi fenomeni. È un'antica storia che si è ripetuta dal principio dei secoli, anche per voi si ripeterà. E non è uno scherzetto letterario, le cose stanno proprio, così.

Naturalmente mi domando anche se in qualche giardino sorgerà un giorno una gobba che mi riguarda, magari una gobbettina di secondo o terzo ordine, appena un'increspatura del prato che di giorno, quando il sole batte dall'alto, manco si riuscirà a vedere. Comunque, una persona al mondo, almeno una, vi incespicherà.

Può darsi che, per colpa del mio dannato carattere, io muoia solo come un cane in fondo a un vecchio e deserto corridoio. Eppure una persona quella sera inciamperà nella gobbetta cresciuta nel giardino e inciamperà anche la notte successiva e ogni volta penserà, perdonate la mia speranza, con un filo di rimpianto penserà a un certo tipo che si chiamava Dino Buzzati.

L'uovo

Nel giardino della villa Reale la Croce Viola Internazionale
organizzò una grande caccia all'uovo riservata ai bambini
minori di dodici anni. Biglietto, ventimila lire.

Le uova venivano nascoste sotto dei mucchi di fieno.
Poi si dava il via. E tutte le uova che un bambino riusciva
a scovare erano sue. Uova di tutti i generi e dimensioni, di
cioccolata, di metallo, di cartone, contenenti oggetti bellissimi.

Gilda Soso, cameriera a ore, ne sentì parlare in casa
Zernatta, dove lavorava. La signora Zernatta vi avrebbe
portato tutti e quattro i suoi bambini, complessivamente
ottantamila lire.

Gilda Soso, venticinque anni non bella ma neppure
brutta, piccola, minuta, faccino vispo, piena di buona volontà ma pure di desideri repressi – con una figlia di quattro anni, anche, graziosa creatura senza nome paterno ahimè – pensò di portarci la sua bambina.

Venuto il giorno, mise alla sua Antonella il soprabitino
nuovo e il cappello di feltro che la faceva assomigliare proprio alle bambine dei signori.

Lei Gilda invece assomigliare a una signora non poteva,
aveva abiti troppo scalcinati. Fece però qualcosa di meglio:
con una specie di cuffietta si arrangiò pressappoco come
una nurse e se proprio uno non stava a esaminarla col lan-

ternino, la si poteva benissimo scambiare per una bambi-
naia di lusso, di quelle che hanno il diploma di Ginevra o
Neuchâtel.

Così andarono in tempo all'ingresso della villa Reale e
qui la Gilda si fermò guardandosi intorno come se fosse
una nurse che aspettava la sua padrona. Intanto arrivavano le macchine dei signori e scaricavano i bambini dei signori che andavano a fare la caccia all'uovo. Arrivò anche
la signora Zernatta con tutti i suoi quattro figlioli e la Gilda si trasse in disparte per non farsi vedere.

Sarebbe stata, per la Gilda, fatica sprecata? Non era facile si verificasse quel momento di trambusto e confusione
su cui lei faceva assegnamento per poter entrare gratis con
la bambina.

La caccia all'uovo cominciava alle tre. Alle tre meno
cinque arrivò una macchina tipo presidenziale, era la moglie di un ministro importante coi suoi due bambini venuta apposta da Roma. Allora il presidente, i consiglieri e le
patronesse della Croce Viola Internazionale si precipitaro-
no incontro alla moglie del ministro per fare gli onori e ci
fu, perfino sovrabbondante, la desiderata confusione.

Per cui la cameriera a ore Gilda camuffata da nurse entrò nel giardino con la sua bimba, e le andava facendo le
ultime raccomandazioni perché non si lasciasse metter sotto dai bambini più grandi e più furbi di lei.

Si vedevano sui prati, sparsi irregolarmente, mucchi di
fieno grandi e piccoli, a centinaia. Uno sarà stato almeno
tre metri, chissà che cosa c'era nascosto sotto, magari
niente.

Il segnale venne dato da uno squillo di tromba, cadde la
cordicella che segnava il limite per la partenza e i bambini
si lanciarono alla caccia con urla indescrivibili.

Ma alla piccola Antonella i bambini dei signori mette-
vano soggezione. Correva di qua e di là senza sapersi deci-

dere e intanto gli altri frugavano nelle viscere dei mucchi di fieno, già alcuni correvano dalla mamma stringendo fra le braccia gigantesche uova di cioccolata o di cartone variopinto con dentro chissà quali sorprese.

Finalmente anche Antonella però, affondando una manina nel fieno, incontrò una superficie liscia e compatta, a giudicare dalla curvatura doveva essere un uovo madornale. Pazza di felicità si mise a gridare: «L'ho trovato! l'ho trovato!» e cercava di abbrancare l'uovo ma un ragazzo piombò a capofitto come fanno quelli del rugby e immediatamente Antonella lo vide allontanarsi reggendo sulle braccia una specie di monumento; e le faceva anche le boccacce per darle la baia.

Come sono svelti i bambini. Alle tre era stato dato il via, alle tre e un quarto il bello e il buono era già stato tutto spazzato. E la bambina della Gilda a mani vuote si guardava intorno per cercare la mamma vestita da nurse, certo sentiva una grande disperazione ma a ogni costo piangere non voleva, sarebbe stata una vergogna con tutti quei bambini che la potevano vedere. Ciascuno ormai aveva la sua preda, chi poco e chi molto, soltanto lei Antonella niente di niente.

C'era una bambina bionda di sei sette anni che stentava da sola a portare via tutto il ben di Dio che aveva rastrellato. Antonella la guardava sbalordita.

«Non hai trovato niente tu?» le domandò la bambina bionda, con garbo. «No, io niente.» «Se vuoi, prendi un uovo dei miei.» «Sì? Quale?» «Uno dei piccoli.»

«Questo?» «E va be', prendilo.»

«Grazie, sai» fece Antonella, già meravigliosamente consolata «come ti chiami?»

«Ignazia» disse la biondina.

In quel momento intervenne una signora alta, doveva essere la mamma di Ignazia: «Perché hai dato un uovo a questa bambina?»

«Non glielo ho dato, è lei che me l'ha preso» rispose prontissima Ignazia con la misteriosa perfidia dei bambini.

«Non è vero!» gridò Antonella. «Me lo ha dato lei!» Era un bell'uovo di cartone lucido che si doveva aprire come una scatola, forse c'era dentro un giocattolo o un servizio per bambola o un corredo per ricamo.

Attratta dalla disputa, si avvicinò una dama della Croce Viola, tutta vestita di bianco, avrà avuto una cinquantina d'anni.

«Cosa succede, belle bambine?» chiese sorridendo, ma non era un sorriso simpatico. «Non siete contente?»

«Niente, niente» disse la mamma di Ignazia. «Questa marmocchia, che non so nemmeno chi sia, ha portato via un uovo alla mia bambina. Ma non importa, Per me! Lasciamoglielo pure. Su, Ignazia, andiamo!» E si avviò con la bambina.

Ma la patronessa non considerò chiuso l'incidente: «Le hai portato via un uovo?» domandò a Antonella. «Io no. È lei che me l'ha dato.» «Ah così? Come ti chiami?» «Antonella.» «Antonella come?» «Antonella Soso.» «E tua mamma? Tua mamma dov'è?»

In quel preciso momento Antonella si accorse che sua mamma era presente. Immobile, a una distanza di quattro metri, assisteva alla scena.

«E là» disse la bambina. E fece segno.

«Quella là?» chiese la dama. «Sì.» «Ma non è la governante?»

La Gilda si fece allora avanti: «La mamma sono io».

La dama la squadrò perplessa: «Scusi, signora, lei ha il biglietto? Le dispiacerèbbe farmelo vedere?»

«Non ho biglietto» disse la Gilda mettendosi al fianco di Antonella. «L'ha perso?» «No. Non l'ho mai avuto.»

«Siete entrate di sfroso, allora? Allora la situazione cambia. Allora, bambina, quest'uovo non è tuo.»

Con fermezza, le tolse dalle mani l'uovo. «È indegno» disse. «Favorite uscire.»

La bambina rimase là impietrita e sul faccino stava scavato un tale dolore che il cielo del mondo intero cominciò a ottenebrarsi.

Allora, mentre la patronessa se n'andava con l'uovo, la Gilda esplose, le umiliazioni, i patimenti, le rabbie, i compressi desideri di anni e anni furono più forti. E si mise a urlare, coprì la dama di parolacce orribili che cominciavano per p per b per t per s e per altre lettere dell'alfabeto.

C'era una quantità di gente, signore eleganti della migliore società, coi loro bimbi carichi di uova stupende. Qualcuna fuggì inorridita. Qualcuna si fermò a protestare: «È una vergogna! È uno scandalo. Coi bambini che ascoltano! Arrestatela!»

«Fuori! Fuori di qua, donnaccia, se non vuoi che ti denunci» intimò la patronessa.

Ma Antonella scoppiò in un pianto terribile che avrebbe fatto muovere anche le pietre. La Gilda era ormai fuori di sé, la vergogna, il dispiacere le davano una energia immensa e irresistibile: «Lei si vergogni, portar via l'ovetto alla mia bambina che non ha mai niente. Sa che cos'è lei? Una carogna».

Arrivarono due agenti e afferrarono la Gilda per le mani. «Fuori, immediatamente fuori!» Lei si divincolava: «Lasciatemi lasciatemi, figli di cani che non siete altro».

Le furono sopra, l'aguantarono da tutte le parti, la trascinarono all'uscita. «Adesso vieni con noi in questura, in guardina ti passerà la voglia, così impari a insultare le forze dell'ordine.»

Stentavano a tenerla benché fosse piccolina. «No, no!» urlava. «La mia bambina! La mia bambina! Lasciatemi, vigliacchi!» La bambina le si era aggrappata alla gonna, veniva sballottata qua e là nel tumulto, tra i singhiozzi le uscivano le frenetiche invocazioni.

Saranno stati dieci, fra uomini e donne, contro di lei. «È impazzita. La camicia di forza! All'astanteria!» Il furgone cellulare era in arrivo, aprirono lo sportello, di peso la sollevarono da terra. La dama della Croce Viola afferrò energicamente per una mano la bambina. «Adesso tu vieni con me. Gliela farò dare io una lezione, alla tua mamma.» Nessuno si ricordò che in certi casi l'ingiustizia patita può sprigionare una potenza spaventosa.

«Per l'ultima volta lasciatemi» urlò la Gilda mentre tentavano di issarla sul furgone. «Lasciatemi, prima che vi ammazzi.»

«Basta! Portatela via» intimò la patronessa, impegnata a domare la bambina.

«E allora crepa tu per prima, maledetta» fece la Gilda, dibattendosi più che mai.

«Oh Dio» gemette la dama biancovestita e si afflosciò esanime a terra.

«E adesso tu che mi tieni le mani. Anche tu!» fece la cameriera.

Ci fu un ingorgo di corpi, poi dal furgone uno degli agenti rotolò giù senza vita, un secondo subito dopo stramazzò, appena la Gilda gli ebbe detto una parolina.

Si ritrassero con un oscuro terrore. La mamma si trovò sola e intorno una folla che non osava più.

Prese per mano Antonella, avanzò sicura: «Largo, largo, ho da passare». Fecero ala, non avevano coraggio di toccarla, la seguirono però, a una ventina di metri, mentre si allontanava. Intanto, tra il fuggi fuggi della gente, arrivavano camionette di rinforzi, fra sirene di autoambulanze e di pompieri. Un vice questore prese il comando delle operazioni. Si udì una voce: «Le pompe! I gas lacrimogeni!»

La Gilda si volse fieramente: «Provatevi, se avete il coraggio». Era una mamma offesa e umiliata, era una forza scatenata della natura.

Un cerchio di agenti armati la chiuse. «Mani in alto, disgraziata!» Echeggiò anche uno sparo di avvertimento. «La mia bambina, volete ammazzare anche lei?» la Gilda gridò. «Lasciatemi passare.»

Avanzò imperterrita. Lei non li aveva neppure toccati, sei agenti in un mazzo crollarono a terra.

Così raggiunse la sua casa. Era un gran casamento fra i prati della periferia. La forza pubblica si schierò tutt'intorno.

Il questore avanzò con un megafono elettrico: a tutti gli inquilini della casa, si concedevano cinque minuti per sgomberare; e alla mamma scatenata si intimava di consegnare la bambina, a scanso di guai.

La Gilda si affacciò a una finestra dell'ultimo piano e gridò parole che non si capivano. Le schiere degli agenti di colpo arretrarono come se una massa invisibile premesse contro di loro. «Cosa fate? Serrate le file!» tuonarono gli ufficiali. Ma anche gli ufficiali retrocedettero incespicando.

Nel casamento ormai non restava che la Gilda con la bambina. Probabilmente stava preparando la cena perché da un camino usciva un sottile filo di fumo.

Intorno alla casa i reparti del 7° reggimento corazzato formavano un ampio anello, mentre scendeva la sera. La Gilda si affacciò alla finestra e gridò qualche cosa. Un carro armato pesante cominciò a sobbalzare, poi si rovesciò di schianto. Un secondo, un terzo, un quarto. Una forza misteriosa li sballottava qua e là come giocattoli di latta finché restavano immobili nelle più strane positure, completamente sconquassati.

Fu decretato lo stato d'assedio, intervennero le forze dell'O.N.U. La zona circostante della città fu evacuata per ampio raggio. All'alba cominciò il bombardamento.

Affacciate a un balcone, la Gilda e la bambina assistevano tranquille allo spettacolo. Non si sa come nessuna delle granate riusciva a raggiungere la casa. Esplodevano tutte a mezz'aria, tre quattrocento metri prima. Poi la Gilda rientrò perché Antonella, spaventata dal tuono delle esplosioni, si era messa a piangere.

L'avrebbero presa con la fame e con la sete. La conduttura dell'acqua fu tagliata. Ma ogni mattina e ogni sera il camino emetteva il suo fiato di fumo, segno che la Gilda stava cucinando.

I generalissimi decisero l'attacco all'ora X. All'ora X la terra per chilometri intorno tremò, le macchine da guerra avanzando concentriche, con un rombo da apocalisse.

La Gilda ancora si affacciò. «Basta» gridava. «Lasciatemi in pace.»

Lo schieramento dei carri armati ondeggiò, quasi investito da un'onda invisibile, i pachidermi d'acciaio carichi di morte si contorsero fra orrendi scricchiolii, trasformandosi in mucchietti di ferraglia.

Il segretario generale dell'O.N.U. avanzò tenendo alta una bandierina bianca. La Gilda gli fece segno di entrare.

Il segretario dell'O.N.U. chiese alla cameriera le condizioni per la pace: il paese era ormai spossato, i nervi della popolazione e delle forze armate non reggevano più.

La Gilda gli offrì una tazza di caffè e poi disse: «Voglio un uovo per la mia bambina».

Dieci camion si fermarono dinanzi alla casa. Ne furono scaricate uova di ogni dimensione, di fantastica bellezza, affinché la bambina potesse scegliere. Ce n'era perfino uno d'oro massiccio tempestato di pietre preziose, del diametro di trentacinque centimetri.

L'Antonella ne scelse uno piccolo, di cartone colorato, uguale a quello che la patronessa le aveva portato via.

La giacca stregata

Benché io apprezzi l'eleganza nel vestire, non bado, di solito, alla perfezione o meno con cui sono tagliati gli abiti dei miei simili.

Una sera tuttavia, durante un ricevimento in una casa di Milano conobbi un uomo, dall'apparente età di quaranta anni, il quale letteralmente risplendeva per la bellezza, definitiva e pura, del vestito.

Non so chi fosse, lo incontravo per la prima volta, e alla presentazione, come succede sempre, capire il suo nome fu impossibile. Ma a un certo punto della sera mi trovai vicino a lui, e si cominciò a discorrere. Sembrava un uomo garbato e civile, tuttavia con un alone di tristezza. Forse con esagerata confidenza – Dio me ne avesse distolto – gli feci i complimenti per la sua eleganza; e osai perfino chiedergli chi fosse il suo sarto.

L'uomo ebbe un sorrisetto curioso, quasi che si fosse aspettato la domanda. «Quasi nessuno lo conosce» disse «però è un gran maestro. E lavora solo quando gli gira. Per pochi iniziati.» «Dimodoché io...?» «Oh, provi, provi. Si chiama Corticella, Alfonso Corticella, via Ferrara 17.» «Sarà caro, immagino.» «Lo presumo, ma giuro che non lo so. Quest'abito me l'ha fatto da tre anni e il conto non me l'ha ancora mandato.» «Corticella? Via Ferrara 17, ha detto?» «Esattamente» rispose lo sconosciuto. E mi lasciò per unirsi a un altro gruppo.

211

In via Ferrara 17 trovai una casa come tante altre e come quella di tanti altri sarti era l'abitazione di Alfonso Corticella. Fu lui che venne ad aprirmi. Era un vecchietto, coi capelli neri, però sicuramente tinti.

Con mia sorpresa, non fece il difficile. Anzi, pareva ansioso che diventassi suo cliente. Gli spiegai come avevo avuto l'indirizzo, lodai il suo taglio, gli chiesi di farmi un vestito. Scegliemmo un pettinato grigio quindi egli prese le misure, e si offerse di venire, per la prova, a casa mia. Gli chiesi il prezzo. Non c'era fretta, lui rispose, ci saremmo sempre messi d'accordo. Che uomo simpatico, pensai sulle prime. Eppure più tardi, mentre rincasavo, mi accorsi che il vecchietto aveva lasciato un malessere dentro di me (forse per i troppi insistenti e mellìflui sorrisi). Insomma non avevo nessun desiderio di rivederlo. Ma ormai il vestito era ordinato. E dopo una ventina di giorni era pronto. Quando me lo portarono, lo provai, per qualche secondo, dinanzi allo specchio. Era un capolavoro. Ma, non so bene perché, forse per il ricordo dello sgradevole vecchietto, non avevo alcuna voglia di indossarlo. E passarono settimane prima che mi decidessi.

Quel giorno me lo ricorderò per sempre. Era un martedì di aprile e pioveva. Quando ebbi infilato l'abito – giacca, calzoni e panciotto – constatai piacevolmente che non mi tirava o stringeva da nessuna parte, come accade quasi sempre con i vestiti nuovi. Eppure mi fasciava alla perfezione.

Di regola nella tasca destra della giacca io non metto niente, le carte le tengo nella tasca sinistra. Questo spiega perché solo dopo un paio d'ore, in ufficio, infilando casualmente la mano nella tasca destra, mi accorsi che c'era dentro una carta. Forse il conto del sarto?

No. Era un biglietto da diecimila lire.

Restai interdetto. Io, certo, non ce l'avevo messo. D'altra parte era assurdo pensare a un regalo della mia donna di servizio, la sola persona che, dopo il sarto, aveva avuto occasione di avvicinarsi al vestito. O che fosse un biglietto falso? Lo guardai controluce, lo confrontai con altri. Più buono di così non poteva essere.

Unica spiegazione possibile, una distrazione del Corticella. Magari era venuto un cliente a versargli un acconto, il sarto in quel momento non aveva con sé il portafogli e, tanto per non lasciare il biglietto in giro, l'aveva infilato nella mia giacca, appesa ad un manichino. Casi simili possono capitare.

Schiacciai il campanello per chiamare la segretaria. Avrei scritto una lettera al Corticella restituendogli i soldi non miei. Senonché, e non ne saprei dire il motivo, infilai di nuovo la mano nella tasca.

«Che cos'ha dottore? si sente male?» mi chiese la segretaria entrata in quel momento. Dovevo essere diventato pallido come la morte. Nella tasca, le dita avevano incontrato i lembi di un altro cartiglio; il quale pochi istanti prima non c'era.

«No, no, niente» dissi. «Un lieve capogiro. Da qualche tempo mi capita. Forse sono un po' stanco. Vada pure, signorina, c'era da dettare una lettera, ma lo faremo più tardi.»

Solo dopo che la segretaria fu andata, osai estrarre il foglio dalla tasca. Era un altro biglietto da diecimila lire. Allora provai una terza volta. E una terza banconota uscì.

Il cuore mi prese a galoppare. Ebbi la sensazione di trovarmi coinvolto, per ragioni misteriose, nel giro di una favola come quelle che si raccontano ai bambini e che nessuno crede vere.

Col pretesto di non sentirmi bene, lasciai l'ufficio e rincasai. Avevo bisogno di restare solo. Per fortuna, la donna che faceva i servizi se n'era già andata. Chiusi le porte, abbassai le persiane. Cominciai a estrarre le banconote una dopo l'altra con la massima celerità, dalla tasca che pareva inesauribile.

Lavorai in una spasmodica tensione di nervi, con la paura che il miracolo cessasse da un momento all'altro. Avrei voluto continuare per tutta la sera e la notte, fino ad accumulare miliardi. Ma a un certo punto le forze mi vennero meno.

Dinanzi a me stava un mucchio impressionante di banconote. L'importante adesso era di nasconderle, che nessuno ne avesse sentore. Vuotai un vecchio baule pieno di tappeti e sul fondo, ordinati in tanti mucchietti, deposi i soldi, che via via andavo contando. Erano cinquantotto milioni abbondanti.

Mi risvegliò al mattino dopo la donna, stupita di trovarmi sul letto ancora tutto vestito. Cercai di ridere, spiegando che la sera prima avevo bevuto un po' troppo e che il sonno mi aveva colto all'improvviso.

Una nuova ansia: la donna mi invitava a togliermi il vestito per dargli almeno una spazzolata.

Risposi che dovevo uscire subito e che non avevo tempo di cambiarmi. Poi mi affrettai in un magazzino di abiti fatti per comprare un altro vestito, di stoffa simile; avrei lasciato questo alle cure della cameriera; il "mio", quello che avrebbe fatto di me, nel giro di pochi giorni, uno degli uomini più potenti del mondo, l'avrei nascosto in un posto sicuro.

Non capivo se vivevo in un sogno, se ero felice o se invece stavo soffocando sotto il peso di una fatalità troppo grande. Per la strada, attraverso l'impermeabile, palpavo continuamente in corrispondenza della magica tasca. Ogni volta respiravo di sollievo. Sotto la stoffa rispondeva il confortante scricchiolio della carta moneta.

Ma una singolare coincidenza raffreddò il mio gioioso delirio. Sui giornali del mattino campeggiava la notizia di una rapina avvenuta il giorno prima. Il camioncino blindato di una banca che, dopo aver fatto il giro delle succursali, stava portando alla sede centrale i versamenti della giornata, era stato assalito e svaligiato in viale Palmanova da quattro banditi. All'accorrere della gente, uno dei gangster, per farsi largo, si era messo a sparare. E un passante era rimasto ucciso. Ma soprattutto mi colpì l'ammontare del bottino: esattamente cinquantotto milioni (come i miei). Poteva esistere un rapporto fra la mia improvvisa ricchezza e il colpo brigantesco avvenuto quasi contemporaneamente? Sembrava insensato pensarlo. E io non sono superstizioso. Tuttavia il fatto mi lasciò molto perplesso.

Più si ottiene e più si desidera. Ero già ricco, tenuto conto delle mie modeste abitudini. Ma urgeva il miraggio di una vita di lussi sfrenati. E la sera stessa mi rimisi al lavoro. Ora procedevo con più calma e con minore strazio dei nervi. Altri centotrentacinque milioni si aggiunsero al tesoro precedente.

Quella notte non riuscii a chiudere occhio. Era il presentimento di un pericolo? O la tormentata coscienza di chi ottiene senza meriti una favolosa fortuna? O una specie di confuso rimorso? Alle prime luci balzai dal letto, mi vestii e corsi fuori in cerca di un giornale.
Come lessi, mi mancò il respiro. Un incendio terribile, scaturito da un deposito di nafta, aveva semidistrutto uno stabile nella centralissima via San Cloro. Fra l'altro erano state divorate dalle fiamme le casseforti di un grande istituto immobiliare, che contenevano oltre centotrenta milioni in contanti. Nel rogo, due vigili del fuoco avevano trovato la morte.

Devo ora forse elencare uno per uno i miei delitti? Sì, perché ormai sapevo che i soldi che la giacca mi procurava, venivano dal crimine, dal sangue, dalla disperazione, dalla morte, venivano dall'inferno. Ma c'era pure dentro di me l'insidia della ragione la quale, irridendo, rifiutava di ammettere una mia qualsiasi responsabilità. E allora la tentazione riprendeva, allora la mano – era così facile! – si infilava nella tasca e le dita, con rapidissima voluttà, stringevano i lembi del sempre nuovo biglietto. I soldi, i divini soldi!

Senza lasciare il vecchio appartamento (per non dare nell'occhio), mi ero in poco tempo comprato una grande villa, possedevo una preziosa collezione di quadri, giravo in automobile di lusso e, lasciata la mia ditta per "motivi di salute", viaggiavo su e giù per il mondo in compagnia di donne meravigliose.

Sapevo che, ogniqualvolta riscuotevo denari dalla giacca, avveniva nel mondo qualcosa di turpe e doloroso. Ma era pur sempre una consapevolezza vaga, non sostenuta da logiche prove. Intanto, a ogni mia nuova riscossione, la coscienza mia si degradava, diventando sempre più vile. E il sarto? Gli telefonai per chiedere il conto, ma nessuno rispondeva. In via Ferrara, dove andai a cercarlo, mi dissero che era emigrato all'estero, non sapevano dove. Tutto dunque congiurava a dimostrarmi che, senza saperlo, io avevo stretto un patto col demonio.

Finché, nello stabile dove da molti anni abitavo, una mattina trovarono una pensionata sessantenne asfissiata col gas: si era uccisa per aver smarrito le trentamila lire riscosse il giorno prima (e finite in mano mia).

Basta, basta! per non sprofondare fino al fondo dell'abisso, dovevo sbarazzarmi della giacca. Non già cedendola ad altri, perché l'obbrobrio sarebbe continuato (chi mai avrebbe potuto resistere a tanta lusinga?) Era indispensabile distruggerla.

In macchina raggiunsi una recondita valle delle Alpi. Lasciai l'auto su uno spiazzo erboso e mi incamminai su per un bosco. Non c'era anima viva. Oltrepassato il bosco, raggiunsi le pietraie della morena. Qui, fra due giganteschi macigni, dal sacco da montagna trassi la giacca infame, la cosparsi di petrolio e diedi fuoco. In pochi minuti non rimase che la cenere.

Ma all'ultimo guizzo delle fiamme, dietro di me – pareva a due o tre metri di distanza – risuonò una voce umana: «Troppo tardi, troppo tardi!». Terrorizzato, mi volsi con un guizzo da serpente. Ma non si vedeva nessuno. Esplorai intorno, saltando da un pietrone all'altro, per scovare il maledetto. Niente. Non c'erano che pietre.

Nonostante lo spavento provato, ridiscesi al fondo valle con un senso di sollievo. Libero, finalmente. E ricco, per fortuna.

Ma sullo spiazzo erboso, la mia macchina non c'era più. E, ritornato che fui in città, la mia sontuosa villa era sparita; al suo posto, un prato incolto con dei pali che reggevano l'avviso «Terreno comunale da vendere». E i depositi in banca, non mi spiegai come, completamente esauriti. E scomparsi, nelle mie numerose cassette di sicurezza, i grossi pacchi di azioni. E polvere, nient'altro che polvere, nel vecchio baule.

Adesso ho ripreso stentatamente a lavorare, me la cavo a mala pena, e, quello che è più strano, nessuno sembra meravigliarsi della mia improvvisa rovina.

E so che non è ancora finita. So che un giorno suonerà il campanello della porta, io andrò ad aprire e mi troverò di fronte, col suo abbietto sorriso, a chiedere l'ultima resa dei conti, il sarto della malora.

217

La Torre Eiffel

Quando lavoravo nella costruzione della Torre Eiffel, quelli sì erano tempi. E non sapevo di essere felice.

La costruzione della Torre Eiffel fu una cosa bellissima e molto importante. Oggi voi non potete rendervene conto. Ciò che è oggi la Torre Eiffel ha ben poco a che fare con la realtà di allora. Intanto, le dimensioni. Si è come rattrappita. Io le passo sotto, alzo gli occhi e guardo. Ma stento a riconoscere il mondo dove vissi i più bei giorni della mia vita. I turisti entrano nell'ascensore, salgono alla prima terrazza, salgono alla seconda terrazza, esclamano, ridono, prendono fotografie, girano pellicole a colori. Poveracci, non sanno, non potranno mai sapere.

Si legge nelle guide che la Torre Eiffel è alta trecento metri, più venti metri dell'antenna radio. Anche i giornali dell'epoca, prima ancora che cominciassero i lavori, dicevano così. E trecento metri al pubblico sembravano già una pazzia.

Altro che trecento. Io lavoravo alle officine Runtiron, presso Neuilly. Ero un bravo operaio meccanico. Una sera che mi avviavo per rincasare, mi ferma per strada un signore sui quarant'anni con cilindro. «Parlo col signor André Lejeune?» mi chiede. «Precisamente» rispondo. «E lei chi è?» «Io sono l'ingegnere Gustavo Eiffel e vorrei farle una proposta. Ma prima dovrei farle vedere una cosa. Questa è la mia carrozza.»

Salgo sulla carrozza dell'ingegnere, mi porta a un capannone costruito in un prato della periferia. Qui ci saranno una trentina di giovani che lavorano in silenzio a dei grandi tavoli da disegno. Nessuno mi degna di uno sguardo.

L'ingegnere mi conduce in fondo alla sala dove, appoggiato al muro, sta un quadro alto un paio di metri con disegnata una torre. «Io costruirò per Parigi, per la Francia, per il mondo, questa torre che lei vede. Di ferro. Sarà la torre più alta del mondo.»

«Alta quanto?» domandai.

«Il progetto ufficiale prevede una altezza di trecento metri. Questa è la cifra pattuita col governo, perché non si spaventasse. Ma saranno molti di più.»

«Quattrocento?»

«Giovanotto, mi creda, adesso io non posso parlare. Dia tempo al tempo. Ma si tratta di una impresa meravigliosa, parteciparvi è un onore. E io son venuto a cercarla perché mi hanno riferito che lei è un operaio in gamba. Quanto guadagna da Runtiron?» Gli dico il mio salario. «Se vieni con me» dice l'ingegnere passando bruscamente al tu «guadagnerai tre volte tanto.» Io accettai.

Ma l'ingegnere a bassa voce disse: «Dimenticavo una cosa, caro André. Io ci tengo a che tu sia dei nostri. Ma prima devi fare una promessa».

«Spero non sia nulla di meno che onorevole» azzardai, un poco impressionato da quell'aria di mistero.

«Il segreto» lui disse.

«Che segreto?»

«Mi darai la tua parola d'onore di non parlare con nessuno, neppure con i tuoi cari, di ciò che riguarda il nostro lavoro? Di non riferire ad anima viva ciò che tu farai e come lo farai? Di non rivelare né numeri, né misure, né dati, né cifre? Pensaci, pensaci su bene, prima di stringermi la mano. Perché un giorno questo segreto ti potrà pesare.»

C'era un modulo stampato, con il contratto di lavoro, e

qui stava scritto l'impegno di mantenere il segreto. Io firmai.

Gli operai del cantiere erano centinaia, forse migliaia. Non solo non li conobbi mai tutti ma non li vidi mai tutti perché si lavorava a squadre senza soluzione di continuità e i turni nelle ventiquattro ore erano tre.

Fatte le fondazioni di cemento, cominciammo noi meccanici a montare le putrelle d'acciaio. Tra di noi, da principio, si parlava molto poco, forse per effetto del giuramento al segreto. Ma da qualche frase afferrata qua e là mi feci l'idea che i compagni avessero accettato l'ingaggio solo per l'eccezionale salario. Nessuno, o quasi, credeva che la torre sarebbe stata mai condotta a termine. La ritenevano una follia, al di sopra delle forze umane.

I quattro giganteschi piedi piantati nella terra, l'intelaiatura di ferro crebbe tuttavia a vista d'occhio. Di là dal recinto, ai margini del vasto cantiere, stazionava giorno e notte la folla a contemplare noi, come formiche, che giostravamo lassù, appesi alla ragnatela.

Gli archi del piedistallo furono felicemente saldati, le quattro colonne vertebrali si innalzarono quasi a picco e poi si congiunsero a formarne una sola che si faceva via via più sottile. All'ottavo mese si arrivò a quota cento e alle maestranze fu offerto un banchetto fuori porta, in una trattoria lungo la Senna.

Non udivo più parole di sfiducia. Uno strano entusiasmo anzi pervadeva operai, capisquadra, tecnici, ingegneri, come se si fosse alla vigilia di uno straordinario avvenimento. Un mattino, erano i primi di ottobre, ci trovammo immersi nella nebbia.

Si pensò che una coltre di basse nubi ristagnasse su Parigi ma non era così. «Guarda quel tubo» mi disse Claude Gallumet, il più piccolo e più svelto della mia squadra, ch'era diventato mio amico. Da un grosso tubo di gomma fissato alla intelaiatura di ferro, usciva del fumo biancastro. Ce n'erano quattro, uno per ogni angolo della torre. Ne veniva un vapore denso che a poco a poco aveva formato una nube la quale non andava né su né giù, ed entro a questo grande ombrello d'ovatta noi si continuava a lavorare. Ma perché? Per via del segreto?

Un altro banchetto ci fu offerto dai costruttori quando si toccò la quota duecento, anche i giornali ne parlarono. Ma intorno al cantiere la folla non stazionava più, quel ridicolo cappello di nebbia ci nascondeva completamente ai loro sguardi. E i giornali lodavano l'artificio: quella condensazione di vapori – spiegava – impediva agli operai, issati sulle aeree strutture, di valutare l'abisso sottostante; e ciò preveniva le vertigini. Grossa schiocchezza: prima di tutto perché noi tutti eravamo ormai allenatissimi al vuoto; neppure in caso di vertigini sarebbe poi avvenuta una disgrazia perché ciascuno di noi indossava una solida cintura di cuoio che si assicurava, via via, per mezzo di una corda, alle strutture circostanti.

Duecentocinquanta, duecentottanta, trecento, erano ormai passati quasi due anni, si era al termine della nostra avventura? Una sera ci adunarono sotto la grande crociera della base, l'ingegnere Eiffel ci parlò. Il nostro impegno – disse – era esaurito, avevamo dato prova di tenacia, bravura e coraggio, l'impresa costruttrice ci assegnava anzi un premio speciale. Chi voleva poteva tornarsene a casa. Ma lui, ingegnere Eiffel, si augurava che ci fossero dei volontari disposti a continuare con lui. Continuare che cosa? L'ingegnere non poteva spiegarlo, gli operai si fidassero di lui, ne valeva la pena.

Con molti altri io rimasi. E fu una specie di folle congiura che nessun estraneo sospettò perché ciascuno di noi rimase più che mai fedele al segreto.

Così, a quota trecento, anziché abbozzare l'intelaiatura della cuspide, si innalzarono nuove travi d'acciaio una sull'altra in direzione dello zenit. Un'asta sopra l'altra, un ferro sopra un altro ferro, una putrella sopra una putrella, e bulloni bulloni, e strepito di martelli, la nube tutta ne vibrava come una cassa armonica. Noi si era in volo.

Finché, a furia di salire, noi si uscì dalla groppa della nube la quale rimase tutta sotto di noi, e la gente di Parigi continuava a non vederci per quello schermo di vapori ma in realtà noi spaziavamo nell'aria pura e limpida delle vette. E in certe mattine di vento si scorgevano le Alpi lontane coperte di neve.

Si era ormai così in alto che la salita e la discesa di noi operai finiva per assorbire oltre metà dell'orario di lavoro. Gli ascensori non c'erano ancora. Di giorno in giorno il tempo di lavoro utile si restringeva. Sarebbe venuto il giorno che, arrivati in vetta, avremmo dovuto intraprendere immediatamente la discesa. E la torre avrebbe cessato di crescere, neppure un metro di più.

Si decise allora di installare lassù, fra le travi di ferro, delle nostre baracchette, come dei nidi, che dalla città non si vedevano perché nascoste dalla nube di nebbia artificiale. Ivi si dormiva, si mangiava e la sera si giocava a carte, quando non si intonavano i grandi cori delle illusioni e delle vittorie. In basso, alla città, si discendeva a turno soltanto nelle giornate festive.

Fu in quel periodo che si cominciò lentamente a intuire la meravigliosa verità, il motivo cioè del segreto. E non ci sentivamo più operai meccanici, noi eravamo i pionieri, gli esploratori, eravamo gli eroi, i santi. Si cominciò lentamente a intuire che la costruzione della Torre Eiffel non sarebbe terminata mai, ora si capiva perché l'ingegnere avesse voluto quel sesquipedale piedestallo, quelle quattro ciclopiche zampe di ferro che sembravano assolutamente esagerate. La costruzione non sarebbe finita mai e per la perpetuità dei tempi la Torre Eiffel avrebbe continuato a crescere in direzione del cielo, sopravanzando le nubi, le tempeste, i picchi del Gaurisangar. Fin che Dio ci avesse dato forza, noi avremmo continuato a bullonare le travi di acciaio una sopra l'altra, sempre più in su, e dopo di noi avrebbero continuato i nostri figli, e nessuno della piatta città di Parigi avrebbe saputo, lo squallido mondo non avrebbe capito mai.

Certo laggiù presto o tardi avrebbero perso la pazienza, ci sarebbero state proteste e interpellanze al Parlamento, come mai non finivano di costruire quella benedetta torre? ormai i trecento metri previsti erano raggiunti, si decidessero dunque a costruire la cupoletta finale. Ma noi avremmo trovato pretesti, saremmo riusciti anzi a piazzare qualche nostro uomo al Parlamento o ai ministeri, avremmo messo la cosa in tacere, la gente del basso mondo si sarebbe rassegnata e noi sempre più su più in cielo, sublime esilio.

Si udì in basso, di là dalla bianca nube, un suono di fucileria. Scendemmo un buon tratto, attraversammo la nebbia, ci affacciammo al limite inferiore delle brume, si guardò col cannocchiale, verso il nostro cantiere concentricamente avanzavano le gendarmerie delle guardie reali delle polizie degli ispettorati dei presidi dei battaglioni degli eserciti e delle armate con atteggiamento minaccioso, che il demonio li spolpi e li divori.

Mandarono su una staffetta: arrendetevi e scendete subito o figli di cani, ultimatum di sei ore dopodiché apertura del fuoco, fucileria mitraglia cannoni leggeri, per voi bastardi basterà.

Uno sconcio giuda ci aveva dunque traditi. Il figlio dell'ingegner Eiffel, perché il grande padre era già morto e sepolto da una quantità di anni, era pallido come un cencio. Come noi potevamo combattere? Pensando alle nostre care famiglie, ci arrendemmo.

Disfecero il poema da noi elevato al cielo, amputarono la guglia a trecento metri d'altezza, ci piantarono sopra il cappelluccio che ancora adesso vedete, miserabile.

La nube che ci nascondeva non esiste più, per questa nube anzi faranno un processo alle Assise della Senna. L'aborto di torre è stato tutto verniciato di grigio, ne pendono lunghe bandiere che sventolano al sole, oggi è il giorno dell'inaugurazione.

Arriva il Presidente in tuba e redingote tirato dalla quadriglia imperiale. Come baionette balzano alla luce gli squilli della fanfara. Le tribune d'onore fioriscono di dame stupende. Il Presidente passa in rivista il picchetto dei corazzieri. Girano i venditori di distintivi e di coccarde. Sole, sorrisi, benessere, solennità. Al di qua del recinto, smarriti nella folla dei poveri diavoli, noi vecchi stanchi operai della Torre ci guardiamo l'un l'altro, rivoli di lacrime giù per le barbe grigie. Ah, giovinezza!

Ragazza che precipita

A diciannove anni, Marta si affacciò dalla sommità del grattacielo e, vedendo di sotto la città risplendere nella sera, fu presa dalle vertigini.

Il grattacielo era d'argento, supremo e felice in quella sera bellissima e pura, mentre il vento stirava sottili filamenti di nubi, qua e là, sullo sfondo di un azzurro assolutamente incredibile. Era infatti l'ora che le città vengono prese dall'ispirazione e chi non è cieco ne resta travolto. Dall'aereo culmine la ragazza vedeva le strade e le masse dei palazzi contorcersi nel lungo spasimo del tramonto e là dove il bianco delle case finiva, cominciava il blu del mare che visto dall'alto sembrava in salita. E siccome dall'oriente avanzavano i velari della notte, la città divenne un dolce abisso brulicante di luci; che palpitava. C'erano dentro gli uomini potenti e le donne ancora di più, le pellicce e i violini, le macchine smaltate d'onice, le insegne fosforescenti dei tabarins, gli androni delle spente regge, le fontane, i diamanti, gli antichi giardini taciturni, le feste, i desideri, gli amori e, sopra tutto, quello struggente incantesimo della sera per cui si fantastica di grandezza e di gloria.

Queste cose vedendo, Marta si sporse perdutamente oltre la balaustra e si lasciò andare. Le parve di librarsi nell'aria, ma precipitava. Data la straordinaria altezza del grattacielo, le strade e le piazze laggiù in fondo erano estremamente lontane, chissà quanto tempo per arrivarci. Ma la ragazza precipitava.

Le terrazze e i balconi degli ultimi piani erano popolati in quell'ora da gente elegante e ricca che prendeva cocktails e faceva sciocche conversazioni. Ne venivano fiotti sparsi e confusi di musiche. Marta vi passò dinanzi e parecchi si affacciarono a guardarla.

Voli di quel genere – nella maggioranza appunto ragazze – non erano rari nel grattacielo e costituivano per gli inquilini un diversivo interessante; anche perciò il prezzo di quegli appartamenti era altissimo.

Il sole, non ancora del tutto disceso, fece del suo meglio per illuminare il vestitino di Marta. Era un modesto abito primaverile comprato-fatto per pochi soldi. Ma la luce lirica del tramonto lo esaltava alquanto, rendendolo chic.

Dai balconi dei miliardari, mani galanti si tendevano verso di lei, offrendo fiori e bicchieri. «Signorina, un piccolo drink?... Gentile farfalla, perché non si ferma un minuto tra noi?»

Lei rideva, svolazzando, felice (ma intanto precipitava): «No, grazie, amici. Non posso. Ho fretta d'arrivare».

«Di arrivare dove?» le chiedevano.

«Ah, non fatemi parlare» rispondeva Marta e agitava le mani in atto di confidenziale saluto.

Un giovanotto, alto, bruno, assai distinto, allungò le braccia per ghermirla. Le piaceva. Eppure Marta si schermì velocemente: «Come si permette, signore?» e fece in tempo a dargli con un dito un colpetto sul naso.

La gente di lusso si occupava dunque di lei e ciò la riempiva di soddisfazione. Si sentiva affascinante, di moda. Sulle fiorite terrazze, tra l'andirivieni di camerieri in bianco e le folate di canzoni esotiche, si parlò per qualche minuto, o forse meno, di quella giovane che stava passando (dall'alto in basso, con rotta verticale). Alcuni la giudicavano bella, altri così così, tutti la trovarono interessante.

«Lei ha tutta la vita davanti» le dicevano «perché si affretta così? Ne ha di tempo disponibile per correre e affannarsi. Si fermi un momento con noi, non è che una modesta festicciola tra amici, intendiamoci, eppure si troverà bene.»

Lei faceva atto di rispondere ma già l'accelerazione di gravità l'aveva portata al piano di sotto, a due, tre, quattro piani di sotto; come si precipita infatti allegramente quando si hanno appena diciannove anni.

Certo la distanza che la separava dal fondo, cioè dal livello delle strade, era immensa; meno di poco fa, certamente, tuttavia sempre considerevole.

Nel frattempo però il sole si era tuffato nel mare, lo si era visto scomparire trasformato in un tremolante fungo rossastro. Non c'erano quindi più i suoi raggi vivificanti a illuminare l'abito della ragazza e a farne una seducente cometa. Meno male che i finestrini e le terrazze del grattacielo erano quasi tutti illuminati e gli intensi riverberi la investivano in pieno via via che passava dinanzi.

Ora nell'interno degli appartamenti Marta non vedeva più soltanto compagnie di gente spensierata, di quando in quando c'erano pure degli uffici dove le impiegate, in grembiali neri o azzurri, sedevano ai tavolini in lunghe file. Parecchie erano giovani come e più di lei e, ormai stanche della giornata, alzavano ogni tanto gli occhi dalle pratiche e dalle macchine per scrivere. Anch'esse così la videro, e alcune corsero alle finestre: «Dove vai? Perché tanta fretta? Chi sei?» le gridavano, nelle voci si indovinava qualcosa di simile all'invidia.

«Mi aspettano laggiù» rispondeva lei. «Non posso fermarmi. Perdonatemi.» E ancora rideva, fluttuando sul precipizio, ma non erano più le risate di prima. La notte era subdolamente discesa e Marta cominciava a sentir freddo.

In quel mentre, guardando in basso, vide all'ingresso di un palazzo un vivo alone di luci. Qui lunghe automobili nere si fermavano (per la distanza grandi come formiche), e ne scendevano uomini e donne, ansiosi di entrare. Le parve di distinguere, in quel formicolio, lo scintillare dei gioielli. Sopra l'entrata sventolavano bandiere.

Davano una grande festa, evidentemente, proprio quella che lei, Marta, sognava da quando era bambina. Guai se fosse mancata. Laggiù l'aspettava l'occasione, la fatalità, il romanzo, la vera inaugurazione della vita. Sarebbe arrivata in tempo?

Con dispetto si accorse che una trentina di metri più in là un'altra ragazza stava precipitando. Era decisamente più bella di lei e indossava un vestito da mezza sera, abbastanza di classe. Chissà come, veniva giù a velocità molto superiore alla sua, tanto che in pochi istanti la sopravanzò e sparì in basso, sebbene Marta la chiamasse. Senza dubbio sarebbe giunta alla festa prima di lei, poteva darsi che fosse tutto un piano calcolato per soppiantarla.

Poi si rese conto che a precipitare non erano loro due sole. Lungo i fianchi del grattacielo varie altre donne giovanissime stavano piombando in basso, i volti tesi nell'eccitazione del volo, le mani festosamente agitate come per dire: eccoci, siamo qui, è la nostra ora, fateci festa, il mondo non è forse nostro?

Era una gara, dunque. E lei aveva soltanto un misero abitino, mentre quelle altre sfoggiavano modelli di gran taglio e qualcuna perfino si stringeva, sulle spalle nude, ampie stole di visone. Così sicura di sé quando aveva spiccato il volo, adesso Marta sentiva un tremito crescerle dentro, forse era semplicemente il freddo ma forse era anche paura, la paura di aver fatto uno sbaglio senza rimedio.

Sembrava notte profonda ormai. Le finestre si spegnevano una dopo l'altra, gli echi di musica divennero più rari, gli uffici erano vuoti, nessun giovanotto si sporgeva più dai davanzali tendendo le mani. Che ora era? All'ingresso del palazzo laggiù che nel frattempo si era fatto più grande, e se ne potevano distinguere ormai tutti i particolari architettonici – permaneva intatta la luminaria, ma l'andirivieni delle automobili era cessato. Di quando in quando, anzi, piccoli gruppetti uscivano dal portone allontanandosi con passo stanco. Poi anche le lampade dell'ingresso si spensero.

Marta sentì stringersi il cuore. Ahimè, alla festa, non sarebbe più giunta in tempo. Gettando un'occhiata all'insù, vide il pinnacolo del grattacielo in tutta la sua potenza crudele. Era quasi tutto buio, rare e sparse finestre ancora accese agli ultimi piani. E sopra la cima si spandeva lentamente il primo barlume dell'alba.

In un tinello del ventottesimo piano un uomo sui quarant'anni stava prendendo il caffè del mattino e intanto leggeva il giornale, mentre la moglie rigovernava la stanza. Un orologio sulla credenza segnava le nuove meno un quarto. Un'ombra passò repentina dinanzi alla finestra.

«Alberto» gridò la moglie «hai visto? È passata una donna.»

«Com'era?» fece lui senza alzare gli occhi dal giornale.

«Una vecchia» rispose la moglie. «Una vecchia decrepita. Sembrava spaventata.»

«Sempre così» l'uomo brontolò. «A questi piani bassi non passano che vecchie cadenti. Belle ragazze si vedono dal cinquecentesimo piano in su. Mica per niente quelli appartamenti costano così cari.»

«C'è il vantaggio» osservò la moglie «che quaggiù almeno si può sentire il tonfo, quando toccano terra.»

«Stavolta, neanche quello» disse lui, scuotendo il capo, dopo essere rimasto alcuni istanti in ascolto. E bevve un altro sorso di caffè.

I due autisti

A distanza di anni, ancora mi domando che cosa si dicevano i due autisti del furgone scuro mentre trasportavano la mia mamma morta al cimitero lontano.

Era un viaggio lungo, di oltre trecento chilometri, e benché la autostrada fosse sgombra, il nefasto carro procedeva lentamente. Noi figli seguivamo in macchina ad un centinaio di metri e il tachimetro oscillava sui sessanta-settantacinque, forse era perché quei furgoni sono costruiti per andare lentamente ma io penso che facessero così perché era la regola, quasi che la velocità fosse una irriverenza ai morti, che assurdità, io avrei invece giurato che a mia mamma sarebbe piaciuto correre via a centoventi all'ora, la velocità se non altro l'avrebbe illusa che era il solito spensierato viaggio estivo per raggiungere la nostra casa di Belluno.

Era una stupenda giornata di giugno, il primo trionfo dell'estate, le campagne intorno bellissime, che lei aveva attraversato chissà quante centinaia di volte ma adesso non le poteva più vedere. E il grande sole era ormai alto e sull'autostrada, laggiù in fondo, si formavano gli acquei miraggi per cui le macchine in lontananza sembravano sospese a mezz'aria.

Il tachimetro oscillava sui settanta-settantacinque, il furgone dinanzi a noi sembrava immobile e di fianco guizzavano lanciatissime le macchine libere e felici, uomini e donne tutti vivi, anche stupende ragazze a fianco di giovanotti, in fuori-serie aperte, coi capelli sventolanti al vento della corsa. Anche i camion ci sorpassavano, anche quelli con rimorchio, tanto procedeva lentamente il cimiteriale furgone e io pensavo com'è stupido questo, sarebbe stata una cosa bella e gentile per mia mamma morta trasportarla al lontano cimitero sopra una meravigliosa supersport rossa fiammante, premendo l'acceleratore al massimo, dopo tutto sarebbe stato concederle un piccolo supplemento della autentica vita mentre quel lento scarrucolare sul filo dell'asfalto assomigliava troppo al funerale.

Perciò io mi chiedevo di che cosa stessero parlando i due autisti; ce n'era uno che sarà stato alto un metro e ottantacinque, un pezzo di marcantonio dalla faccia bonaria, ma anche l'altro era robusto, li avevo intravisti al momento della partenza, non erano assolutamente dei tipi adatti a questo genere di cose, un camion carico di lamiere gli sarebbe stato assai più confacente.

Mi domandavo di che cosa stessero parlando perché quello era l'ultimo discorso umano, le ultime parole della vita che mia mamma poteva udire. E loro due mica che fossero carogne, ma in un viaggio così lungo e monotono certo sentivano il bisogno di discorrere; il fatto che alle loro spalle, a distanza di pochi centimetri, giacesse mia mamma, non aveva per loro la minima importanza, si capisce, a queste faccende erano abituati altrimenti non avrebbero fatto quel mestiere.

Erano le ultime parole umane che mia mamma poteva udire perché subito dopo l'arrivo sarebbe cominciata la funzione nella chiesa del cimitero e da quel momento i suoni e le parole non sarebbero appartenuti più alla vita, erano i suoni e le parole dell'aldilà che cominciavano.

Di che cosa parlavano? Del caldo? Del tempo che avrebbero impiegato nel ritorno? Delle loro famiglie? Delle squadre di calcio? Si indicavano l'un l'altro le migliori trattorie scaglionate lungo il percorso con la rabbia di non potersi fermare? Discutevano di automobili con la competenza di uomini del mestiere? Anche gli autisti dei furgoni funebri appartengono, in fondo, al mondo del motore e i motori li appassionano. O si confidavano certe loro avventure d'amore? Ti ricordi quella biondona di quel bar vicino alla colonnetta dove noi ci si ferma sempre a far benzina? Proprio quella. Ma va, racconta allora, io non ci credo. Che mi cascasse la lingua se... Oppure si raccontavano addirittura barzellette sconce? Non è forse uso consueto questo, fra due uomini che per ore e ore viaggiano da soli in automobile? Perché quei due certamente erano convinti di essere soli; la cosa chiusa nel furgone alle loro spalle non esisteva neppure, se ne erano completamente dimenticati.

E mia mamma udiva i loro scherzi e le loro sghignazzate? Sì, certamente li udiva e il suo tribolato cuore si stringeva sempre di più, non che potesse disprezzare quei due uomini, ma era una cosa brutta che nel mondo, da lei tanto amato, le ultime voci fossero quelle e non le voci dei figli.

Allora, mi ricordo, eravamo quasi a Vicenza e il caldo del mezzodì incombeva facendo tremolare i contorni delle cose, pensai a quanto poco io avessi tenuto compagnia alla mamma negli ultimi tempi. E sentii quella punta dolorosa nel mezzo del petto che abitualmente si chiama rimorso.

In quel preciso momento – chissà come, fino allora non era scattata la molla di questo miserabile ricordo – cominciò a perseguitarmi l'eco della sua voce, quando al mattino entravo in camera sua prima di andare al giornale: «Come va?». «Stanotte ho dormito» rispondeva (sfido, a forza di iniezioni). «Io vado al giornale.» «Ciao.»

Facevo due tre passi nel corridoio e mi raggiungeva la temuta voce: «Dino». Tornavo indietro. «Ci sei a colazione?» «Sì.» «E a pranzo?»

"E a pranzo?" Dio mio, quanto innocente e grande e nello stesso tempo piccolo desiderio c'era nella domanda. Non chiedeva, non pretendeva, domandava soltanto un'informazione.

Ma io avevo appuntamenti cretini, avevo ragazze che non mi volevano bene e in fondo se ne fregavano altamente di me, e l'idea di tornare alle otto e mezzo nella casa triste, avvelenata dalla vecchiaia e dalla malattia, già contaminata dalla morte, mi repelleva addirittura, perché non si deve avere il coraggio di confessare queste orribili cose quando sono vere? «Non so» allora rispondevo «telefonerò.» E io sapevo che avrei telefonato di no. E lei subito capiva che io avrei telefonato di no e nel suo "Ciao" c'era uno sconforto grandissimo. Ma io ero il figlio, egoista come sanno esserlo soltanto i figli.

Non avevo rimorso, sul momento, non avevo pentimenti e scrupoli. Telefonerò dicevo. E lei capiva benissimo che a pranzo non sarei venuto.

Vecchia, ammalata, distrutta anzi, consapevole che la fine stava precipitando su di lei, la mamma si sarebbe accontentata, per essere un poco meno triste, che io fossi venuto a pranzo a casa. Magari per non dire una parola, ingrugnato magari per le mie maledette faccende di ogni genere. Ma lei, dal letto, perché non poteva muoversi dal letto, avrebbe saputo che io ero di là in tinello e si sarebbe consolata.

Io invece no. Io andavo in giro per Milano ridendo e scherzando con gli amici, idiota, delinquente che ero, mentre il costrutto della mia stessa vita, l'unico mio vero sostegno, l'unica creatura capace di comprendermi e di amarmi, l'unico cuore capace di sanguinare per me (e non ne avrei trovati altri mai, fossi campato anche trecento anni) stava morendo.

Le sarebbero bastate due parole prima di pranzo, io seduto sul piccolo divano e lei distesa in letto, qualche informazione sulla mia vita e sul mio lavoro. E poi, dopo pranzo, mi avrebbe lasciato andare volentieri dove diavolo volevo, non le sarebbe dispiaciuto, anzi, era lieta se avevo occasione di svagarmi. Ma prima di uscire nella notte sarei rientrato nella sua camera per un ultimo saluto. «Hai già fatta l'iniezione?» «Sì, questa notte spero proprio di dormire.»

Così poco chiedeva. E io neanche questo, per il mio schifoso egoismo. Perché io ero il figlio e nel mio egoismo di figlio mi rifiutavo di capire quanto bene le volessi. E adesso, come ultima porzione di mondo, ecco le chiacchiere, le barzellette e le risate dei due autisti sconosciuti. Ecco l'ultimo dono che le concedeva la vita.

Ma adesso è tardi, spaventosamente tardi. La pietra da quasi due anni è stata calata a chiudere la piccola cripta sotterranea, dove nel buio, una su l'altra, stanno le bare dei genitori, dei nonni, dei bisnonni. La terra ha già riempito gli interstizi, qualche minuscola erbetta tenta di spuntare qua e là. E i fiori, collocati qualche mese fa nella vasca di rame, sono ormai irriconoscibili. No, quei giorni che lei era malata e sapeva di morire non possono più tornare indietro. Lei tace, non mi rimprovera, probabilmente mi ha anche perdonato, perché sono suo figlio. Anzi, mi ha perdonato di sicuro. Eppure, quando ci penso, non so darmi pace.

Ogni vero dolore viene scritto su lastre di una sostanza misteriosa al paragone della quale il granito è burro. E non basta una eternità per cancellarlo. Fra miliardi di secoli, la sofferenza e la solitudine di mia mamma, provocate da me, esisteranno ancora. E io non posso rimediare. Espiare soltanto, semmai, sperando che lei mi veda.

Ma lei non mi vede. Lei è morta e distrutta, non sopravvive, o meglio non restano più che i residui del suo corpo orrendamente umiliato dagli anni, dal male, dalla decomposizione e dal tempo.

Niente? Proprio niente rimane. Di mia mamma non esiste più nulla?

Chissà. Di quando in quando, specialmente nel pomeriggio se mi trovo solo, provo una sensazione strana. Come se qualcosa entrasse in me che pochi istanti prima non c'era, come se mi abitasse un'essenza indefinibile, non mia eppure immensamente mia, e io non fossi più solo, e ogni mio gesto, ogni parola, avesse come testimone un misterioso spirito. Lei! Ma l'incantesimo dura poco, un'ora e mezzo, non di più. Poi la giornata ricomincia a macinarmi con le sue aride ruote.

Indice

Pirandello, Il fu Mattia Pascal

Christie, Dieci piccoli indiani

Kafka, Il processo

Chiara, Il piatto piange

Fitzgerald, Il grande Gatsby

Forster, Passaggio in India

Bernanos, Diario di un curato di campagna

Mann Th., La morte a Venezia - Tristano - Tonio Kröger

Svevo, La coscienza di Zeno

Joyce, Gente di Dublino

Asimov, Tutti i miei robot

García Márquez, Cent'anni di solitudine

Silone, Fontamara

Hesse, Narciso e Boccadoro

Woolf, La signora Dalloway

Bradbury, Fahrenheit 451

Bassani, Il giardino dei Finzi-Contini

Mitchell, Via col vento

Orwell, 1984

Kerouac, Sulla strada

Hemingway, Il vecchio e il mare

Pirandello, Sei personaggi in cerca d'autore - Enrico IV

Remarque, Niente di nuovo sul fronte occidentale

Buzzati, Il deserto dei Tartari

Vittorini, Uomini e no

Palazzeschi, Sorelle Materassi

Greene, Il potere e la gloria

Deledda, Canne al vento

Böll, Opinioni di un clown

Lawrence D.H., L'amante di Lady Chatterley

Sartre, La morte nell'anima

Faulkner, Luce d'agosto

D'Annunzio, Il Piacere

Tobino, Le libere donne di Magliano

Bellow, Herzog

Huxley, Il mondo nuovo - Ritorno al mondo nuovo

Joyce, Ulisse

Malaparte, La pelle

Montale, Ossi di seppia

Bulgakov, Il Maestro e Margherita

Saint-Exupéry, Volo di notte

Quasimodo, Ed è subito sera

Hamsun, Fame

Amado, Cacao

Pratolini, Cronaca familiare

Bellonci, Segreti dei Gonzaga

Soldati, America primo amore

Proust, Un amore di Swann

Beauvoir, Il sangue degli altri

Ungaretti, Vita d'un uomo. 106 poesie 1914-1960

Masters, Antologia di Spoon River

Golding, Il signore delle mosche

Alain-Fournier, Il grande amico

Saba, Poesie scelte

Parise, Il prete bello

Musil, I turbamenti del giovane Törless

Svevo, Una vita

Mauriac, La farisea

Dos Passos, Il 42° parallelo

Malraux, La speranza

Nietzsche, Così parlò Zarathustra

Buzzati, La boutique del mistero

Strindberg, Il figlio della serva

Shaw, Pigmalione

Hesse, Racconti

Schnitzler, Il dottor Gräsler medico termale

D'Annunzio, Le novelle della Pescara

Gibran, Il profeta - Il giardino del profeta

Orwell, Omaggio alla Catalogna

Updike, Corri, coniglio

Bernari, Tre operai

Kafka, La metamorfosi e altri racconti

Hemingway, I quarantanove racconti

Silone, Il segreto di Luca

Mann Th., I Buddenbrook

Svevo, Senilità

Woolf, Gita al Faro

Flaiano, Tempo di uccidere

Bacchelli, Il diavolo al Pontelungo

García Márquez, L'amore ai tempi del colera

Borgese, Rubè

Le Carré, La spia che venne dal freddo

Zweig, Il mondo di ieri

Miller, Paradiso perduto

Calvino, Marcovaldo

D'Arrigo, Horcynus Orca

Mishima, L'età verde

Schnitzler, La signorina Else

Orwell, La fattoria degli animali

Gide, I sotterranei del Vaticano

Romano, Nei mari estremi

Naipaul, Alla curva del fiume

Buzzati, Sessanta racconti

Steinbeck, La valle dell'Eden

Radiguet, Il diavolo in corpo

Piovene, Le stelle fredde

Solženicyn, Arcipelago Gulag

Tozzi, Con gli occhi chiusi

Bulgakov, Cuore di cane

OSCAR CLASSICI

Boito, Senso e altri racconti

Pulci, Morgante

AA.VV., Innario cistercense

Lèrmontov, Un eroe del nostro tempo

AA.VV., I Salmi

Paolo Diacono, Storia dei Longobardi

Shakespeare, Antonio e Cleopatra

Shelley M., Frankenstein (con videocassetta)

Zola, Nanà

Foscolo, Le Grazie

Cattaneo, L'insurrezione di Milano

Hugo, Novantatré

Goethe, Racconti

Eliot, Middlemarch

Kipling, Ballate delle baracche e altre poesie

Čechov, La steppa e altri racconti

James H., L'Americano

Lewis M.G., Il Monaco

Bruno, La cena de le ceneri

Shelley P.B., Poesie

Ambrogio, Inni

Origene, La preghiera

Melville, Poesie di guerra e di mare

Ibsen, Spettri

Manzoni, I promessi sposi

Rostand, Cirano di Bergerac

Cervantes, Novelle esemplari

Shakespeare, Molto rumore per nulla

Čechov, Il duello e altri racconti

Stevenson, Gli intrattenimenti delle notti sull'isola

Čechov, La corsia n. 6 e altri racconti

Puškin, Viaggio d'inverno e altre poesie

Novalis, Inni alla notte - Canti spirituali

Monti, Iliade di Omero

Flaubert, La prima educazione sentimentale

France, Taide

Croce - Banchieri, Bertoldo e Bertoldino - Cacasenno

Turgenev, Rudin

Novalis, Enrico di Ofterdingen

Shakespeare, Vita e morte di Re Giovanni

Baffo, Poesie

Flaubert, Attraverso i campi e lungo i greti

Giuseppe, Guerra giudaica

Wilde, Ballata del carcere e altre poesie

Defoe, Roxana

Meister Eckhart, Prediche

Čechov, Il monaco nero e altri racconti

Quevedo Y Villegas, Il furfante

De Sade, Lettere da Vincennes e dalla Bastiglia

Shakespeare, Troilo e Cressida

Hugo, I lavoratori del mare

« La boutique del mistero »
di Dino Buzzati
Oscar Classici moderni
Arnoldo Mondadori Editore

Questo volume è stato stampato
presso Arnoldo Mondadori Editore S.p.A.
Stabilimento Nuova Stampa Mondadori - Cles (TN)
Stampato in Italia - Printed in Italy